El mar de Jade

1.ª edición: julio 2011

© Alberto Vázquez-Figueroa, 2006
© Ediciones B, S. A., 2011
  para el sello Zeta Bolsillo
  Consell de Cent, 425-427 - 08009 Barcelona (España)
  www.edicionesb.com

Printed in Spain
ISBN:978-84-9872-551-3
Depósito legal: B. 23.329-2011

Impreso por LIBERDÚPLEX, S.L.U.
Ctra. BV 2249 Km 7,4 Polígono Torrentfondo
08791 - Sant Llorenç d'Hortons (Barcelona)

Todos los derechos reservados. Bajo las sanciones establecidas en el
ordenamiento jurídico, queda rigurosamente prohibida, sin autorización
escrita de los titulares del *copyright*, la reproducción total o parcial de esta
obra por cualquier medio o procedimiento, comprendidos la reprografía
y el tratamiento informático, así como la distribución de ejemplares
mediante alquiler o préstamo públicos.

Alberto Vázquez-Figueroa

El mar de Jade

ZETA

—Las musulmanas te conquistan con los ojos y las guineanas con los pechos. Las primeras se cubren de pies a cabeza y tan sólo el brillo de sus pupilas y el misterio de su mirada provocativa te hace comprender lo que sienten. Por el contrario, las guineanas van casi desnudas, y es su cuerpo y la forma de moverse lo que atrae como la miel a las moscas... —Soltó un hondo suspiro, como si recordara viejos tiempos, puso los ojos en blanco y concluyó—: Cuando has amado a una mujer en un oasis del desierto o al borde del mar en una playa del trópico, nada de cuanto suceda después vale la pena.

—¿Por eso no te has casado nunca?

—El listón estaba demasiado alto, renacuajo; dieciocho años en el Sahara y cuatro en la selva te marcan de una forma indeleble, hasta el punto de que cuando regresas a la monotonía de lo que llaman «civilización» la vida se te antoja insulsa, como si estuvieras cenando patatas sin sal.

Cuando el tío Feliciano hablaba de aquel modo, con una voz que parecía surgir del fondo de una mina y un tono sereno pero teñido de un profundo deje nostálgico, Juvenal y César permanecían como embobados, esforzándose por hacerse una remota idea acerca de las infinitas sensaciones que podía experimentar un ser humano tendido sobre una duna junto a una misteriosa beduina de inmensos ojos negros.

Juvenal Ojeda Rodríguez, más conocido por el apodo de Caragato, extraído de una serie de novelas que le habían apasionado de niño, y *Ave* César Rodríguez Ojeda, su primo hermano por partida doble, habían pasado la mayor parte de su infancia y juventud a la sombra de un misterioso personaje al que consideraban único e irrepetible, y que les enseñaba que la vida, la que verdaderamente merecía la pena ser vivida, no era la que se desenvolvía a diario a su alrededor, sino la que transcurría sobre las calientes tierras de un continente fastuoso que cada amanecer podía traer una nueva sorpresa y cada noche una pasión irrepetible.

Su tío les enseñó de igual modo a disfrutar con la lectura de fascinantes libros que hablaban de hombres valientes que no dudaban a la hora de enfrentarse a la naturaleza más adversa, a fieras peligrosas o a traidores desalmados, porque según el antiguo oficial «meharista» Feliciano Rodríguez Corcuera, únicamente aquellos que no vacilaban a la hora de ponerse en peligro en aras de una causa justa merecían ser considerados auténticos hombres.

—Lo que nos diferencia de las plantas es nuestra capacidad de sacrificio... —solía decir con aquella voz serena y grave—. Un árbol jamás se expondrá a que lo talen por defender a un arbusto, ni una lechuga se ofrecerá como alimento a una cabra a cambio de que no devore a una rosa por muy hermosa que ésta sea. Un hombre sí; un verdadero hombre siempre debe estar dispuesto a arriesgar la vida por defender al más débil o preservar la hermosura.

Escuchar tales palabras de un adulto al que admiraban —y adoraban— desde que tenían uso de razón, les obligaba a aceptar que las cosas eran, o al menos tenían la obligación de ser, tal como su tío Feliciano aseguraba.

Una existencia sin continuas muestras de valor, de compasión, de principios éticos o generosidad, no era digna de quienes al parecer llevaban en las venas sangre del más valiente, compasivo, recto y generoso de los héroes de la historia nacional, el incomparable capitán Alonso de Ojeda, descubridor de las costas de Colombia y Panamá, y el mejor espadachín de que se tenía memoria en los anales del Descubrimiento y la Conquista.

Lo cierto es que nadie podría asegurar, sin miedo a equivocarse, que Juvenal y César fueran o no descendientes del bien llamado «Caballero de la Virgen», pero el hecho de que hubiesen nacido y se hubieran criado en Cuenca, aunque con casi quinientos años de diferencia, permitía a los muchachos hacerse la ilusión de que realmente existía algún vínculo familiar más o menos directo.

No obstante, el personaje predilecto del tío Feliciano nunca había sido el famoso espadachín conquense; el Adelantado que exploró en primer lugar las costas colombianas, sino el gallego de La Coruña que le acogió y protegió como a un hijo desde el momento mismo en que, recién salido de la academia militar, puso el pie en el desierto.

Si la estrecha relación del tío Feliciano con el mítico «Caíd Manolo» y cuanto solía contar sobre sus fabulosas correrías entre las tribus beduinas respondían a una realidad incuestionable, o gran parte de sus historias eran fruto de la exageración o de haberlas escuchado de otras fuentes, tampoco podía asegurarlo nadie sin miedo a equivocarse, pero lo cierto era que cada vez que mencionaba a su adorado capitán y maestro se le saltaban las lágrimas o se le hacía un nudo en la garganta.

—Cuando Manolo llegó, a finales de los años veinte y como simple cabo mecánico, al puesto militar de Tarfaya o cabo Juby, en lo que constituía entonces el Protectorado Español del Sahara, nuestras tropas apenas podían abandonar los límites del fuerte militar, puesto que la mayor parte de las tribus indígenas se mostraban hostiles —puntualizaba en cuanto se le presentaba la menor ocasión de hablar de su héroe particular—. Cualquier otro se hubiera limitado a dejar pasar el tiempo de la *mili* aguardando la llegada de la licencia, pero Manolo era un hombre excepcional, por lo que de inmediato se propuso aprender el dialecto de los nativos porque hacía tiempo que se había dado cuenta de que poseía un don especial para los idiomas.

—¿Y eso cómo se consigue...? —inquirió en cierta ocasión y con un interés que casi rozaba la ansiedad *Ave* César Rodríguez Ojeda.

—Un don, como la misma palabra indica, es algo que la naturaleza te ha dado. No se puede adquirir en la universidad, ni tan siquiera en El Corte Inglés, donde al parecer venden de todo. Al Caíd Manolo le había sido concedido ese don, junto a sus otras muchas virtudes, y supo hacer buen uso de él, porque en poco más de un año dominaba la *hasanía* como si fuera su lengua materna.

—¿Tan sólo un año?

—Eso cuentan.

—¡No puedo creerlo! —exclamó *Ave* César—. Yo llevo seis años con el inglés y aún no me aclaro.

—Es que tú eres una acémila y aunque te cueste creerlo, cuando conocí a Manolo ya hablaba correctamente el dialecto tuareg, así como árabe y francés, sin contar la *hasanía*, que era como su segunda lengua. Y como además tenía el pelo muy negro y la piel cetrina, no dudaba en disfrazarse de beduino e internarse en el desierto con el fin de mezclarse entre los nativos.

—¿Y nunca lo descubrieron? —quiso saber un incrédulo Caragato—. Por muy bien que se hable un idioma y se conozcan las costumbres, siempre hay pequeños detalles que te delatan.

—En efecto... —admitió sonriendo enigmáticamente su tío—. En una ocasión lo descubrieron por culpa de uno de ellos. Como era muy mujeriego se había enredado con una nativa que en mitad de la noche, y en el momento más inoportuno, empezó a gritar: «¡Un cristiano! ¡Un cristiano!» Y cuando Manolo le preguntó cómo lo había averiguado, ella contestó: «Porque no tienes hecha la circuncisión.» Estaba claro que aquella mujer se fijaba mucho en esos «pequeños detalles».

—¿Y no le hicieron nada?

—El jefe de la tribu, el Caíd Salah, uno de los guerreros más valientes y respetados del Protectorado, que por si fuera poco era tío de la indiscreta muchacha, lo hizo prisionero y le aseguró: «Te voy a cortar la cabeza por espía y se la voy a enviar a tu coronel clavada en una pica.» A lo que Manolo, que era un descarado que siempre tenía una frase ocurrente en los labios, replicó: «Pues me va a echar una bronca del copón y me va a meter un mes de calabozo, porque estoy aquí sin permiso.»

—¡Mentira...!

—Eso es lo que me han contado ya que por entonces yo aún no había llegado al Territorio. Por lo que se ve, debe de ser verdad, porque al Caíd Salah le hizo tanta gracia el sentido del humor de alguien que se encontraba a las puertas de la muerte que le perdonó la vida, lo obsequió con una gran fiesta y le permitió regresar a cabo Juby. Efectivamente, el coronel «le echó una bronca del copón», y aunque no lo metió en el calabozo, le quitó los galones de sargento que ya se había ganado y lo envió de nuevo a reparar coches.

—Lo que debería haber hecho era ascenderle —comentó *Ave* César evidentemente molesto—. No me parece justo que lo degradaran cuando se tomaba tanto interés por las cosas.

—Las normas del ejército están para ser cumplidas —fue la tajante respuesta de quien todavía conservaba mucho de su viejo espíritu militar—. No se puede permitir que a todo aquel al que le entre el gusanillo se largue al campo enemigo a intentar ligar con una muchacha nativa.

—¿Y por qué no?

—Porque de ser así no quedaría un solo soldado con vida; cuando llevas dos meses en el desierto la naturaleza exige demasiado, y todo el mundo saldría en busca de una muchacha.

—¿Te ocurrió a ti? —quiso saber Caragato.

—Ahora estamos hablando de Manolo, no de mí... —lo atajó su tío—. Perdió sus galones y continuó con los coches, pero las cosas cambiaron cuando a los pocos meses la tribu del Caíd Salah se presentó ante el fuerte pidiendo parlamentar con el «Caíd Manolo». Como es lógico, se organizó un tremendo revuelo porque era la primera vez que los beduinos se aproximaban en son de paz, y nadie sabía quién era aquel misterioso «Caíd Manolo», hasta que de pronto a alguien se le ocurrió que tal vez se trataba de Manolo, el mecánico, que al rato salió cubierto de grasa, pese a lo cual los nativos lo recibieron con gritos de admiración y alegría, disparando al aire sus espingardas.

—¿Sus qué?

—Sus espingardas.

—¿Y qué demonios es una espingarda?

—Un fusil de cañón muy largo y culata muy corta con el que un beduino es capaz de volarte la cabeza a quinientos metros de distancia. Tienen una puntería endiablada, aunque ninguno de ellos pudo competir nunca con Manolo, al que un día le vi matar cuatro gacelas de un mismo rebaño a más distancia que de aquí al roble del final del camino.

—¿Y cómo pudo matar cuatro gacelas de un mismo rebaño sin que se asustaran y echaran a correr perdiendo el culo? —inquirió, hasta cierto punto amoscado, un incrédulo Caragato—. ¿Acaso eran sordas o es que estaban atadas?

—Ni eran sordas ni estaban atadas, sobrino zangolotino. Pastaban libres y bien libres en mitad del desierto.

—¿Y ese milagro?

—¡No se trató de ningún milagro, caragatocaraculo! —replicó severamente su tío—. Se trató de astucia y sabiduría, porque como ya os he contado muchas veces, formábamos parte de un cuerpo de elite, «La Mía a Camello», que era una especie de Policía Montada del Canadá, pero sobre dromedarios. Cuando patrullábamos por el desierto, una de nuestras principales obligaciones era proporcionarle carne a la tropa del fuerte, puesto que por entonces en el Territorio aún abundaban las gacelas, los venados, las avestruces y los jabalíes. Normalmente no teníamos grandes problemas de abastecimiento siempre que fuéramos capaces de encontrar las piezas en la inmensidad de la llanura. —Alzó el dedo índice para remarcar—: Pero era más problemático acercarse a ellas y abatirlas sin que, como tú mismo acabas de decir, «echaran a correr perdiendo el culo».

—¡Lógico!

—¡Muy lógico, en efecto! Pero el Caíd Manolo, que también era muy lógico, llegó a la conclusión de que las gacelas no se asustaban de un disparo debido a que no eran capaces de asociar la idea de ese ruido con un arma y una invisible bala que surcaba el aire para matar a una compañera. —Sonrió levemente al inquirir—: Supongo que estarás de acuerdo conmigo en que para llegar a la conclusión de que una bala ha matado a quien está a tu lado, es necesario que previamente te hayan enseñado en qué consiste una bala y cómo funciona un fusil, ¿o no?

—Naturalmente... —aceptó de mala gana el mayor de sus sobrinos, Juvenal, un tanto molesto por la obviedad de la pregunta—. ¿Pero cómo es que no las espantaba el estampido?

—Porque probablemente lo atribuían a un trueno lejano o una roca que se había partido por efecto del calor, lo cual constituye un fenómeno bastante frecuente en un desierto donde la diferencia de temperatura entre las heladas nocturnas y los cincuenta y tantos grados del mediodía propicia que las rocas estallen de improviso.

—¿Y hacen tanto ruido como un disparo de fusil?

—¡No me seas bruto, papanatas! —le espetó su tío con brusquedad—. Se reduce a una simple cuestión de distancias y atención: una roca que se parte a cinco metros hace el mismo ruido que un disparo a trescientos, pero las gacelas no suelen estar atentas a las distancias, sino tan sólo a los olores y los movimientos sospechosos. Continuamente ventean el aire por si les llega el olor de un depredador, y permanecen muy atentas por si se aproxima sigilosamente un guepardo.

—Sí, eso ya lo he visto en los documentales; a cada instante levantan la cabeza.

—Lo hacen por instinto. Su cerebro está programado para asociar la idea de peligro al olor o el movimiento, no al ruido. Por eso Manolo las cazaba una tras otra sin mover un músculo. —El tío Feliciano lanzó un profundo suspiro, al parecer para subrayar la magnitud de su admiración—: ¡Resultaba fabuloso observar cómo se aproximaba arrastrándose como una serpiente, siempre contra el viento, y cómo disparaba a ras de suelo, para a continuación quedarse tan quieto como una estatua hasta que las gacelas volvían a pastar, despreocupadas de la que había caído a tres metros de distancia!

Cuando no hablaba del Caíd Manolo, de los hermosos años en que vagabundeaban por el desierto a lomos de un brioso mehari, o de sus posteriores años en las selvas del África Negra, el tío Feliciano solía hablar de libros, películas de aventuras o documentales relacionados con la naturaleza, con lo que había transmitido a sus sobrinos su desmesurada pasión por todo cuanto tuviera que ver con la acción al aire libre.

Su libro de cabecera era *Beau geste*, de P. C. Wren, que se sabía casi de memoria y ocupaba un lugar preferente en su mesilla de noche, aunque no permitía que nadie lo tocara debido a que guardaba entre sus páginas una vieja fotografía y una carta que solía releer una y otra vez. Eso había despertado desde siempre una morbosa curiosidad en César y Juvenal.

Desde muy niños, los dos primos especulaban sobre la existencia de un extraño y evidentemente doloroso secreto que conseguía que se le humedecieran los ojos a un hombre que había sabido enfrentarse a mil peligros, incluida una guerra en pleno desierto. No obstante, de un modo instintivo habían llegado a la conclusión de que la especial relación que mantenían con su tío Feliciano no seguiría siendo la misma si intentaban averiguar sin permiso cuál era el contenido de aquel amarillento sobre, o quién aparecía retratado en la vieja y descolorida fotografía.

En el fondo les fascinaba el aire de misterio y secretismo que se respiraba en el dormitorio donde solía recibirlos, porque lo cierto era que durante sus últimos años en África el corazón de Feliciano Rodríguez Corcuera se había resentido por culpa de las fiebres, las infecciones, el calor y el excesivo esfuerzo.

Debido a ello, en ocasiones pasaba largas temporadas sin

abandonar un mullido lecho frente a un enorme ventanal desde el que disfrutaba de una portentosa vista sobre el cauce del río Huécar y el puente de hierro.

La luminosa estancia, tres veces mayor que un dormitorio normal, se encontraba dominada por una cama de matrimonio provista de un cabezal que databa del mil seiscientos, así como por una maciza mesa de despacho frente a la que su dueño solía sentarse a tomar notas o apuntar recuerdos en gruesas libretas que más tarde guardaba bajo llave.

La alta pared del fondo la ocupaba una espaciosa biblioteca repleta de novelas y películas relacionadas con el mundo de la aventura, y podía creerse que el antiguo oficial «meharista» sería capaz de pasarse el resto de su vida sin poner un pie fuera de aquella habitación donde había conseguido reunir todos sus sueños y recuerdos.

Cuando sus sobrinos querían saber más sobre la apasionante vida y las aventuras de su ídolo, el Caíd Manolo, les mostraba viejas fotografías de ambos, lo que tenía la virtud de hacer que una leve sonrisa nostálgica asomara a sus labios mientras hablaba.

—Al comprobar la amistad que unía a los dos caíds, pese a que uno de ellos fuera un astuto gallego dedicado a reparar automóviles y el otro un ignorante nómada criador de camellos, el coronel comprendió que semejante relación facilitaría la labor de pacificación que le había sido encomendada por sus superiores, por lo que le preguntó a Manolo qué podría hacerse para que los beduinos dejaran de mostrarse tan hostiles... —continuó su relato una tibia tarde de primeros de verano—. Y Manolo le respondió que, a su modo de ver, lo que más atraía a los nómadas era la idea de tener una ciudad que les sirviera de punto de reunión para comerciar, celebrar fiestas y concertar matrimonios que aportaran sangre nueva a las diversas tribus.

—Siempre he creído que los beduinos aborrecen las ciudades —señaló un desconcertado Caragato.

—No las aborrecen... —fue la rápida respuesta—. Es cierto que no les gusta vivir en ellas, pero comprenden su utilidad, y en este caso particular las tribus del Protectorado se sentían como desamparadas desde que Smara, la ciudad santa fundada siglos atrás por el famoso «Sultán Azul», Ma el-Ainin, se perdiera tragada por la arena.

—¿La arena puede tragarse a toda una ciudad...? —se asombró *Ave* César, incrédulo.

—Y a todo un continente, pequeñazo —replicó Feliciano Rodríguez Corcuera, seguro de lo que decía—. La mayor parte del espacio que ocupa hoy en día el Sahara era, hace miles de años, un auténtico vergel de bosques y praderas habitado por miles de elefantes, cebras, jirafas, búfalos y leones. Smara desapareció en menos de una semana por culpa de un *harmatan* especialmente violento que la cubrió bajo inmensas dunas, y que incluso borró las pistas que conducían a ella.

—¡La puta...!

—¿Qué forma de hablar es ésa en mi casa, mentecato? Que no se repita o te arreo un sopapo que te salto las muelas. ¿Por dónde iba?

—El Caíd Manolo le había asegurado al coronel que a los beduinos les gustaría tener una ciudad.

—¡Exacto! Y en vista de ello, el coronel le pidió que buscara un lugar que dispusiera de agua y fuera apropiado para levantar un zoco que sirviera de base a una ciudad. A los tres días Manolo se lanzó, sin más compañía que Mohamed, hijo del Caíd Salah, dos soldados españoles y tres nativos, a la arriesgada aventura de fundar una ciudad en pleno desierto. —El tío Feliciano, que tenía el marcado sentido del ritmo que requieren los buenos relatos, hizo una pausa, se sirvió un refresco, bebió muy despacio disfrutando de la impaciencia de los muchachos, y por fin prosiguió—: Tras varios meses de inspeccionar con todo detalle la región, eligieron un punto en mitad del cauce de un río seco, la Saguía el-Hamra, en el que abrieron un pozo del que muy pronto comenzó a manar gran cantidad de agua de muy buena calidad.

—¿Y cómo podían saber que en aquel punto exacto había tanta agua? —inquirió en su habitual tono de incredulidad el menor de los primos—. El Sahara es inmenso.

—Lo es, en efecto... —admitió el ex militar—. Pero pese a que los estudios y sondeos no habían dado el resultado apetecido, un día Manolo descubrió dos «plantas sabias» a menos de cien metros la una de la otra, lo que le indicó de forma inequívoca que a mitad de camino entre ambas había agua.

—¿Qué es una «planta sabia»?

—Un arbusto bastante escaso y difícil de diferenciar del resto de los que crecen en zonas secas. Pero si eres capaz de distinguirlo, puedes estar seguro de que a unos cincuenta metros de distancia hay agua a menos de tres metros de profundidad.

—¿Y por qué lo llaman «planta sabia» si crece tan lejos del agua? —se sorprendió quien había hecho la primera pregunta—. ¡Deberían llamarlo «planta estúpida»!

—La planta es sabia porque le consta que muchos animales del desierto pueden oler el agua a esa profundidad; al escarbar en su busca lo primero que harían sería arrancar la planta y por lo tanto matarla.

—Suena lógico.

—¡Y lo es! Por eso optan por crecer a cierta distancia y extender bajo tierra sus raíces, de modo que en el peor de los casos el animal destroce únicamente las puntas de las raíces, que pronto volverán a crecer. La planta demuestra ser muy inteligente y tú bastante burro, porque lo que harías es sentarte encima del agua, con lo que la primera hiena que acudiera a beber te comería el culo.

—No se lo comería porque ya lo habría perdido corriendo en cuanto viera aparecer la hiena... —señaló Juvenal Ojeda riendo de buena gana.

—¡Pues anda que tú te ibas a quedar a olerle el aliento! —replicó amoscado su primo—. Y las hienas no me dan miedo. Todo el mundo sabe que no atacan.

—¡No te fíes...! —le advirtió su tío—. En cierta ocasión conocí a un nómada al que se le había quedado el pelo blanco en el transcurso de una sola noche. Lo había atacado una hiena rabiosa, y como no tenía con qué defenderse, lo único que pudo hacer fue agarrarla por la cola porque sabía que las hienas son cojitrancas y no pueden morder a quien las agarra por la cola. El pobre hombre se pasó toda la noche dando vueltas y esquivando las dentelladas del animal hasta que al amanecer, ya agotados los dos, se fueron cada uno por su lado.

—A mí me ocurre eso y me come —reconoció con encomiable sinceridad *Ave* César, y añadió—: ¿Qué pasó con el pozo que abrió Manolo?

—Que impuso una ley: todo el que quisiera dar de beber a su ganado tenía que traer piedras y aportar un día de trabajo en la construcción del zoco, mientras él ponía de su bolsillo el té y el azúcar que tomaban durante los descansos. Cuando el zoco estuvo terminado, el capitán general de Canarias acudió a inaugurarlo y le preguntó cuánto había costado una obra tan bien hecha. Manolo apuntó en un papel: «Por el té y el azúcar consumidos durante la fundación de la ciudad de El Aaiún, quinientas pesetas.»

—¿Pero El Aaiún no es ahora la capital del desierto?

—En efecto; es una ciudad preciosa, pero casi nadie sabe que la fundó un gallego de La Coruña que se apellidaba como tú y yo: Rodríguez.

—¿Pariente nuestro?

—Supongo que no, pero cuando llegué a Tarfaya, Manolo me vio tan joven y despistado que desde el primer día me llamó «sobrino», me tomó bajo su protección y me enseñó parte de lo que sabía. ¡Fue el hombre más increíble que ha existido nunca!

—¿Y cómo es que nadie se ha decidido a escribir su biografía? —quiso saber Caragato.

—Se ha escrito mucho sobre él, pero no creo que nadie tenga datos suficientes como para una biografía. Aunque a mi modo de ver se la merece más que nadie, porque fue una especie de Lawrence de Arabia, pero en pacífico.

—¿Y por qué no lo haces tú? —insistió el muchacho.

—¿Yo? ¡Qué estupideces se te ocurren, cagarruta! En primer lugar, y aunque conservo infinidad de notas y apuntes sobre el tiempo que pasamos juntos, no tengo ni la menor idea de cómo se escribe un libro. Y en segundo lugar, lo admiraba tanto que supongo que más que una biografía lo que me saldría sería una elegía, y no creo que eso le gustara. A Manolo no le gustaba que hablaran de él; ni bien ni mal.

—Si me dieras esos datos yo podría intentarlo... —señaló con cierta timidez su sobrino mayor.

Feliciano Rodríguez Corcuera torció levemente la cabeza para observarlo con más atención, y tras esbozar una leve sonrisa inquirió:

—¿Te atreverías?

—¿Qué pierdo con intentarlo?

—Nada. Pero hay algo que debe quedarte muy claro: para entender al Caíd Manolo tienes que entender lo que significa vivir en el desierto, y para eso, tienes que haber vivido en el desierto.

—¿No basta con todo lo que nos has contado?

—¡En absoluto! No se puede escribir de oídas, sobrino. Y menos de algo tan complejo como el Sahara o de alguien tan especial como Manolo.

Cada tarde, al salir del colegio, los dos primos se encaminaban directamente a casa de su tío Feliciano con el fin de ver juntos una de sus viejas películas, comentar el último libro que les había prestado o simplemente escuchar, embelesados, alguna de las múltiples anécdotas que conformaban la esencia de su azarosa vida.

En cierta ocasión, el mayor y sin duda el más espabilado, Juvenal *Caragato*, no pudo por menos que preguntar de improviso:

—¿Qué se siente al vivir una novela?

—¿Vivir una novela? —repitió su tío dejando escapar una divertida carcajada—. ¿Qué bobada es ésa?

—Ninguna bobada; tu vida, como la del Caíd Manolo, es la clase de novelas que me gusta leer, e incluso escribir si algún día me considero capaz de hacerlo. ¿Qué se siente? —insistió.

—Lo que siente todo el mundo, porque de un modo u otro cada ser humano vive su propia novela —fue la en cierto modo desconcertante respuesta—. Lo que ocurre es que algunas resultan muy aburridas para quien las contempla desde fuera, aunque al protagonista pueda antojársele tan emocionante como una escaramuza con un grupo de tratantes de esclavos en lo más profundo de la selva.

—No entiendo qué pretendes decir.

—Pretendo decir que son los sentimientos propios lo que proporcionan intensidad a la vida, no la pura acción. Sin embargo... —añadió Feliciano Rodríguez Corcuera, seguro de lo que decía— cuando en determinadas circunstancias esa acción y esos sentimientos se unen hasta el punto de que comprendes que estás poniendo en peligro tu vida por una causa justa, es como si tocaras el cielo con las manos; una auténtica descarga de adrenalina. Descubres que te sientes a gusto contigo mismo, y eso vale más que todo el oro del mundo.

—¿Te has sentido alguna vez a gusto contigo mismo?
—Alguna... —respondió rápidamente, rehuyendo dar explicaciones y no sin un leve deje de tristeza—. Y también a disgusto; pero de eso hace mucho tiempo.
—¿Ya no?
—No. Naturalmente que no.
—¿Por qué «naturalmente»?
—Porque tengo el corazón hecho puré, lo que me impide «entrar en acción», y porque mis sentimientos quedaron enterrados bajo enormes dunas, mucho más hondo de lo que nunca estuvo la propia ciudad santa de Smara.
—He visto en el atlas que en el sur de Marruecos existe una ciudad que también se llama Smara —señaló *Ave* César—. ¿Es la misma?
—Sí.
—¿Quién la encontró?
—Un francés llamado Videchauge. Un día, el Caíd Manolo se lo encontró perdido en el desierto, medio muerto de sed y delirando. Le dio de beber, lo cuidó durante una semana y cuando le preguntó qué demonios hacía en un lugar tan remoto, el francés respondió que buscaba la ciudad perdida. Manolo le regaló un camello, le proporcionó agua y víveres y permitió que continuara su camino. Un año más tarde, Videchauge apareció en Agadir y, tras jurar y perjurar que había encontrado Smara y había escondido un poema dentro de una botella en el interior de la mezquita, murió a causa de las muchas penalidades sufridas.
—¡Sí que es mala suerte! Morirte cuando acabas de encontrar nada menos que toda una ciudad santa.

—Desde luego. Además, los escépticos aseguraron que la historia no era más que fruto de la fantasía alucinada de un hombre gravemente enfermo. —El ex militar se encogió de hombros como si lo que iba a decir fuera obvio—: Es cosa sabida que los escépticos lo único que saben es mostrarse escépticos, mas no contaban con el Caíd Manolo, que fue de la opinión de que su amigo francés podía ser un chiflado pero no un mentiroso. Averiguó por qué zona aseguraba que había localizado la ciudad, y se dirigió hacia allí en compañía de su inseparable Mohamed, el hijo del Caíd Salah, y un guía de la tribu delimí llamado Mulay. A las dos semanas descubrió la ciudad, encontró el poema y lo hizo publicar, otorgándole todo el honor del descubrimiento al malogrado Videchauge. Se trata del famoso poema «Ver Smara y morir».

—La verdad es que hace falta ser muy honrado para dejar pasar la oportunidad de entrar en la historia por encontrar una ciudad perdida —se vio obligado a reconocer *Ave* César Rodríguez—. Yo no estoy seguro de haberme comportado de igual modo.

—Los beduinos tienen un dicho —le recordó su tío—: «Al Paraíso puedes llegar pobre, enfermo, viejo y sin mujeres; en él reina la abundancia y todo te será concedido generosamente. Pero no te permitirán entrar sin honor; el honor es lo único que tienes que llevar contigo al Paraíso.» Y el Caíd Manolo tenía alma de beduino.

—Empiezo a entender por qué lo admiras tanto.

—A quien se le concede la rara oportunidad de conocer a un ser humano excepcional y no es capaz de apreciarlo en lo que vale, está condenado a arrastrar sus miserias por el resto de la eternidad —sentenció el ex oficial «meharista»—. A veces tengo la sensación de que me mantengo con vida con el único propósito de inculcaros el espíritu de hombres como el Caíd Manolo. El mundo que descubro a vuestro alrededor se está pudriendo por falta de ese espíritu.

—¿A qué te refieres?

—A que la televisión esta sustituyendo a los libros, lo cual es tanto como decir que las imágenes y la bazofia moral ocupan ahora el lugar de todo aquello que ha hecho grande al ser humano a lo largo de los siglos: su capacidad de imaginar y de sacrificarse por los demás por la sola satisfacción de hacerlo.

No resultaba sorprendente que dos muchachos sensibilizados por años de convivencia con un personaje tan peculiar y pintoresco se consideraran especialmente privilegiados frente a unos compañeros de colegio a los que sólo parecía interesar el fútbol, el *botellón*, la *telebasura* o las anfetaminas.

Casi desde que tenían uso de razón habían vivido bajo la influencia de un hombre al que muchos tachaban de loco por el simple hecho de que apenas había puesto los pies fuera de su casa durante los últimos doce años, sin detenerse a pensar que nada existía fuera de los límites de esa casa y su jardín que pudiera interesar a Feliciano Rodríguez Corcuera más de lo que le interesaba su peculiar biblioteca. No había libro que se publicara sobre la temática que tanto le apasionaba que no enviara a comprar de inmediato.

—Tan sólo quien se considera a sí mismo esclavo de la lectura es realmente libre —solía decir—. Los libros son lo único que te enseña, a través del conocimiento, el camino más recto hacia la libertad de pensamiento.

—Supongo que los libros y el Caíd Manolo... —le hacía notar con cierta ironía su sobrino mayor.

—El Caíd Manolo era, a decir verdad, una enciclopedia a lomos de un camello. Mientras patrullábamos durante semanas sobre la *hamada* o el *erg*, me iba enseñando tantas cosas que por más que me esfuerzo en recordarlas la mayoría se me escapan. He llenado doce libretas con las reflexiones a que me hizo llegar con sus enseñanzas, pero si las hubiera anotado en su momento, serían veinte. —Sonrió como burlándose de sí mismo y dijo dirigiéndose a su sobrino mayor—: Resulta muy difícil tomar notas balanceándote a lomos de un dromedario, pero si cuando me muera te sirven para escribir algo sobre Manolo, puedes hacerlo. Aunque ya te advertí que de nada te servirán si no conoces de primera mano lo que significa el desierto.

El contenido de aquellas libretas de tapas de hule y papel a rayas no constituía propiamente un diario o unas memorias, sino sólo una desordenada y en cierto modo anárquica amalgama de ideas, poemas, recuerdos, sueños, proverbios e incluso cuidadosos y estilizados dibujos que mostraban, mejor que lo hubieran hecho unas memorias estructuradas cronológicamente, lo que había sido la ajetreada y un tanto misteriosa vida del antiguo capitán de La Mía a Camello, Feliciano Rodríguez Corcuera.

Y es que, como él mismo aseguraba en una de sus notas:

> Cuando miro hacia atrás lo que veo no es el sinuoso camino que he recorrido a lo largo de estos años, sino tan sólo un confuso paisaje conformado por altas y luminosas dunas, profundos y oscuros barrancos, alegres ríos, tenebrosas selvas, arenas ardientes o frescos oasis que no deben de tener otro vínculo común que mi propia existencia.

En ocasiones, el tío Feliciano intentaba hacer comprender a sus desconcertados sobrinos que una de las principales razones de ser de las personas era convertirse en lazos de unión entre otras personas que, de otro modo, probablemente nunca hubiesen tenido contacto entre sí.

—Me enorgullece el hecho de haber sido el cable que ha conectado a dos ignorantes paletos de la Cuenca actual con un inteligente militar que vivió en el desierto y murió hace ya mucho tiempo, con el único fin de transmitirles su amor al prójimo, a la verdad y la justicia. Tened siempre muy presente que eso es algo que sólo podemos hacer los seres humanos.

—¿Por qué?

—Porque somos los únicos que hemos aprendido a hablar y expresar ideas, y por ello cada uno de nosotros se ha convertido en un núcleo que continuamente recibe y transmite miles de millones de datos, en apariencia banales, pero que en conjunto conforman lo que llamamos «la humanidad». Y en ocasiones, el fallo del más humilde y minúsculo de esos núcleos puede provocar una auténtica catástrofe.

—¿Como por ejemplo...?

—¿Un ejemplo...? —Feliciano Rodríguez Corcuera se rascó pensativo la espesa barba canosa, observó con el ceño fruncido al menor de sus sobrinos, que era quien le había puesto en tal aprieto, y por último señaló—: Imagínate que una humilde sirvienta olvida advertirle a la dueña de casa que la llave del gas no cierra bien, por lo que sobreviene una explosión y la señora, que está embarazada, pierde a un niño que estaba llamado a ser el descubridor de un remedio contra el cáncer.

—Se me antoja un ejemplo un tanto rebuscado... —protestó *Ave* César—. Más bien bastante, si quieres que te sea sincero.

—La vida de las plantas es sencilla, la de los animales algo menos, la de los seres humanos tremendamente complicada, y a veces incluso, como tú mismo has dicho, un tanto rebuscada —fue la tranquila respuesta—. El último emperador de China, un hombre extremadamente culto y refinado, acabó su vida como humilde jardinero, mientras que un zafio ranchero borrachín, ex drogadicto y semianalfabeto ejerce hoy en día como presidente del país más poderoso del mundo, invadiendo naciones y torturando inocentes. Por desgracia, su madre no tuvo una sirvienta distraída que le hubiera ahorrado incontables sufrimientos a miles de hombres y mujeres.

—Hace unos años admirabas a los americanos, pero ahora tengo la impresión de que los detestas —le hizo notar Juvenal Ojeda—. ¿A qué se debe un cambio tan radical?

—A que un pueblo que elige por dos veces a un presidente como Bill Clinton resulta admirable, mientras que un pueblo que elige, y aún peor, reelige, a un presidente como George W. Bush resulta detestable. Lo mejor que tiene la democracia es que deja al descubierto el verdadero corazón de las naciones, y una nación que permite que en su nombre se inicie una guerra basada en la mentira y se practique la tortura merece ser aborrecida.

—Por lo que me han contado, en la España de Franco también se practicaba la tortura.

—¡Cierto! Pero Franco no había sido elegido libremente; era un dictador que impuso su voluntad pasando sobre un millón de cadáveres.

—Sin embargo, tú serviste a sus órdenes.

—¿Y qué remedio me quedaba? Como hijo de viuda de guerra, la única posibilidad de estudios gratuitos que tenía era la carrera militar, pero en cuanto salí de la Academia elegí como destino el Protectorado del Sahara, porque me habían asegurado que allí solían ir a parar los oficiales más «liberales» del momento. Y así era, en efecto, porque en cualquier otro punto de la geografía nacional de entonces los militares antifascistas como el Caíd Manolo hubieran acabado frente a un pelotón de fusilamiento.

—¿En algún momento te avergonzaste por ser militar en una dictadura? —quiso saber Caragato.

—¿Estás loco? —se escandalizó Feliciano Rodríguez—. Mientras vestí el uniforme me sentí orgulloso de él, porque lo que hacíamos en el Protectorado a favor de los nativos era importante. Años después, cuando me sentí traicionado, justo es reconocer que más por los políticos que por los propios militares, colgué el uniforme y en paz. Como dice el proverbio, «no te vistas de lo que no eres si no quieres acabar siendo aquello de lo que te vistes y que en verdad no eres».

—¿Y tú en el fondo qué eres, un ex militar que siempre se sintió paisano, o un paisano que continúa añorando sus tiempos de militar?

—La añoranza no es más que el deseo de volver a vivir los momentos en que fuimos felices, fueras lo que fueses por aquel entonces, renacuajo. Como comprenderás, si hubo un tiempo en que era un joven fuerte, sano, enamorado y rodeado de excelentes camaradas con los que recorría libremente el desierto, lo normal es que sienta añoranza de aquellos maravillosos días, sobre todo cuando no soy más que un pobre enfermo cuya única compañía son dos pegajosos «niños mosca» que no paran de hacer preguntas idiotas.

—¿De quién estabas enamorado?

—Eso es algo que no os importa; el verdadero amor es un sentimiento demasiado íntimo como para compartirlo.

—Sin embargo... —objetó el sobrino mayor—. Opino que llevas demasiados años hablándonos del amor a la aventura, de la amistad, de los buenos sentimientos y la capacidad de sacrificarnos por los demás, sin que jamás hayas hecho una sola mención a uno de los sentimientos básicos de la vida. ¿Acaso no es hora de empezar?

Feliciano Rodríguez Corcuera tardó en responder. Se levantó de la cama, fue al baño, orinó, volvió, tomó asiento en su enorme butaca de piel marrón, encendió un estilizado narguile recuerdo de sus años entre los beduinos, y tras meditar un largo rato replicó:

—Nunca preguntes a un camellero cómo pescar sardinas, ni a un pescador cómo calmar a un dromedario cuando está en celo durante el mes de abril. Todo lo que yo sé sobre el amor cabe en una caja de zapatos y aún sobra espacio.

—¿Y esas fabulosas historias sobre los ojos de las beduinas o el cuerpo de las negras? —protestó enfáticamente César Rodríguez Ojeda—. ¿Acaso no son ciertas?

—Lo son, pequeño, lo son, pero se trata de sexo, no de verdadero amor; ese sentimiento tan sólo lo experimenté en una ocasión, pero por desgracia apenas duró un par de meses.

—¿Qué ocurrió?

—Tal vez algún día os lo cuente. Aún no ha llegado el momento.

—Tengo dieciocho años, y Juvenal casi veinte —protestó *Ave* César.

—Razón de más para no amargaros la vida con una historia tan triste. No me perdonaría matar de raíz vuestras ilusiones cuando apenas habéis empezado a forjarlas.

Comprendieron que resultaba inútil insistir, y pese a la curiosidad e incluso la necesidad de consejo que sentían, permitieron que el tío Feliciano continuara preservando el gran secreto que al parecer había marcado su existencia.

Ni siquiera Constantino, padre de César y hermano

mayor de Feliciano, fue capaz de aportar alguna luz sobre la carta que envejecía entre las páginas de *Beau Geste*, y mucho menos sobre una misteriosa fotografía de la que nunca había oído hablar.

—Feliciano siempre fue muy reservado con sus cosas —dijo—. Y a partir de la famosa Marcha Verde y de la vergonzosa entrega que se hizo del Protectorado del Sahara a los marroquíes, su carácter cambió aún más. Amaba al pueblo saharaui y nunca pudo asimilar que lo vendieran de una forma tan ignominiosa. A veces creo que efectivamente, y tal como comenta en ocasiones, su alma y su maltrecho corazón aún están enterrados en alguna inmensa duna.

—¿Y cómo es que nunca volvió al desierto?

—Me consta que volvió y permaneció allí mucho tiempo sin que apenas supiéramos nada de él, en lo que constituye una especie de impenetrable secreto sobre el que jamás he conseguido sacarle una palabra. Más tarde sufrió un infarto y desde ese día se convirtió en lo que es ahora: un hombre solitario que vive de recuerdos, a la espera de que ese generoso pero frágil corazón que tanto se ha preocupado por los demás, se acabe de romper. A veces creo que si no fuera por vosotros se habría pegado un tiro hace tiempo.

—El tío no es de los que se suicidan.

—Nadie es «de los que se suicidan» hasta el día en que deciden que la vida no les ofrece nada mejor de lo que les ofrece la muerte, hijo. De hecho, en cierto modo mi hermano se suicidó hace años, cuando le propuse que se sometiera a un trasplante —comentó a sus sobrinos al tiempo que sacudía la cabeza, antes de inquirir con una leve sonrisa—: ¿Sabéis lo que me respondió?

—De él se puede esperar cualquier cosa.

—Me dijo: «Los corazones para trasplante escasean y muchos los necesitan más que yo: madres de hijos pequeños, padres que constituyen el único sostén de su familia, jóvenes enamorados que tienen un futuro por delante, médicos, investigadores o empresarios que dan trabajo a mucha gente. Si aceptara utilizar tus influencias y mi dinero con el fin de comprarme un nuevo corazón, pasaría los años que me quedan con la sensación de que le he robado la vida a alguien mucho más valioso que yo.»

—Muy propio del tío Feliciano.

—«¡Pero es que se trata de tu única vida!», le insistí. «¿Qué puede haber más importante que eso?» Me respondió que el problema estribaba en que todos considerábamos que nuestra vida era lo más importante, lo cual iba en contra de sus convicciones. ¡Ahí se acabó la discusión!

De alguna forma, sin saber ellos mismos la razón y sin siquiera haberlo comentado, los dos muchachos empezaron a presentir que, pese a que aún se le podía considerar relativamente joven, el corazón del tío Feliciano volvería a fallar muy pronto.

La angustiosa sensación aumentó el día en que, en contra de sus más inveteradas costumbres, decidió abandonar su amado dormitorio y los invitó a almorzar en uno de los mejores y más peculiares restaurantes de la ciudad, Las Casas Colgantes, desde cuyos balcones le encantaba contemplar el cauce del río Huécar.

De regreso tomaron asiento en el jardín, y tras un largo silencio durante el que aparentó estar poniendo en orden sus ideas, comentó:

—Hace poco más de treinta años, recién ascendido a capitán, conocí en El Aaiún a una muchacha de dieciocho años de la que me enamoré como un niño. Su familia se opuso a nuestras relaciones puesto que ni siquiera le pasó por la cabeza que mis intenciones fueran serias, mientras que por mi parte estaba convencido de que el estirado y estricto coronel Arriaga, un clásico señorito andaluz más pijo que la leche, me destinaría muy lejos si averiguaba que estaba dispuesto a casarme con una saharaui, pese a que era de una familia bien considerada en el Territorio y de excelente posición económica.

—¿Por qué? ¿Acaso estaba prohibido?

—Estaba mal visto, no prohibido, y me constaba que el coronel Arriaga no pertenecía a la vieja estirpe de militares que habían ido al Protectorado porque amaban el desierto y sus habitantes. Se llamaba Agustín, pero como le habían trasladado desde un cómodo despacho ministerial a lo que él consideraba un sucio estercolero, pronto comenzaron a llamarle «Adisgustín», visto que protestaba por todo. Y como buen fascista era, además, bastante racista.

—Decir fascista y racista es casi una redundancia.

—¡En efecto! —confirmó su tío—. A pesar de que el coronel tenía ojos y oídos en todas partes, conseguí reunirme con Shereem en varias ocasiones. Pero cuando más felices nos sentíamos y empezábamos a hacer planes de futuro, comenzaron las hostilidades que a la postre desembocarían en la pérdida del Protectorado. Recibí de improviso la orden de trasladarme con mi destacamento a un pequeño fuerte de la Legión, en Hagunía, en pleno corazón del conflicto, donde nos vimos completamente cercados por las tribus rebeldes.

—¿Entraste alguna vez en combate?

La respuesta tardó mucho, quizá demasiado, como si Feliciano dudara sobre si debía o no hablar de ello, pero al fin señaló:

—Si puede llamarse combate al hecho de pasarnos la noche bajo una lluvia de bombas de mano que nos lanzaban con hondas, sí. Por la mañana, cuando salíamos a enfrentarnos con quienes nos habían estado hostigando, no encontrábamos a nadie. Los beduinos se enterraban en la arena cubriéndose la cabeza con un matojo, por lo que resultaba casi imposible localizarlos. Luego, en cuanto oscurecía, salían de sus escondrijos y volvían a las andadas.

—Pero siempre nos has dicho que desde que el Caíd Manolo fundara El Aaiún los saharauis se comportaron amistosamente —le recordó Juvenal Ojeda.

—Y es cierto,

—¿Entonces...?

—La mayoría de nuestros beduinos era gente fiel y pacífica, pero agitadores infiltrados desde el norte habían convencido a unos cuantos de que los marroquíes sólo pretendían ayudarles a obtener la independencia. Los más ambiciosos se lo creyeron, convencidos de que muy pronto gobernarían un país libre, sin darse cuenta de la trampa que les tendían unos astutos marroquíes que lo que en verdad ambicionaban era anexionarse un Protectorado donde acababan de descubrirse riquísimos yacimientos de fosfatos.

—Ya nos has hablado de los famosos fosfatos.

—Fosfatos significa dinero, y el dinero lo cambia todo; muy pronto a todo saharaui que se atreviera a alzar la voz lo tachaban de traidor o sencillamente lo hacían desaparecer en plena noche. Los demás descubrieron la verdad demasiado tarde. Ésa es la razón por la que treinta años después la mayoría de los saharauis continúa esclavizada o en el exilio.

—Lo que nunca he entendido es cómo un ejército supuestamente tan experimentado y bien pertrechado como el nuestro se dejó vencer por un puñado de beduinos armados de hondas y bombas de mano —comentó el mayor de los primos—. Nunca me ha entrado en la cabeza.

—Porque aquella guerra no se perdió en los campos de batalla, hijo.

—¿Ah no?

—¡No! Se perdió cuando un par de ministros fascistas se dejaron sobornar por el rey de Marruecos, aprovechándose de que el general Franco se encontraba a las puertas del infierno y no podía ordenar que los fusilaran por alta traición. Fue en ese momento cuando decidí pedir la baja en el ejército y marcharme a un lugar donde no tuviera que avergonzarme por cómo habíamos traicionado a quienes habíamos jurado proteger.

—¿Y no intentaste volver a ver a Shereem?

—Nos obligaron a salir de allí a toda prisa y con el rabo entre las piernas, y como Shereem era de las que se oponían a la anexión a Marruecos también tuvo que huir. No supe nada de ella hasta varios años más tarde.

Querido Feliciano:

Tan grande fue nuestro amor, que tuvo que ser, necesariamente, demasiado corto; de lo contrario hubiéramos muerto de felicidad.

Ahora vivo en el exilio, sin patria, sin familia y sin la presencia del único hombre al que he querido, pero me sirve de consuelo nuestra hija, que pido a Alá que algún día llegues a conocer.

Tuya para siempre,

SHEREEM

Aquella carta, tantos años encerrada entre las páginas de una novela de aventuras y que su destinatario leía ahora en voz alta intentando que las lágrimas no asomaran a sus ojos, constituía al parecer el amargo secreto que había intrigado a los dos primos desde que tenían uso de razón.

—Me llegó demasiado tarde, porque fue enviada a mi regimiento, y como yo había pedido la excedencia para marcharme a vivir a Gabón nadie se ocupó de remitírmela —musitó apenas Feliciano Rodríguez Corcuera, devolviendo el pequeño trozo de papel a su sobre y éste al libro—. Cuando al fin la recibí, busqué a Shereem y a mi hija en el antiguo Protectorado así como en Argelia, Níger y Mauritania, pero se diría que se las había tragado la tierra. Luego ocurrieron algunas cosas de las que prefiero no hablar, y cuando menos me lo esperaba el corazón me falló. Ya conocéis el resto de una historia que prácticamente se ha desarrollado entre estas cuatro paredes.

—Una hermosa historia, sin duda alguna —sentenció un conmovido Juvenal Ojeda.

—Pero triste... —le hizo notar su primo César.

—Por desgracia, las historias hermosas suelen ser tristes porque un final feliz quizá le restaría protagonismo a la hermosura. —El tío Feliciano sonrió en lo que más bien era una amarga mueca al añadir—: Personalmente preferiría que esta historia hubiera sido mucho más vulgar, con una carta que llega a tiempo a su destino, un hombre que encuentra a la mujer a la que adora, y una familia numerosa y feliz que pasa sus vacaciones de verano en una atestada playa levantina. Si para que esta historia resulte hermosa ha sido necesario que yo haya sufrido tanto durante treinta años y una inocente muchacha y su hija continúen pasando miseria en cualquier campamento de refugiados del desierto, no puedo por menos que despreciar esa hermosura.

Podría creerse que aquél fue el epitafio con que Feliciano Rodríguez Corcuera se despedía de este mundo, puesto que tres días más tarde sus sobrinos lo encontraron tumbado en la cama, con la carta de Shereem en una mano, una sobada fotografía en la otra, y el sereno semblante de quien se siente liberado de una carga demasiado pesada.

La fotografía mostraba el primer plano de un rostro sorprendentemente dulce en el que, aparte de una misteriosa sonrisa, destacaban unos ojos enormes que recordaban, en negro, a los de la muchacha afgana que se hiciera mundialmente famosa ocupando la portada del *National Geographic Magazine*.

—No me extraña que no pudieras olvidarla... —comentó Juvenal Ojeda acariciando la mano del difunto y hablándole tal como había hecho durante la mayor parte de su vida—. Haber amado a una criatura semejante, saber que te ha dado una hija, y no volver a verla nunca, debe de ser para morirse de dolor y amargura.

—De amargura murió... —le respondió su primo, sentado a los pies de la cama—. De amargura y una soledad que no fuimos capaces de espantar por mucho que lo intentamos.

—Ahora la soledad será nuestra. ¿Qué vamos a hacer sin él?

Aquélla era una pregunta que venían haciéndose desde meses atrás y para la que nunca encontraban respuesta. ¿Qué hacer cuando les faltara la estrella que había marcado el rumbo de sus vidas desde que tenían memoria? ¿Dónde se refugiarían cada tarde tras una larga jornada en la que el mundo exterior les había mostrado su absoluta carencia de alicientes, cuando no su abierta hostilidad?

El acogedor dormitorio del tío Feliciano había constituido el seguro refugio que les mantenía a salvo de la estupidez, la vulgaridad, la agresividad o la indiferencia de quienes no concebían la existencia sin un vaso de whisky en una mano y un porro en la otra.

¿Quién conseguiría ahora que sus mentes volaran sobre las gigantescas dunas del desierto o las altas copas de los centenarios árboles de las selvas de Gabón? ¿Quién volvería a contarles las fabulosas hazañas del Caíd Manolo y su inseparable compañero de aventuras, Mohamed, el hijo del Caíd Salah?

—La última vez que estuve en Tinduf —les había contado su tío en cierta ocasión— fui a visitar a Mohamed, que se había quedado casi ciego. Le pidió a su nieto que trajera una caja de cigarros en la que guardaba medio centenar de viejas fotografías de los años que había pasado junto a Manolo. El pobre hombre me las fue entregando una por una, indicándome quién aparecía en cada una de ellas y en qué momento o circunstancia había sido tomada. Pronto advertí que, pese a que nunca se equivocaba en los nombres, algunas fotografías me las entregaba del revés. Comprendí, emocionado, que ya no podía verlas, pero las había mirado tanto a lo largo de su vida que el tacto le bastaba para reconocerlas. —Meneó la cabeza varias veces en muda señal de admiración y concluyó—: En ocasiones la verdadera amistad llega a esos extremos.

La mesa de despacho que se encontraba al pie del ventanal siempre había estado dominada por una foto enmarcada en la que aparecían el propio Mohamed, vistiendo uniforme de teniente del ejército español, el Caíd Manolo sujetando a su hermoso guepardo amaestrado, y un casi imberbe Feliciano Rodríguez.

Y colgada de la pared, a la derecha de la ventana destacaba, igualmente enmarcada, una carta manuscrita que no era otra cosa que el testamento de un hombre que evidentemente se sabía ya muy cerca de la muerte:

Querido Feliciano:
Al abandonar, no por mi gusto, sino porque mi cuerpo ha llegado a los límites de su resistencia, este Sahara que recorrimos juntos de norte a sur y de este a oeste, ganándonos a los nativos y grabando en ellos para siempre ideales de honradez e igualdad, así como el prestigio de nuestra nación, deposito en ti, quizás el único que queda de los esforzados oficiales de las tropas nómadas que sirvieron bajo mi mando, todo el tacto, toda la paciencia y toda la equidad con que hay que seguir tratándolos.

Por ello, debes ser tú quien enseñe a los nuevos oficiales la senda de la austeridad, la honradez, la abnegación y el espíritu de sacrificio que este trabajo exige, procurando seguir siendo el mejor y el más modesto.

Y sobre todo continúa luchando contra la terrible lacra de la esclavitud.

Ésa será tu misión, y ésta es mi última orden.

MANUEL

P.D.: Me temo que ya no podré devolverte los miles de cigarrillos que me has «prestado» durante todos estos años.

—La alusión a los cigarrillos se debe a que le encantaba fumar, pero nunca tenía tabaco porque todo su sueldo lo empleaba en comprar la libertad de niños *bellah* —había señalado quien recibiera años atrás tan hermosa carta—. Como veterano capitán en las colonias disfrutaba de una excelente nómina y muchos privilegios, como bajos precios en el economato del fuerte, pero en su casa se privaban de todo a causa de su obsesión por liberar a los esclavos.

—¿Pretendes decir que esos niños *bellah* seguían siendo esclavos cuando los españoles se encontraban en territorio saharaui...? —inquirió un asombrado Juvenal Ojeda—. ¡No puedo creerlo!

—¡Pues créetelo, hijo! ¡Créetelo! Durante el gobierno del muy católico general Franco, «la reserva espiritual de Occidente», que comulgaba a diario y entraba en las iglesias bajo palio, sus gobernadores militares permitían que los poderosos jeques de las tribus beduinas tuvieran tantos esclavos como quisieran, mientras que los oficiales, los suboficiales e incluso en ocasiones la tropa, aportábamos parte del poco dinero de que disponíamos con el fin de comprar su libertad.

—¿Pero por qué ésa es una raza de esclavos? —insistió el muchacho.

—Los *bellah* no son una raza, papafrita... —le hizo notar su tío—. Ni siquiera constituyen una tribu o un grupo étnico al que se pueda distinguir por signos externos. Para los beduinos, *bellah* es todo aquel ser humano, blanco, negro, amarillo o mestizo, capturado en una guerra o raptado en una razia, por lo que se convierte en esclavo. También serán esclavos sus hijos y nietos hasta que consigan comprar la libertad, del mismo modo que un ternero pertenece al dueño de la vaca. El amo hace con sus esclavos lo que le apetece, desde azotarlos, venderlos o ponerlos a trabajar cobrando él en el caso de los hombres, hasta violarlas y prostituirlas en el caso de las mujeres. Incluso le está permitido castrar a los niños y convertirlos en eunucos.

—¿Y aún sigue siendo así?

—En muchos lugares del desierto, sí. En los antiguos

territorios del Protectorado Español no lo sé, pero te aseguro que cuando yo estaba destinado allí los camellos y las cabras vivían mejor que los *bellah*, que no podían comer más que las sobras dejadas por sus amos o sus animales.

—¡Qué barbaridad! ¿Y todo eso en pleno siglo veinte?

—En pleno siglo veinte, querido. He visto a niños revolviendo en los pesebres en busca de los granos de mijo que las bestias no hubieran conseguido atrapar. Como comprenderéis, lo único que podíamos hacer, vista la indiferencia de las autoridades, era rascarnos el bolsillo y aportar lo que pudiéramos aunque, como en el caso de Manolo, no nos quedara ni para tabaco... —Feliciano Rodríguez lanzó un hondo suspiro dando a entender la magnitud de su frustración, y concluyó—: Por desgracia no fui capaz de cumplir la última orden de Manolo; tuvimos que abandonar el Territorio sin haber conseguido solucionar el problema de la esclavitud.

—Supongo que él sabía que ese tema era demasiado complejo como para que pudieras resolverlo tú solo.

—¡Por supuesto! Era infinitamente mejor que yo y había pasado toda su vida luchando sin obtener resultados. Todos teníamos muy claro que, en cuanto él dejara de estar en el puente de mando, la nave se iría al garete, como así ocurrió. Nadie, y el gobierno menos que nadie, volvió a preocuparse de verdad por el destino de esos desgraciados.

—¡Lástima!

—¡Lástima, en efecto! Cuando me enteré de la muerte de Manolo lloré tres días, pero cientos de *bellah* que sabían que con él desaparecía su última esperanza de libertad lo lloraron mucho más amargamente.

Juvenal *Caragato* Ojeda Rodríguez y *Ave* César Rodríguez Ojeda no lloraron aquella tarde: su tío se lo había prohibido expresamente.

—Alegraos por mí, porque cuando me vaya lo haré a un lugar donde me espera Manolo para que le lleve cigarrillos, y desde el que podré proteger a Shereem y a mi hija —les había dicho unos días antes—. También os protegeré a vosotros, que buena falta os hace, porque no sois más que un par de inútiles zangolotinos que todavía no habéis aprendido a limpiaros el culo con una piedra sin cagaros los dedos.

Inútiles se sentían, en efecto, y tan huérfanos como si fueran sus padres los que se encontraban tendidos en aquella cama, porque a decir verdad habían pasado mucho más tiempo con el difunto que con sus progenitores.

Dejaron transcurrir casi dos horas antes de comunicar la triste noticia del fallecimiento, conscientes de que en cuanto lo hicieran la casa se llenaría de amigos y parientes, cuando lo único que deseaban era continuar a solas, tal como lo habían hecho durante tantos años, con aquel que sabían a ciencia cierta que también aborrecía la presencia de «extraños».

De un modo inconsciente consideraban a su tío Feliciano una especie de propiedad privada; un preciado tesoro que nadie tenía derecho a compartir, ya que él mismo había sido el primero en negarse a que le compartieran.

Cuando comenzaron a llegar «intrusos», recogieron la carta y la fotografía de Shereem para encerrarse a leer al fin las libretas de tapas de hule que su tío había rellenado de ideas, dibujos y pensamientos durante sus largas noches de insomnio y soledad.

No vengas escondida, muerte, que quiero verte llegar.
Tanto tiempo me has rondado que ya es hora de acabar.
Puede que a muchos asustes, pero a mí no me vas a asustar,
que yo ya he muerto otras veces sin dejar de respirar.
Me sentí morir al verla, me sentí morir al amarla,
me sentí morir al perderla, y me siento morir al recordarla.
¿Qué me importa morir una vez más?

—¿Te gustaría querer así a una mujer?
—¡Ni de coña!
—¿Por qué?
—¡Mira de lo que le sirvió! Un par de meses de felicidad y treinta años de sufrimientos. —Juvenal Ojeda lanzó un

sonoro reniego al añadir—: Si alguna vez conozco a alguien tan fascinante como Shereem, saldré corriendo para tirarme de cabeza al mar.

—¿Prefieres aguantar a una petarda como Marina durante esos treinta años? —quiso saber su primo.

—Tampoco hace falta llegar a esos extremos —protestó el otro—. Marina tiene el mejor culo de Cuenca pero tengo claro que en cuanto un tipo con pasta se le cruce en el camino me dejará en la cuneta... —Sonrió de su propia ocurrencia y agitó la cabeza para añadir—: ¡Y ya va siendo hora de que ese tipo aparezca!

—¡Menudo cabronazo estás hecho!

—¿Cabronazo por qué? El tío Feliciano siempre dice...

—¡Decía!

—¡De acuerdo! Decía que lo que importa es no hacer daño a la gente, y Marina no sufrirá si encuentra a un maromo bien situado que cargue con ella, pero se lo tomará a mal si un día descubre que me tiene hasta el forro.

—A eso le llamo yo nadar y guardar la ropa.

—¡Escucha, enano...! —le espetó el otro con una amplia sonrisa—. Sólo soy año y pico mayor que tú, pero en lo que se refiere a mujeres es como si te llevara un siglo de ventaja, ya que por lo que sé, y no olvides que lo sé todo sobre ti, aún no te has comido una rosca peluda. El tío Feliciano era un ser único, admirable e irrepetible al que me gustaría parecerme en todo, menos en esa inconcebible fidelidad a una mujer con la que sólo debió de acostarse una docena de veces.

—La amaba.

—La amaba, sí, pero no me parece justo destrozar por ello casi la mitad de la única vida que tenía. Si no hubiera sido por esa maldita obsesión que le rompió el corazón y el alma, habría hecho grandes cosas. Era el hombre más inteligente y generoso que he conocido. —Y masculló con un ronco lamento—: ¡Dios! ¡Apenas hace seis horas que se ha ido y ya le echo de menos!

El testamento del tío Feliciano no guardaba excesivas sorpresas. Se lo dejaba todo a sus sobrinos con sólo una reserva: la tercera parte del capital se mantendría en un banco durante los próximos diez años por si se daba la milagrosa circunstancia de que se tuvieran noticias de Shereem al Aidieri, o en su defecto de su hija, a la que le sería entregada esa parte de herencia de inmediato. Si ninguna de las dos aparecía al finalizar dicho plazo, Juvenal y César podrían disponer con absoluta libertad de la totalidad de dicho capital.

La única sorpresa estribaba en que la fortuna de aquella especie de obsesionado ermitaño era bastante más cuantiosa de lo que nadie hubiera imaginado; contra todo pronóstico, alguien que apenas salía de su casa y no demostraba el menor interés por cuanto no se refiriese a la naturaleza o la aventura, había desarrollado una rara habilidad a la hora de administrar la pequeña fortuna que había reunido durante sus años de duro trabajo en Gabón y Camerún.

Poseía acciones de empresas petroleras, navieras y madereras, así como de una popular cadena de hoteles, por lo que Juvenal Ojeda Rodríguez y su primo hermano por partida doble, César Rodríguez Ojeda, se despertaron una mañana como hombres ricos en bienes materiales, aunque muchachos pobres en sueños e ilusiones.

—¡Papeles! —masculló el menor, depositando sobre la mesa del comedor un fajo de documentos—. No son más que papeles que se pueden cambiar por dinero, pero no saben contar historias ni te hacen soñar con lugares exóticos.

—Ya no necesitas soñar con ellos... —observó su madre—. Ahora puedes recorrerlos viajando en primera clase y hospedándote en hoteles de lujo.

—¡No es lo mismo! —fue la peculiar respuesta—. Cualquier cosa contada por el tío Feliciano será siempre superior a la realidad.

—Eso únicamente podrás asegurarlo cuando hayas conocido por ti mismo esa realidad... —replicó ella—. El mundo de ahí fuera está para ser visto, no para que te lo cuenten, de la misma manera que la vida está para ser vivida, no para verla transcurrir como simple espectador. Si a tu tío no le hubiera fallado el corazón habría hecho cosas extraordinarias. Confío en que lleves algo de su sangre en las venas.

Tanto César como Juvenal llevaban no «algo» sino mucho de la sangre de su tío, pero en aquellos momentos ambos se sentían como si dicha sangre se hubiera congelado, visto que les faltaba el corazón que siempre había conseguido bombearla intensamente.

Cada tarde regresaban, por inercia, a un dormitorio que ahora parecía haberse convertido en mausoleo y, a falta de palabras, se sentaban a leer y comentar cuanto aparecía reflejado en unas libretas en las que Feliciano Rodríguez parecía haber ido depositando jirones de su alma a lo largo de aquellos dolorosos años.

A través de sus escritos aprendieron a conocerle mejor, puesto que no cabía duda de que durante sus largas noches de insomnio y soledad se había sincerado mucho más con el papel de lo que solía hacerlo normalmente.

Es muy probable que el día que el primer ser humano trazó un dibujo sobre una pared de roca, no lo hiciera con el fin de comunicarle algo a sus semejantes, sino por la necesidad de liberarse de algún modo de sus angustias sin necesidad de hacer partícipe de ellas a nadie.

Una hoja se convierte a menudo en un silencioso ser al que transmitir los sueños y los deseos, y en más de una ocasión incluso se le pregunta por el camino a seguir cuando surgen las dudas. Ese pedazo de papel nunca contesta, pero ejerce como mudo y fiel testigo que raramente desvela sus secretos, salvo que quien se los entregó le permita hacerlo.

¿Tenía derecho a hacer lo que hice?
Ésa es una pregunta que me ha venido atormentando durante todos estos años y para la que aún no he encontrado respuesta.
¿Me arrepiento? Tampoco lo sé.
En aquellos momentos consideré que hacía lo justo, pero ese concepto ha cambiado con el paso del tiempo.

Y los muertos nunca resucitarán.

Si lo hicieran me preguntarían: ¿me matarías ahora?

Yo no tendría respuesta pero ellos continuarían sin poder abrazar a sus mujeres e hijos.

Manolo fue el mejor militar que he conocido y nunca necesitó matar.

Su palabra resonaba con más fuerza que los disparos y me dio una orden que no supe cumplir.

¿Qué le diré cuando me cuadre ante él e intente saludarle con las manos ensangrentadas?

—Me ofrecen un Ferrari amarillo de segunda mano por treinta mil euros.

—Un paleto paseando por las calles de Cuenca en un Ferrari amarillo de segunda mano se convierte en un paleto-hortera. Y si además se compra un Rolex de oro para exhibirlo sacando la muñeca por la ventanilla, se transforma en un paleto-hortera-presuntuoso —sentenció Juvenal Ojeda con inusual seriedad, para concluir en el mismo tono—: Y yo tengo una norma: no tratar con horteras ni con presuntuosos; me producen acidez de estómago. Ya tengo bastante con ser un jodido paleto.

—¿Y qué tiene de extraño ser paleto habiendo nacido en una pequeña capital de provincias?

—Nada, mientras no se haga alarde de ello al volante de un Ferrari amarillo.

—¿Y en qué emplearás todo el dinero que nos ha dejado el tío? —quiso saber su primo, un tanto amoscado—. ¿Te limitarás a guardarlo en un banco?

—En primer lugar, no tengo intención de mencionar ni una sola palabra sobre él, porque en ese caso la dulce y astuta Marina Manzano, que muy bien podría llamarse «Marina Mercante», se frotaría las manos imaginando que ha encontrado al primo que esperaba. Ya tengo carga más que suficiente con verme obligado a hacer de primo tuyo.

—Pues a mí no me importaría hacer de primo para Marina durante una temporada.

—Te aseguro que si te compras ese Ferrari, sea amarillo o con pintas verdes, Marina cambia de primo en menos de una semana. Por lo que a mí respecta, estoy dispuesto a aportar el Rolex de oro como regalo de boda.

—¡Boda, boda! —protesto *Ave* César—. ¡Siempre boda! Nadie piensa en casarse a los veinte años por muy apetecible que sea el culo en cuestión.

—Ella lo piensa desde los quince. ¿Te acuerdas de Susanita, la amiga de Mafalda? Pues a veces me asalta la sensación de que Quino se inspiró en Marina a la hora de perfilar al personaje.

—¡De acuerdo! —admitió el menor de los Ojeda Rodríguez—. Olvídate de Marina. Lo que está claro es que no podemos pasarnos el resto de la vida viniendo aquí cada tarde a que se nos arrugue el ombligo... ¡Se me revuelve el estómago al comprobar cada día que el tío ya no está!

—Y a mí, pero eso es lo que hay y toca joderse... —replicó Juvenal, al tiempo que abría una de las libretas de tapas de hule por una página que había marcado previamente. Leyó en voz alta:

A menudo no puedo por menos que preguntarme cómo hubiera sido mi vida de no haberla conocido.

Recuerdo como si fuera ayer aquella tarde, cuando pasó por mi lado en el zoco y me miró con tal intensidad que parecía leerme hasta el último pensamiento.

Y recuerdo su olor a azafrán, que me repugnaba en otras beduinas, pero que a partir de ese momento se convirtió en el mayor afrodisíaco que nadie haya podido imaginar.

«Hueles a paella», solían decir en la cantina de los oficiales cuando advertían que alguno de ellos había pasado la noche con una saharaui, pero desde esa tarde consideré que probablemente las puertas del Paraíso olían a azafrán.

—¿Alguna vez has olido a azafrán? —inquirió al concluir.
—Cuando he comido paella. ¿A qué viene eso?

—A que creo que lo que realmente me gustaría es escribir una hermosa y apasionante novela sobre la extraña historia del tío Feliciano y una preciosa muchacha saharaui que desapareció en el desierto hace treinta años.

—¿Sigues con la idea de escribir? —se asombró su primo menor, y ante el mudo gesto de asentimiento añadió—: ¿Y qué diablos sabes tú de cómo se escribe una novela?

—Nada en absoluto.

—¿Entonces...?

—Siempre hay que empezar por algo. Recuerdo que en cierta ocasión escuché por la radio a un viejo escritor contar que en los inicios de su carrera un famoso editor le había dicho: «A los médicos, los arquitectos o los abogados sólo le hacen la competencia sus colegas vivos. Sin embargo, a un escritor le hacen la competencia los escritores muertos, porque lógicamente yo prefiero publicar a Julio Verne, que siempre vende, que a un desconocido como tú. También le hacen la competencia los autores extranjeros y todos los aficionados que desean ver su libro editado aunque sea gratis. Con todo eso en contra, tus posibilidades de triunfar son de una entre diez millones.» A mi modo de ver el editor tenía razón, pero por lo visto el tipo insistió y al fin consiguió triunfar.

—¿Y tú te consideras tan capacitado como él?

—Eso no lo sabré hasta que lo intente. Lo que tengo claro es que para que sea el libro que pretendo escribir, debo hacerle caso al tío Feliciano y conocer el desierto en que él vivió e intentar encontrar a la mujer que amó y a la hija que perdió. Y si las encuentro y tú estás de acuerdo, le entregaré la parte de la herencia que les corresponde.

—Por lo que respecta a la herencia no hay problema —fue la inmediata respuesta—. Ese dinero es de ellas y no pienso tocarlo aunque pasen cien años, pero ten en cuenta que si ese viejo escritor triunfó, probablemente lo hizo sentado en un cómodo despacho con aire acondicionado, mientras que tú tendrás que recorrer cientos de kilómetros pasando sed y calamidades bajo un calor infernal.

—¡Lo sé! —admitió Caragato sin inmutarse—. Pero si no

lo hago, ¿qué demonios voy a escribir sin salir de Cuenca? No creo que en mi interior exista un ignorado genio de las letras, no he estudiado más que un año de empresariales, y me han quedado tres asignaturas para septiembre. Mi única baza para convertirme en escritor se concreta en una hermosa y rocambolesca historia que a mi modo de ver reúne los ingredientes necesarios para una buena novela de aventuras.

Ave César Rodríguez se tomó más tiempo del que tenía por costumbre para meditar las palabras de su primo, y al fin, mirándolo directamente a los ojos, inquirió tan serio que no parecía él mismo:

—¡Seamos sinceros! ¿A ti lo que te interesa es escribir una novela sobre una historia difícil de creer, o encontrar a esa mujer y a su hija para sacarlas de la miseria en que probablemente se encuentran?

—Las dos cosas.

—Pero es que en este caso no se trata de buscar una aguja en un pajar, que siempre puedes ayudarte con un imán; se trata de encontrar un grano de arena en la inmensidad del Sahara.

—Pero si no lo intento a mi edad, ¿cuándo lo intentaré? —replicó Juvenal Ojeda con lo que se le antojó una lógica aplastante y de hecho lo era—. Muerto el tío Feliciano, ha llegado el momento de tomar decisiones que afectarán al resto de mi vida. Me consta que si me quedo en Cuenca continuaré con una carrera que no me gusta, acabaré casándome con Marina y montaré algún estúpido negocio que me arruinará a los dos años porque nunca he sabido hacer negocios.

—No es miedo a los negocios, primo, a mí no me engañas; es miedo a no poder librarte de Marina.

—¡Algo hay de eso! —admitió Juvenal, que parecía dispuesto a sincerarse del todo—. El asunto de Marina me preocupa, sobre todo en cuanto se entere, que no tardará en hacerlo, de que ahora soy rico.

—¡Dalo por hecho! En Cuenca pronto o tarde todo se sabe, porque hasta el más tonto tiene un pariente que trabaja en un banco o una notaría.

—Lo sé mejor que nadie, y por eso no estoy dispuesto a pasar el resto de mi vida trayendo niños al mundo y lamentándome por haber sido un cobarde que desaprovechó la oportunidad de ser lo que realmente deseaba.

—Tendrás otras. Y nadie te obliga a casarte con Marina.

—No, claro que nadie me obliga, pero de lo que estoy seguro es de que nunca tendré una oportunidad tan clara de escribir una novela que posea todos los elementos requeridos para hacerla interesante.

—¿Una novela o un culebrón?

—Eso ya se verá cuando la haya terminado... —Caragato sonrió con escepticismo para añadir—: Si es que algún día la termino.

—¿Y qué pasará conmigo? —se lamentó *Ave* César.

—¿Cómo que «qué pasará conmigo»? —se sorprendió su primo—. Ya eres suficientemente mayorcito para saber qué le pides a tu futuro. Tienes más dinero del que nunca soñaste y toda una vida por delante. ¿Qué más quieres?

—Pero es que nunca nos hemos separado...

—Somos primos, no siameses —le recordó Juvenal—. Tarde o temprano tenía que ocurrir. La vida es así y no puedes pretender que, por no separarme de ti, renuncie a convertirme en escritor para dedicarme a pasear a Marina por Cuenca en un Ferrari, sea amarillo o no.

—¿Y si voy contigo?

Ahora fue el Caragato el que se tomó su tiempo, pero sin dejar de negar una y otra vez con la cabeza, como si la idea se le antojara de lo más absurda.

—A ti no se te ha perdido nada en todo este asunto, enano, y me parece injusto que me cargues con la responsabilidad de llevarte a un lugar que puede ser peligroso —señaló al fin.

—¿Cómo que no se me ha perdido nada en todo este asunto? —pareció indignarse el otro—. Te pierdo a ti, que eres más que un hermano al uso, y sobre todo me pierdo a mí, porque si te dejara marchar solo me pasaría el resto de la vida lamentándome por haber sido un cobarde. ¿Es eso lo que quieres? —preguntó fingiendo un sollozo—. ¿Que cada noche me acueste pensando que tal vez estás en peligro y no puedo ayudarte? ¿Qué haría si no vuelves?

—¡No seas payaso, coño! ¿Y qué carajo puedo decirte sobre lo que tienes que hacer o no, cabeza huevo? —le espetó el otro, visiblemente molesto—. ¡Menudo dilema! Si te dejo venir estoy jodido porque puede ocurrirte algo, y si no te dejo venir estaré jodido porque mi primito se sentirá muy mal temiendo que me ocurra algo. Por donde se mire, es una situación de lo más estúpida.

—Pero hay algo indiscutible: si me dejas acompañarte, por lo menos estaremos juntos.

—¡Pues vaya un consuelo! Yo lo que necesito es alguien que conozca el desierto, o que tenga idea de cómo encontrar a una persona desaparecida hace treinta años, no a un cernícalo que ni siquiera ha sido capaz de aprender a manejar su ordenador sin tener que preguntar a todas horas qué tecla debe tocar.

—Estoy a punto de lograrlo.

—¡Pues ya iba siendo hora!

—¿Por dónde pensabas empezar a buscar?

—Por Tinduf, naturalmente; es allí donde se perdió definitivamente el rastro de Shereem.

—¿Y cómo se va a Tinduf?

Juvenal señaló el mapa que colgaba de la pared y comentó con una leve sonrisa burlona:

—Bajas todo recto hacia el sur y luego giras un poco a la derecha.

—¿Y cómo se llega hasta allí?

—En avión.

—¡Oh, no! —protestó César Rodríguez Ojeda agitando la mano como si apartara de un manotazo la espantosa idea—. ¡En avión no!

—¿Por qué no?

—Odio volar.

Su interlocutor se quedó inmóvil, como si lo que acababa de escuchar le hubiera dejado petrificado, para acabar lanzando un bufido antes de inquirir:

—¿Y cómo es que odias volar si, que yo sepa, en tu puñetera vida has subido a un avión?

—No necesito haber volado para saber que no me gusta, de la misma manera que no me hace falta recibir una patada en los cojones para saber que no me apetece recibirla —sentenció el menor de los primos con lógica aplastante—. Y sabes muy bien que sufro de claustrofobia. ¡Iremos en barco!

—¿En barco por el desierto? ¡Anda ya!

—En barco hasta Argelia. Y de ahí en coche hasta Tinduf.

—Y cuando lleguemos la niña ya será abuela, no te jode... —Juvenal Ojeda se sentó en la cama en que había muerto su tío, y se enfrentó a muy corta distancia a aquel con quien había compartido la mayor parte de su vida para comentar cambiando el tono de acritud por otro mucho más amable y conciliador—: Escúchame bien, enano, porque vamos a dejar las cosas muy claras desde este mismo momento. Lo que voy a intentar es una estupidez sin la menor posibilidad de éxito, supongo que pasaré infinidad de calamidades e incluso es posible que me deje la vida en la aventura, pero si decides acompañarme tienes que dejar de joder con respecto a los aviones, la claustrofobia y cualquier otra chorrada por el estilo, aceptando que nos van a dar hostias hasta en el documento nacional de identidad. ¿Alguna duda?

—Ninguna.

Jamás creí que podría sentir tanta vergüenza por aquellas casuchas de barro, aquellas jaimas barridas por el viento, aquella suciedad y aquellos rostros de seres olvidados, dolientes, desesperados y hundidos en la más negra miseria, que constituyen el mayor monumento a la traición que se haya elevado nunca.

Traición de un país que abandonó a su suerte a unos desgraciados a los que previamente había impuesto por la fuerza una supuesta «protección».

Traición de quienes se fingieron sus amigos, con el fin de robarles cuanto tenían, y traición de una comunidad de naciones que les volvió la espalda.

¡Malditos sean en sus tumbas quienes escribieron la más putrefacta página de nuestra historia!

¡Malditos sean en sus palacios quienes cubrieron de fango banderas teñidas por la sangre de tantos valientes!

¡Malditos sean en sus escaños quienes continúan cerrando los ojos a tanto dolor como hemos causado!

Juvenal Ojeda Rodríguez y César Rodríguez Ojeda no podían por menos que recordar, palabra por palabra, lo que su tío Feliciano escribiera cuando visitó hasta la última de las casuchas de barro y la última de las *jaimas* de Tinduf en un desesperado intento por encontrar a la mujer que amaba y a su hija.

Ahora eran ellos los que estaban allí, frente al mismo paisaje, más miserable aún, más superpoblado aún e infinitamente más desesperante, y al recordar cuanto les había contado aquel hombre extraordinario sobre el valor, la altivez y el orgullo de raza del pueblo al que tanto amaba y admiraba, podían comprender su amarga desolación al saberlo humillado, vencido, vendido y traicionado por quienes le habían jurado amistad eterna.

—Doy gracias a Dios por que el Caíd Manolo nunca viera en lo que convertimos a aquellas valientes tribus rebeldes que él ayudó a pacificar brindándoles tanto amor —les había confiado la misma semana de su muerte—. Y doy gracias a Dios por haber abandonado a tiempo un ejército que fusiló a muchos inocentes, pero no se atrevió a fusilar a quienes le habían mancillado para siempre.

Los dos primos no habían nacido aún el día en que se inició un denigrante éxodo en el que miles de hombres, mujeres, ancianos y niños se vieron obligados a abandonar sus hogares para convertirse en parias obligados a vivir de la caridad en tierra extraña, pero adultos ya, descubrían que si algo había cambiado, había sido para peor, porque a todo cuanto de malo escribiera su tío Feliciano había que añadir ahora la honda amargura y desesperanza de miles de seres humanos seguros de que se les había enterrado en vida.

Niños nacidos y muertos en el exilio sin haber contemplado otro horizonte que un pedazo de desierto cubierto de basura; muchachas que se negaban a traer al mundo hijos que no tendrían otro destino que el que ellas padecían; hombres que se enfrentaban con viejos fusiles a poderosos tanques que los perseguían y aplastaban como a simples piojos entre las costuras de una camisa... Aquélla era la agonía de un pueblo enterrado bajo montañas de fosfatos y junto a las torres de futuros yacimientos de petróleo.

—¡Es imposible que estén aquí! —fue lo primero que sentenció Juvenal Ojeda a la mañana siguiente—. No me extraña que el tío Feliciano no las encontrara por mucho que buscara; si alguna vez estuvieron, debió de ser por muy poco tiempo.

—¿Por qué estás tan seguro? —quiso saber su primo.

—Porque el tío nos contó que Shereem era inteligente y pertenecía a una familia acomodada, y su carta y su letra demuestran que poseía educación. Nadie de esas características se quedaría en un lugar como éste más de lo estrictamente necesario.

—¡De acuerdo! Hace casi treinta años que pasó por aquí, pero éste es, sin lugar a dudas, el punto de partida. La pregunta clave es: ¿hacia dónde se dirigió?

—A mi modo de ver sólo existen dos opciones: o regresó clandestinamente a El Aaiún, cosa que dudo porque todas las rutas de acceso se encuentran sembradas de minas, o se internó en el desierto en un desesperado intento por llegar a Europa, ya que por entonces aún no se podía salir en avión.

—No se tienen noticias de un posible regreso suyo a El Aaiún, ni directamente ni a través de los campos minados. Nadie volvió a verla nunca por allí.

—Así pues, sólo nos queda el desierto, enano. Y a mi modo de ver no se dirigió hacia el norte; allí siempre se han buscado sus huellas sin resultado alguno. Debió de encaminarse hacia el sur, intentando encontrar otra salida. Lo que necesitamos es alguien que pueda guiarnos en esa dirección, a ser posible un auténtico tuareg.

—Kaleb Kalem es un auténtico tuareg —les señaló al día siguiente Ricardo Barragán, subdirector de una de las ONG más activas de cuantas intentaban remediar las desgracias de aquellos miles de infelices—. Me consta que es un excelente guía, nieto de un *inmouchar* de la tribu del Kel Talgimus. Y aparte de haber nacido en el desierto, ofrece la gran ventaja de haber estudiado en Granada, por lo que habla nuestro idioma a la perfección. A nosotros nos ha sido siempre de gran utilidad.

—¿Crees que estaría dispuesto a acompañarnos?

—Supongo que dependerá de las condiciones económicas. Su familia es noble pero pobre.

—¿Dónde podemos encontrarlo?

—A partir de las siete suele estar en la biblioteca. Decidle que vais de mi parte y que tengo mucho interés en que os ayude. Me debe algunos favores.

En efecto, Kaleb Kalem, nieto de un respetado *inmouchar* de la poderosa tribu del Kel Talgimus, se encontraba en la pequeña biblioteca de la organización a las siete de la tarde, y no resultó difícil reconocerle, no sólo debido a que era uno de sus escasos ocupantes, sino sobre todo por su inconfundible aspecto de hombre azul-hijo del viento, nacido en las arenas del desierto.

Era alto, delgado, de piel clara, porte altivo y expresión serena, aunque quizás en exceso meditabunda pese a que apenas superaba en edad a los dos muchachos. Vestía con natural elegancia un largo *jaique* de color índigo al tiempo que se tocaba con un inmaculado turbante haciendo juego.

Escuchó con atención la apasionante y, en su opinión, disparatada historia de la desaparición en el desierto de una madre y su hija treinta años antes, permaneció inmutable ante la más que generosa oferta económica que le hicieron a cambio de que les guiara a través de «la tierra que sólo sirve para cruzarla», en la que habían sobrevivido cien generaciones de sus antepasados, y tras reflexionar largamente, replicó con un marcado acento andaluz:

—Me siento muy a gusto en la ONG, ayudando en lo posible a esta pobre gente a la que el resto del mundo parece haber arrojado a una cloaca de una forma ignominiosa, pero la tentación de lanzarme a la aventura de encontrar a dos mujeres perdidas en el desierto desde antes de que yo naciera resulta en verdad irresistible.

—Las posibilidades de éxito son escasas... —le hizo notar Juvenal Ojeda—. Eso es algo que tenemos asumido de antemano.

—Quizá por eso mismo la oferta resulta tan atractiva... —replicó el tuareg con una leve sonrisa—. La incertidumbre es la sal de toda aventura, aunque debemos procurar que no nos resulte una aventura demasiado salada.

—Si lo es, al menos tendré un buen material para el libro que pretendo escribir.

—Basta con lo que está ocurriendo en Tinduf para tener material de sobra para cien libros.

—No es ése el que me interesa, aparte de que tampoco sabría cómo abordarlo.

—Lo comprendo —repuso el tuareg—. Veo que lo que en verdad te apasiona es la historia de tu tío. Bien, lo primero que tenéis que hacer es conseguir una tienda de campaña y un buen todoterreno. Debéis abastecerlo de agua, provisiones y gasolina para un mínimo de quince días. De las armas y el resto me ocupo yo.

—¿Armas? —se sorprendió *Ave* César—. ¿Para qué necesitamos armas? ¿Acaso vamos a encontrar bandidos o algo por el estilo?

El beduino le observó como si acabara de escuchar las palabras de un inocente niño.

—En el desierto siempre puedes encontrar «algo por el estilo»... —señaló—. Y no tiene por qué ser necesariamente «bandidos». Bastará con un guepardo en ayunas, una serpiente malhumorada, o una familia de hienas hambrientas.

—Lo de los animales lo comprendo, pero tenía entendido que por lo general los beduinos son gente pacífica... —insistió el menor de los primos—. ¿O no?

—¡Claro que sí! —reconoció Kaleb Kalem, e inquirió en un tono levemente irónico—: ¿Consideras a los granadinos «gente pacífica»?

—Que yo sepa, sí.

—Pues a mí me atracaron tres veces en los jardines de la Alhambra, y la última me robaron hasta el turbante. Los tuareg tenemos un dicho: «Todo es como es hasta que deja de ser como es.»

—¿Y eso qué significa?

—Que la excepción confirma la regla. Y el mayor problema estriba en que en el Sahara, por cada regla existe una excepción.

—¡Pues sí que estamos buenos!

—Tampoco hay que preocuparse demasiado si cuentas con los elementos básicos que nunca deben olvidarse al emprender un largo viaje a través de la inmensidad de los pedregales del *erg*, o los campos de dunas de la *hamada*.

—¿Y son?

—Agua y sombra... —Y al ver la expresión de desconcierto de sus interlocutores, añadió sonriente—: ¡Tan sencillo como eso!

—No creo que resulte sencillo encontrar agua y sombra en un mar de dunas... —repuso Juvenal Ojeda—. ¿Cómo se consiguen?

—Del modo más lógico: llevándolas contigo. Para sobrevivir en el desierto basta con un paraguas, una buena cantimplora y mucha sangre fría. Los tres pasos básicos son: caminar de noche, permanecer a la sombra de día y administrar bien el agua.

—¿Y la excepción?

—Morirte.

El único todoterreno en más o menos buen estado que se encontraba a la venta en aquellos momentos en Tinduf pertenecía a un *maharrero*, un orfebre de la plata especializado en confeccionar hermosos anillos, pulseras y colgantes. Quienes acudían a visitar a los refugiados saharauis solían llevarse alguno como recuerdo de su estancia en el mísero campamento, y más tarde solían exhibirlo como muestra palpable de su solidaridad con un pueblo tan injustamente oprimido.

El mayor defecto que en principio presentó el vehículo fue el hecho, ajeno por completo a él, de que su dueño pertenecía a la tribu de los delimí, que se enorgullecían de su bien ganada fama de excelentes comerciantes, por lo que el *maharrero* dedicó más de una hora al agotador trámite, que para él parecía constituir un estimulante deporte, de regatear el precio de su amada máquina, como si cada euro que cedía fuese una gota de sangre que le extraían de las venas.

En ningún momento aclaró para qué demonios le servía un vehículo que ningún miembro de su familia sabía conducir, razón por la que llevaba más de tres meses aparcado en la parte trasera de su *jaima*, pero cuando hablaba de él lo hacía como si fuera el último hijo que hubiera dado a luz su anciana esposa.

Los extraños motivos por los que había llegado a su poder constituían igualmente un oscuro misterio que no se dignó aclarar, pero lo cierto es que cuando al fin los dos primos consiguieron alejarse conduciéndolo con infinitas precauciones entre el dédalo de tiendas de campaña azotadas por el viento, experimentaban la curiosa sensación de haber librado la más agotadora batalla dialéctica de su vida.

—Para mí que a ese hijo de perra no le interesaba el dinero —no pudo por menos que comentar un indignado César—. Lo que en verdad pretendía era sacarnos de quicio intentando demostrar que era mejor regateador que nosotros.

—Nos lo hubiera acabado regalando a cambio de un par de horas más de disfrutar llevándonos la contraria en todo.

Al anochecer recogieron al tuareg, que cargó en la parte trasera varios bultos y alforjas cuyo contenido se negó a revelar, y era noche cerrada cuando llegaron a una casucha en la que, tras cerciorarse de que nadie les observaba, un nómada que ya debía de nomadear más bien poco, puesto que sobrepasaba los cien kilos, les entregó una gran caja de madera que, según él, contenía tres modernos fusiles checoslovacos y tres revólveres norteamericanos prácticamente nuevos.

—¡Armas magníficas! —comentó mientras contaba los billetes a la luz de los focos del vehículo—. Magníficas, pero ojalá no os obliguen a utilizarlas. Si tenéis alguna queja os devolveré el dinero. ¡Palabra de Omar, que atiende todas las reclamaciones! ¡Que Alá os guíe y acompañe!

La primera claridad del día les sorprendió en mitad de la llanura, y cuando poco más tarde la última huella de «civilización» desapareció a sus espaldas, Kaleb Kalem indicó un punto delante al tiempo que golpeaba levemente la brújula que destacaba sobre el cuadro de mandos:

—Rumbo sur-sureste —ordenó con un vozarrón al que el ligero ceceo andaluz privaba en parte de su firme autoridad—: Directos al corazón del desierto.

Sin ponerse de acuerdo, los dos primos experimentaron al mismo tiempo una súbita excitación; aquellas simples palabras, «directos al corazón del desierto», pronunciadas por un auténtico tuareg en medio de una desolada llanura calcinada por el sol, constituían el colofón de sus más hermosos sueños infantiles y el destino al que aspiraban desde el día en que su tío Feliciano les había hablado por primera vez de lo que significaba sentirse libre vagabundeando a lomos de un camello entre oasis y dunas.

Su infancia, su adolescencia e incluso el inicio de la edad adulta estaban marcados por la remota esperanza de que algún día conseguirían adentrarse en el fabuloso mundo de personajes tan míticos como el Caíd Manolo, Mohamed Salah, el Sultán Azul o el heroico y romántico poeta Videchauge, que entre un océano de arena había encontrado la ciudad santa de Smara.

Habían aspirado a convivir con los beduinos y conocer algún miembro de la mítica raza de los Hombres Azules-Hijos del Viento, auténticos señores de las llanuras, y allí estaban, sentados junto al más noble de ellos, nieto de un poderoso *inmouchar* al que nadie había conseguido encadenar jamás.

—Los pueblos africanos son más libres que nosotros, que cada día dependemos más de las cadenas —había sentenciado una fría tarde de invierno Feliciano Rodríguez Corcuera extrañamente serio.

—¿Cadenas? —se sorprendió *Ave* César—. ¿Qué cadenas?

—La Uno, la Dos, la Cuatro o las Autonómicas, porque nos pasamos la vida pendientes de la programación o haciendo *zapping* como unos memos.

El sentido del humor del tío Feliciano resultaba a veces un tanto peculiar debido a su curiosa manía de soltar la ocurrencia más disparatada en el momento más serio, o dejar caer la sentencia filosófica más profunda a continuación de un chiste subido de tono.

En cierta ocasión, cuando se encontraban inmersos en una sesuda discusión sobre las ventajas de los ordenadores personales y los últimos progresos de la tecnología punta, pontificó plenamente convencido de sus aseveraciones:

—El mayor invento de los últimos tiempos ha sido el matamoscas. No hay nada que le haya hecho más cómoda y más entretenida la vida al ser humano desde la aparición de la cama.

Ahora, allí, en «el corazón del desierto», Juvenal y César entendían por primera vez el auténtico significado de lo que años atrás se les había antojado una chorrada muy propia de su tío.

Las moscas empezaban a convertirse en una auténtica tortura, casi en un martirio, y aunque trataran de aplastarlas con periódicos y revistas resultaba empeño inútil, del mismo modo que rociarlas con unos *sprays* que más que matarlas parecían proporcionarles una renovada alegría, entusiasmo y vitalidad.

Así pues, a la caída de la tarde habían llegado a la conclusión de que en aquellas circunstancias cambiarían el más sofisticado ordenador personal por un pedazo de tela metálica adosado a un mango.

La noche los sorprendió en mitad de la nada, sin tiempo ni ocasión de encontrar un lugar protegido del viento donde alzar el campamento. Decidieron detenerse y entonces cayeron en la cuenta de que lo primero que habían comprado, la tienda de campaña, se encontraba en el fondo del vehículo, bajo una montaña de maletas, garrafas de agua y cajas de víveres.

Kaleb Kalem se lo tomó con calma.

—La culpa es mía, puesto que debería haber supervisado la carga del vehículo para que no cometierais errores de principiantes —dijo—. Pero no os preocupéis; los tuareg tenemos un dicho: «En el desierto cada día se comete un error, y poder admitirlo constituye una buena señal pues significa que no nos costó la vida.»

—Muy agudo... —admitió de mala gana Caragato—. ¿Pero qué coño vamos a hacer ahora?

—Pasar una noche de perros, porque con este viento no podemos ponernos a descargarlo todo y levantar a oscuras la tienda —fue la tranquila respuesta—. La mitad de las cosas, incluida la lona, irían a parar a tres kilómetros de aquí.

Sin duda sabía de lo que hablaba. Y así, la primera noche en el desierto de los primos Ojeda Rodríguez no se pareció en nada a aquellas románticas noches de amistosa charla alrededor de una hoguera a la entrada de una *jaima* de las que con tanto entusiasmo les había hablado su tío, debido básicamente a que no tenían hoguera en torno a la que sentarse.

Sin *jaima* que protegiera las llamas del viento y sin leña, dado que no se distinguía ni el más triste matorral en kilómetros a la redonda, tuvieron que conformarse con engañar al estómago con una lata de sardinas y acomodarse lo mejor posible en el interior del vehículo.

Dos horas más tarde, los primos Ojeda Rodríguez habían aprendido tres cosas importantes sobre la dureza de la vida en el Sahara: al cruzar bajo los ejes de un vehículo detenido en mitad de la llanura, el viento silba y aúlla de un modo ensordecedor; al golpear contra la carrocería metálica, la arena tamborilea y retumba como Calandra en Jueves Santo, y lo más decepcionante: los tuareg roncan como posesos.

Por suerte, la mañana amaneció tranquila, con un sol que muy pronto comenzó a castigar la llanura, pero sin viento, por lo que dedicaron una hora larga a descargar y volver a acomodar de un modo más práctico las cosas en el vehículo.

Luego descansaron un rato a la sombra de un rudimentario toldo alzado con una lona, dos palos y las puertas del todoterreno, para tomar a continuación lo que se les antojó la lógica precaución de desembalar, probar y poner a punto las armas.

Omar era un traficante de armas «honrado», de eso no cabía duda, pues los fusiles checoslovacos y los revólveres norteamericanos ofrecían un magnífico aspecto, nuevos, relucientes y perfectamente engrasados.

Pero no había incluido municiones.

A la angustia y el desconcierto sucedió una sensación de estupor a la que Kaleb Kalem puso término con una frase en verdad lapidaria:

—Éste ha sido el error correspondiente al día de hoy, y como no va a matarnos, lo que tenemos que hacer es procurar que el de mañana sea igualmente inofensivo.

—Matarnos, lo que se dice matarnos, no va a matarnos... —reconoció *Ave* César, decepcionado por no poder disparar un arma por primera vez en su vida—. Pero tampoco va a evitar que nos maten.

—Ningún beduino mata a alguien desarmado.

—Pero es que nosotros no estamos desarmados —le recordó el otro—. Estamos «desbalados», y lo que me pregunto es si en caso de peligro será más prudente exhibir unos rifles que sólo sirven de adorno, o esconderlos lo más posible.

—Eso depende.

—¿De qué?

—De la clase de peligro a que te enfrentes. Si se trata de un bandido puede que le impresione tu rifle, pero dudo que a un guepardo le cause mucho efecto.

—¡Basta de gilipolleces! —intervino Juvenal, al que todo aquello se le antojaba un auténtico «diálogo de besugos»—. Lo que tenemos que hacer es dar la vuelta y regresar en busca de munición.

—Resultaría inútil.

—¿Por qué?

—Porque conozco a Omar y si no las ha incluido, es que en Tinduf no existen; hubiera sido el primero en conseguirlas para revenderlas por el doble de su precio.

Frustrado, Juvenal Ojeda Rodríguez le dio una patada a una piedra, lanzó un malsonante reniego y al fin, haciendo un esfuerzo por tranquilizarse, señaló:

—En ese caso tendremos que evitar tropezarnos con guepardos o bandidos hasta que logremos abastecernos de municiones. —Se volvió hacia el tuareg para preguntar—: ¿Dónde podríamos comprarlas?

—En el desierto el problema no estriba en comprar municiones... —observó el interpelado—. Cualquier nómada suele cargar con una buena provisión y podemos conseguir que nos vendan algunas aunque nos estafen con el precio. El verdadero problema estriba en que les sirvan nuestras armas.

—O sea que, si he entendido bien, tenemos que conseguir balas para fusiles checoslovacos y balas para revólveres norteamericanos en medio de un desierto que tanto puede ser mauritano como argelino...

—¡Exactamente!

El mayor de los primos se volvió al menor para inquirir con marcada intención:

—¿Por casualidad recuerdas si el tío Feliciano hizo mención, de palabra o por escrito, a que se hubiera encontrado alguna vez en una situación tan ridícula y absurda?

—No, pero supongo que se debería a que siempre utilizó armas del ejército español y municiones del ejército español en territorio español.

—¡Buena respuesta, sí señor! —admitió sin ambages Caragato—. ¡Muy buena! Pero lo que debemos hacer ahora es olvidarnos de momento de las armas y centrarnos en el viaje. ¿Dónde nos encontramos exactamente?

—A veintiséis grados, quince minutos norte, y nueve grados, diez minutos, oeste —respondió Kaleb Kalem.

—¿Estás seguro?

—Cien por cien.

—¿Y qué rumbo debemos seguir?

—El mismo de ayer: sur-sureste.

—¡En marcha, pues!

El campamento se alzaba en torno a un pozo, a poca distancia de un grupo de acacias resecas, y más allá se distinguía un pequeño rebaño de camellos y algunas cabras que pastaban la escasa hierba que crecía en los alrededores.

Eran cuatro tiendas, tres de tela y una de piel de cabra, y cuando se encontraban a unos cien metros de distancia, pudieron advertir cómo un anciano ligeramente encorvado —vestía un largo *jaique* y portaba terciada sobre el brazo una casi prehistórica escopeta de dos cañones— salía de la *jaima* principal y avanzaba con paso tranquilo para esperarles junto al brocal del pozo.

Detuvieron el vehículo y saludaron al beduino, al que Kaleb Kalem preguntó si tenía municiones que vender. El anciano replicó que únicamente usaba cartuchos de caza, y a continuación, y en un excelente francés, los invitó a compartir cuanto tenía, con la natural hospitalidad de los habitantes del desierto.

Al poco apareció un muchachito, surgido de no se sabía dónde, con un cuenco de leche entre las manos que ofreció a los recién llegados en señal de bienvenida. Bebieron al tiempo que rogaban en voz alta que Alá bendijera aquel campamento y a sus moradores por el asilo que daban a los viajeros.

Penetraron en la mayor de las tiendas y varias mujeres que parloteaban en un rincón guardaron silencio unos instantes para estudiar con cierto descaro y entre risitas contenidas a los recién llegados. El anciano, sin dedicarles siquiera una mirada, se limitó a tomar asiento y rogar a sus invitados que le imitaran.

Se presentó como Mulay Ben Yusuff, miembro de la respetada tribu de los Kalidakundu, hermano del caíd de la zona y de varios morabitos. Resultaba evidente que se trataba de un hombre importante, a juzgar por el pozo y el número de sus cabras, camellos, *jaimas* y esposas.

Durante largo rato charlaron de mil cosas, puesto que Mulay Ben Yusuff solicitaba continuamente información sobre los últimos acontecimientos del mundo exterior, dado que en el desierto los viajeros son los únicos portadores de noticias y sus habitantes suelen ser por lo general sumamente curiosos.

Mediada la conversación, de una *jaima* surgió una muchachita de no más de quince años, a la cual su amo llamó de forma imperativa, ordenándole con palabras cortas y bruscas que preparase una comida digna de tan ilustres visitantes. La niña asintió sumisa, y en todos sus gestos se advertía un servilismo animal que le hacía parecer un perro apaleado. La única vez que se atrevió a alzar los ojos, había en ellos una evidente expresión de temor.

Cuando la triste figura se alejó de nuevo con su andar vacilante, Ben Yusuff la observó un instante y se volvió hacia sus huéspedes para señalar con absoluta naturalidad:

—Si os agrada, está a vuestra entera disposición.

Kaleb Kalem ni se inmutó siquiera, pero los dos primos experimentaron una extraña sensación de vacío en la boca del estómago, así como una compasión infinita hacia una criatura que en cualquier otro lugar del mundo aún estaría jugando con muñecas, pero que allí no era más que un objeto que su amo podía prestar a quien le apeteciera.

Juvenal y *Ave* César llegaron a la dolorosa conclusión de que al tercer día de viaje ya se encontraban en el corazón del reino de la esclavitud, allí donde no existían medias palabras ni verdades ocultas. El amo hablaba de sus sirvientes con entera libertad y sin que le mereciesen la menor consideración, puesto que al parecer pertenecían al grupo maldito de los *bellah*, a quienes jamás se trataba como seres humanos.

Mulay Ben Yusuff, su familia, sus amigos e incluso los viajeros desconocidos que pasaran una noche en su campamento tenían derecho de pernada sobre cualquier hombre o mujer de la raza maldita.

Los recién llegados tardaron bastante en decidirse a rehusar el ofrecimiento, pero cuando lo hicieron procuraron por todos los medios no ofender el sentido de hospitalidad del beduino, que no pareció molestarse, limitándose a comentar:

—Si no os gusta ésa, tengo tres siervas más; podéis elegir.

Con su más delicada dialéctica, el tuareg trató de explicar al beduino que en el lugar del que provenían no era costumbre bien vista que los amos se mezclasen con los esclavos. Ben Yusuff guardó silencio largo rato, meditando en lo que le habían dicho, y acabó zanjando la cuestión con un encogimiento de hombros.

A continuación le preguntaron si, por casualidad, habría conocido años atrás a una mujer procedente del antiguo Protectorado Español llamada Shereem al Aidieri, a la que andaban buscando.

El viejo beduino hizo memoria para acabar negando seguro de lo que decía.

—Ninguna mujer de esas características ha pasado por mis dominios que yo recuerde, y aunque soy un hombre anciano no se me habría olvidado algo así. Algunos hombres que huían de los marroquíes sí que pasaron, pero ninguna mujer, de eso estoy seguro. —Se encogió nuevamente de hombros y añadió sin demasiada convicción—: Es posible que optara, como muchos, por bajar directamente hasta Níger, puesto que viajando en balsa por el río resulta más cómodo el viaje hasta Niamey. De allí parten las caravanas hacia el Chad, donde conectan con las que continúan hasta Libia y Egipto.

Al poco apareció de nuevo la muchacha, portando una pesada cazuela que más bien parecía una desportillada palangana en la que humeaba una montaña de amarillo cuscús mezclado con gruesos pedazos de carne grasienta.

Como si eso hubiera sido una señal, a su alrededor comenzaron a reunirse los miembros masculinos del campamento, que hasta aquel instante no se habían dejado ver. Tomaron asiento sobre la alfombra, en espera de que el amo diese la señal de comenzar. Las esposas y los niños continuaron en el fondo de la tienda mayor, puesto que la tradición exigía que comieran por separado.

También fueron haciendo su aparición algunos sirvientes que regresaban de pastorear. Se acomodaron en torno al pozo hasta formar un grupo asaz triste y silencioso. Al final eran siete, tres mujeres y cuatro hombres, todos de piel más bien oscura cuando no absolutamente negra, y resultaba imposible calcular sus edades, pues tanto ellos como ellas aparentaban ser mucho más viejos de lo que en realidad debían de ser.

Tras una corta espera en la que el guiso humeaba y todos guardaban silencio, Mulay Ben Yusuff desenvainó una larga gumía y marcó sobre la montaña de cuscús ocho partes, una para cada comensal. Colocó las más abundantes en carne ante sus invitados.

Por último alargó la mano y hundió los dedos en la amarillenta sémola, tomando un puñado que apretó en la palma para formar una especie de bola que se llevó a la boca.

Al momento todos le imitaron, y durante el tiempo que

duró la cena nadie habló. Cuando en el fondo de la cazuela no quedaban más que escasos restos de sémola y algunos huesos y desperdicios de carne, el amo hizo una señal a la muchacha, que se llevó la palangana para colocarla en el centro del grupo de los esclavos y luego añadirle las sobras, igualmente escasas, dejadas por las mujeres.

El chicuelo trajo a continuación queso, dátiles y té, por lo que continuaron con lo que constituía sin lugar a dudas un banquete poco habitual, mientras los esclavos comían en silencio, bajo la severa vigilancia de Ben Yusuff. Al final, éste se volvió hacia sus invitados y los observó expectante.

Recordando las enseñanzas de su tío e imitando al tuareg, tanto Juvenal como César comprendieron lo que se esperaba de ellos. Así pues, con un pequeño esfuerzo eructaron dos veces, en cortés indicación de que se encontraban ahítos.

El anciano pareció satisfecho con tan sonoro reconocimiento a su hospitalidad. Luego, mientras servía una nueva taza de té, dirigió una breve mirada a los esclavos y ordenó que les repartieran unos puñados de mijo, visto que las sobras no habían sido abundantes y justo era que el día que recibían a gentes llegadas de muy lejos todos se sintieran satisfechos.

Del grupo surgió un leve murmullo de agradecimiento y el beduino sonrió, evidentemente orgulloso de que los extraños viesen cuán condescendiente y generoso era con sus sirvientes.

Durante la tercera taza de té, el beduino se las ingenió para encaminar la conversación hacia el punto que le interesaba, que era ofrecerles —«a muy buen precio»— un fornido esclavo ashanti del que, aseguró, podía desprenderse sin que le produjera excesivos trastornos.

Kaleb Kalem y los dos muchachos contemplaron desconcertados al joven negro que acudió sumiso a arrodillarse a sus pies con los ojos bajos y el espinazo arqueado. En condiciones normales de libertad y buena alimentación hubiera sido capaz de alzar en vilo a la mitad de cuantos allí se encontraban, pero en ese momento no era más que un animalito temeroso, de piel brillante y brazos largos y musculosos.

Los ashanti, cuyo reino se había extendido desde el sur del río Níger hasta la costa del golfo de Guinea, habían sido antaño un pueblo poderoso pero también la más preciada presa de los mercaderes y traficantes de esclavos que durante siglos batieron su amplio territorio en interminables y sanguinarias razias.

—Si te comprásemos al esclavo, nos encarcelarían en cuanto regresáramos a nuestro país... —señaló Juvenal Ojeda con lo que pretendía ser una sonrisa amistosa—. Nuestras leyes son muy rigurosas al respecto y como comprenderás no es cuestión de arriesgarse.

—¡Qué leyes tan absurdas!

—Absurdas o no, nos vemos obligados a acatarlas; sin embargo, y en prueba de nuestra amistad, estoy dispuesto a entregarte quinientos euros si le concedes la libertad.

—¿Y por qué razón habrías de hacerlo?

—Porque el cura de mi pueblo me aseguró que por cada esclavo al que concediera la libertad durante mi viaje se me perdonarían ocho pecados.

—¡Curiosa teoría!

—Cosa de curas...

—¡De acuerdo! Pero serán ochocientos euros; a cien por pecado y te salen baratos.

—Seiscientos.

—Setecientos.

—Seiscientos.

—Seiscientos cincuenta y no se hable más.

—¡Hecho!

Caragato le entregó el dinero y Ben Yusuff hizo un gesto con la mano al que hasta ese momento había sido de su exclusiva propiedad, indicándole en su dialecto que podía marcharse.

El infeliz ni siquiera pareció entender de qué le hablaba, por lo que fue necesario que Kaleb Kalem lo repitiera tres veces antes de que le entrara en la dura mollera que su destino había cambiado de improviso.

Al fin pareció llegar a la conclusión de que no estaban burlándose de él y, tras besar repetidamente las manos de sus libertadores, comenzó a dar gracias a Alá, lo que no impidió que de repente diera media vuelta, echara a correr y no se detuviera hasta haberse perdido de vista, como si temiera que su bienhechor pudiese cambiar de opinión.

Poco más tarde, cuando el sol se había ocultado y todo eran sombras reflejadas en los rostros por las cambiantes llamas de la hoguera que el chicuelo había encendido, Mulay Ben Yusuff acompañó a sus huéspedes hasta la *jaima* en que dormirían, insistiendo en su ofrecimiento de que pasaran la noche con algunas de sus esclavas.

De nuevo rehusaron, agradeciéndole su amabilidad, comentando que deseaban dar un corto paseo antes de acostarse, por lo que se despidió dejándolos a solas.

Soplaba un viento fresco que se quejaba entre los arbustos, y sus lamentos parecían voces humanas llegadas de algún rincón del inmenso desierto, mientras la arena resplandecía a la luz de miles de estrellas y cada matorral era como una sombra o un espectro que se agitara en el aire.

Una hiena rió en la lejanía con una risa que helaba la sangre, pero aun así ambos primos experimentaron una especie de dulce calma por el hecho de encontrarse viviendo una auténtica aventura. Haber visto a aquella muchacha y al joven esclavo les había hecho comprender que el mundo del que tanto les hablara su tío Feliciano apenas había cambiado en treinta años, y que la misión que el Caíd Manolo le había encargado aún estaba por hacer.

—¿Qué sientes por haber sido dueño de la vida de un hombre? —quiso saber *Ave* César en cuanto el tuareg se alejó.

—Nada por ser su dueño, mucho por haberle convertido en un ser humano.

—A ese precio podríamos liberar a miles de esclavos y aún nos sobraría dinero.

—Se hará lo que se pueda, aunque no estamos aquí para eso, sino para encontrar a nuestra prima y a su madre...

—Caragato hizo una breve pausa y añadió—: Lo que no entiendo es cómo, pudiendo largarse por pies como lo ha hecho ese muchacho en un instante, no se marchan todos.

La *jaima* que el hospitalario Mulay Ben Yusuff les había proporcionado para que durmieran al abrigo del frío y el viento era amplia y cómoda, con hermosas alfombras, tapices multicolores y almohadones mullidos, pero el amable anfitrión no se preocupó de advertir a sus confiados huéspedes que se encontraba ocupada, más bien invadida, por todo un ejército de pulgas, chinches y piojos que se sintieron sinceramente agradecidos de que se les ofreciera un suculento banquete en forma de tres muchachos sanos y fuertes por cuyas jóvenes venas corrían ríos de una sangre roja, tibia y sabrosa que parecía estar suplicando ser bebida con cada nuevo latido de corazón.

Astutos como la mayoría de los parásitos, que sobreviven gracias a la astucia, no iniciaron su ataque masivo de inmediato, sino que se mantuvieron a la expectativa el tiempo que tardaron en dormirse unos agotados viajeros que había pasado el día dando saltos dentro de un recargado vehículo bajo el tórrido sol del desierto africano.

No obstante, el primer ronquido de Kaleb Kalem fue como un clarín que anunciara la apertura de unos chiqueros en los que de inmediato hicieron su aparición docenas de alegres y saltarines comensales. El menú les agradó tanto que decidieron instalarse de forma definitiva en ese nuevo hogar tan generosamente abastecido.

Al día siguiente, cinco docenas de pulgas y algunas chinches optaron por anidar en los asientos y la tapicería del todoterreno, visto que la mayor parte del día dispondrían a su antojo de una bien surtida despensa. A las pegajosas e insistentes moscas no pareció importarles la competencia; había alimento suficiente para todos.

Tres horas más tarde, los primos Ojeda Rodríguez habían tomado plena conciencia de cuáles serían sus peores enemigos en tan peculiar aventura, y lo más triste del caso era que nadie los había prevenido al respecto. Les habían hablado del tórrido calor, de la insoportable sed, de las tormentas de arena, del riesgo de perderse en la inmensidad del Sahara y pasar días dando vueltas en círculo, de las serpientes, los alacranes, los guepardos, las hienas e incluso los implacables bandoleros beduinos que surgían de la nada empuñando sus afiladas dagas, pero no recordaban que se les hubiese hecho la menor advertencia sobre moscas, pulgas, garrapatas, chinches y piojos.

Kaleb Kalem demostraba una envidiable habilidad a la hora de destruir a las legiones invasoras valiéndose de las uñas de los pulgares o de atrapar una mosca al vuelo, pero pronto se vieron obligados a admitir que se hubieran necesitado cien cazadores tan expertos como él para conseguir acabar con semejantes enemigos.

Optaron por refregarse el cuerpo con una colonia que supuestamente repelía los mosquitos; la habían comprado en la boutique madrileña de un famoso «coronel» que se decía especializada en equipar a quienes pretendían convertirse en aventureros de la noche a la mañana, pero lo único que consiguieron fue que el escozor aumentara, hasta el punto de que acabaron teniendo que soplarse la espalda los unos a los otros.

—No me imagino al tío Feliciano soplándole la espalda al Caíd Manolo —masculló un malhumorado *Ave César*—. ¡Esto no es serio! ¿Acaso a ellos no les picaban los bichos?

—O eran tipos muy duros, o tenían la piel curtida por años de sol y viento —observó su primo—. Lo que tenemos que hacer es apretar los dientes y demostrar que también somos duros.

—La última vez que apreté los dientes aplasté un piojo.

—¿Y a qué sabe?

—A mierda. ¿Qué ha sido ese estruendo?

—Un pinchazo.

—¡Lo que faltaba...!

Habían sido suficientemente prudentes para llevar tres neumáticos de repuesto, pero los desconcertó el hecho de que cuanto más intentaban alzar el pesado vehículo para cambiar la rueda dañada, más se iba hundiendo el gato en la arena.

Juvenal se volvió hacia el joven tuareg para inquirir al borde de un ataque de nervios:

—¿Qué se suele hacer en estos casos?

—¡No tengo ni idea! —fue la inocente respuesta—. A los camellos no se les pinchan las ruedas.

—¡Déjate de coñas! ¿Pretendes hacerme creer que has nacido en el desierto y nunca te has encontrado en una situación semejante?

—Nunca. Pero se me ocurre que podemos colocar rocas debajo del gato para evitar que se hunda en la arena.

—¡Buena idea! ¿Pero de dónde sacamos las rocas?

El otro señaló un punto en la distancia y dijo:

—Aquello parecen rocas.

—¿Y vamos a tener que recorrer casi dos kilómetros bajo este sol del carajo con el fin de traer esas rocas? —se horrorizó *Ave* César.

—Mi padre me contaba que en ciertas zonas del desierto existen «rocas que caminan» y dejan a sus espaldas una marca muy clara del trayecto seguido, pero dudo que las que se ven allí sean de ésas —sentenció Kaleb, seguro de lo que decía.

—También el tío Feliciano nos habló de ese extraño misterio. Él lo achacaba a algún tipo de magnetismo terrestre... —comentó Juvenal—. Incluso nos enseñó algunas fotos. Pero aunque fuera cierto y esas rocas pertenecieran a ese grupo, tardarían años en llegar hasta aquí, o sea que más vale que movamos el culo.

—No ahora.

—¿Por qué?

—Recuerda la regla: agua y sombra. Si cargamos rocas bajo este sol, nos agotaremos y consumiremos demasiada agua. Es mejor esperar a la caída de la tarde.

—¡Pero perderemos por lo menos cinco horas de marcha! —protestó Caragato.

—¿Y cuál es la prisa? Si esa mujer y su hija os han esperado treinta años, supongo que no les importará esperar cinco horas más. Y los tuareg tenemos un dicho: «No te apresures por alcanzar la muerte; ella siempre te alcanzará.»

—¿Hay algo para lo que los tuareg no tengáis un dicho? —quiso saber un amoscado *Ave* César.

—¿Y existe algo sobre lo que los europeos no hayáis escrito un libro? —repuso el otro—. Vuestra cultura es preferentemente escrita, pero la nuestra es básicamente oral, por lo que los niños aprenden a sobrevivir en el desierto recordando los dichos que escucharon de sus padres a la luz de una hoguera... —Les guiñó un ojo con picardía al añadir—: «Un tuareg sin camello es un tuareg pobre; un tuareg sin memoria es un tuareg muerto.»

Así pues, optaron por la prudente medida de montar la tienda de campaña y descansar a su sombra. Pero apenas llevaban una hora tratando de dormitar o cazar pulgas, cuando el menor de los primos señaló un punto en la distancia.

—¡Viene gente!

Eran cuatro jinetes a lomos de otros tantos dromedarios y tras extraer de una de sus misteriosas bolsas unos modernos prismáticos y observarlos con detenimiento, Kaleb Kalem comentó:

—Para mí que son bandidos.

—¡No jodas!

—No jodo, pero ya me explicarás qué hacen cuatro tipos armados en la frontera entre tres países. Cuando un grupo de beduinos no conduce una caravana ni va acompañado de mujeres y niños, es que algo trama.

—¿Y qué vamos a hacer? —preguntó *Ave* César, preocupado.

—Si el coche estuviera en condiciones, salir echando leches —contestó Juvenal—. Pero como no lo está, lo único que se me ocurre es hacerles creer que nuestras armas son mejores y más potentes que las suyas. Te quedarás en el asiento trasero con el rifle asomando por la ventanilla, y Kaleb dentro de la tienda para que no puedan distinguir si hay uno o varios ocupantes. Yo hablaré con ellos.

—¿No sería mejor que quien les hablara fuera un tuareg? —inquirió su primo, un tanto desconcertado.

—No lo creo; los beduinos conocen bien a los tuareg y les consta que nunca les atacarán por sorpresa cuando han sido recibidos amistosamente... —Y sonrió apenas al añadir—: Sin embargo, no creo que hayan conocido a nadie de Cuenca.

—Te recuerdo que los de Cuenca tampoco tenemos por costumbre atacar a los extraños por sorpresa, los hayamos recibido amistosamente o no.

—Sobre todo si no tenemos balas con que atacarlos, enano, pero eso es algo que ellos no saben.

Minutos después, los beduinos habían obligado a sus monturas a arrodillarse a unos treinta metros de distancia, para aproximarse lentamente, sonriendo pero sin dejar de observar de reojo el reluciente rifle que Juvenal Ojeda apoyaba en su antebrazo, la culata del revólver que sobresalía de su cinturón, el cañón del arma que asomaba por la ventanilla del vehículo y el ligero movimiento que se advertía al fondo de la *jaima*.

—*Salaam aleikum wa Rahmat Allah!* —saludó el que al parecer los comandaba.

—*Aselam aleikum...* —respondió con la mejor de sus sonrisas Caragato, que ya se había aprendido el saludo local.

—¿Podrías darnos un poco de agua? —pidió el otro en un chapurreado francés.

—Sólo un malnacido hijo de una camella tuerta negaría un poco de agua en el desierto; cuando os vayáis os proporcionaremos una *girba* llena.

—Se agradecerá —replicó con estudiada calma el recién llegado, al tiempo que señalaba con un gesto la desinflada rueda—. ¿Podemos ayudar? —se ofreció.

—Gracias, pero no es necesario —repuso su interlocutor, esforzándose por conservar la sonrisa—. No es más que un simple pinchazo y estamos esperando a que refresque para arreglarlo.

—Entiendo. No conviene esforzarse con este calor. —Señaló el arma—. ¡Hermoso rifle!

—El mejor que se fabrica hoy en día —dijo su dueño—. Anteayer conseguí abatir un venado a casi un kilómetro de distancia.

—¿Me lo venderías?

—¿Vendértelo...? —fingió escandalizarse Caragato—. ¡Desde luego que no! ¡Por ningún dinero del mundo! —De pronto fingió tener una idea, y tras dudar un instante añadió—: Pero me estoy quedando sin munición para el revólver y como me encanta practicar con él, estaría dispuesto a cambiarte el rifle por tres cajas de balas del calibre treinta y ocho.

El nómada dudó, pareció calcular el precio de las balas y lo que podría valer aquella arma y al fin replicó:

—Dos cajas.

—Tres.

—Dos.

—Dos y media.

—Trato hecho... —Se volvió para indicar a uno de sus acompañantes que trajera las municiones, al tiempo que alargaba la mano hacia el rifle, pero Juvenal le indicó que aguardarían el regreso del otro.

Cuando recibió las balas hizo a su vez entrega del arma y luego comenzó a cargar su revólver con estudiada parsimonia, mientras se encaminaba al vehículo para entregarle una de las cajas a su primo.

—Carga sin prisas procurando no ponerte nervioso, que yo ya lo estoy por los dos, y llévale el resto a Kaleb —musitó—. No me fío un pelo de estos tipos.

Por último regresó para enfrentarse de nuevo al beduino e inquirir en un tono de lo más amistoso:

—¿Te gusta el arma?

—¡Es realmente magnífica! —admitió su interlocutor—. Pero no tiene munición.

—En mi país tenemos un dicho: «Nunca le des la espalda a un desconocido que tenga un arma cargada» —respondió aparentando una calma que no sentía—. Y el trato fue que te vendería el rifle, no las balas.

—¿Y cuánto me costarán las balas?
—Nada. No tengo balas.

El beduino se quedó inmóvil, como si no diese crédito a sus oídos, se volvió hacia sus hombres, que parecían tan perplejos como él, y por último inquirió con cara de asombro:

—¿Pretendes hacerme creer que no tienes ni una sola bala para estos rifles?

—Ni una.

—¿Y supongo que tampoco las tenías para los revólveres?

—Tampoco.

—¿O sea que con uno solo de nuestros viejos fusiles nos hubiera bastado para despojaros de cuanto tenéis?

—Exacto.

El otro meneó la cabeza como si le costara asimilar todo aquello, y por último rompió a reír sonoramente.

—¡Maldito estafador hijo de una cabra sarnosa! —exclamó—. ¡Y lo malo es que no puedo enfadarme! Que un *rumi* al que se lo están comiendo las pulgas haya sido capaz de engañar a un auténtico *fenec* es digno de admiración.

—¿Qué es un *fenec*?

—Un zorro del desierto; es decir, yo. Pero en esta ocasión has sido más listo y lo acepto sin rencor. Si nos das agua nos iremos, y tienes mi palabra de honor de que no os volveremos a molestar. —Rió de nuevo y concluyó convencido—: ¡Podríamos salir escaldados!

Mientras se alejaban, se volvieron para saludar con la mano, y Juvenal Ojeda preguntó al joven tuareg:

—¿Crees que cumplirá su promesa?

—¡Desde luego!

—Tiene pinta de ser un bribón redomado.

—Y sin duda lo es; e incluso probablemente un asesino que no hubiera dudado en volarnos la cabeza, pero te ha dado su palabra de honor, y eso aquí es sagrado.

—¿Más sagrado que la vida de un hombre?

—Los tuareg tenemos un dicho: «Hombres hay muchos; tu honor, uno solo.»

—«Dime con quién andas y te diré quién eres» —intervino César, y Kaleb preguntó sin entender:

—¿Qué has pretendido decir con eso?

—Que cada vez que sueltes uno de tus benditos dichos del desierto, te soltaré un viejo refrán español.

—«Ande yo caliente y ríase la gente» —replicó entonces Kaleb.

—«El que a buen árbol se arrima buena sombra le cobija.»

—¡Joder! —protestó Caragato—. «El que con niños se acuesta meado se levanta.» ¿Queréis dejar de hacer el imbécil y largaros de una vez a traer rocas para montar la puñetera rueda?

—¿Es que no piensas ayudarnos?

—De momento no.

—¿Y eso por qué, si es que puede saberse?

—Porque tengo una cosa muy urgente que hacer.

—¿Y es...?

—Aliviarme las tripas. Aguantar tanto rato los nervios me las ha revuelto, y si la conversación con ese sinvergüenza dura diez minutos más me cago patas abajo. Lo cierto es que no me explico cómo se las arreglan los tipos heroicos a la hora de aguantarse las ganas de ir al retrete.

Recogió de la parte trasera del vehículo un rollo de papel higiénico y se encaminaba hacia una zona de matojos, a unos cuarenta metros de distancia, cuando el tuareg le detuvo con un gesto.

—¡Ahí no! —le advirtió.

—¿Por qué?

—Porque entre esos hierbajos suelen anidar unas arañas que en cuanto te descuidas te pican el culo y te lo ponen como una sandía.

—¿Arañas? ¡No jodas! Odio las arañas. —Lanzó un bufido y espetó—: ¿Acaso existe algún bicho en este jodido desierto que no te pique, te muerda, te escupa o te chupe la sangre?

—No, que yo recuerde.

Las dunas al atardecer imitan el cuerpo de Shereem.
Las mismas caderas suavemente redondeadas,
la misma tonalidad de piel iluminada por el sol
que se oculta en el horizonte,
la misma serenidad en el momento de recibirme
sobre sus pechos con los ojos entornados
y una inquietante sonrisa preludio de
palabras ardientes apenas susurradas.
Contemplar las dunas al atardecer
me obliga a llorar como un niño perdido
en el desierto cuando desearía estar perdido
entre los muslos y los pechos de Shereem.

Los dos primos aprovecharon que, como cada atardecer, el tuareg se había alejado un centenar de metros para rezar a solas sus oraciones de cara a La Meca, para leer en voz alta lo que su enamorado tío había escrito años atrás en una de sus sobadas libretas de tapas de hule.

Ante ellos se abría un extenso mar de dunas que al rojizo ocaso semejaban una pléyade de hermosas muchachas dormitando bajo un cielo por el que se deslizaban diminutas nubes que revoloteaban como blancos pañuelos ligeramente ensangrentados.

Soplaba una cálida brisa que hacía correr la arena sobre las crestas de las dunas y, desde donde se encontraban, podía creerse que era vapor de agua surgido de unos firmes cuerpos de doncellas recién salidos de la sauna.

—El pobre tío debió de pasarlo muy mal viviendo como vivía obsesionado con esa tal Shereem —musitó al cabo de un rato *Ave* César Rodríguez—. Creo que tienes razón. Si se conoce a una mujer de las que te encadenan para toda la vida, es mejor salir corriendo. ¿Cómo será ahora?

—Distinta... si es que no ha muerto.

—¿Cómo que distinta? ¿Qué quieres decir?

—Que en el caso de que la encontremos, cosa que dudo, y cada día que pasa aumentan mis dudas, debemos estar preparados para que se trate de alguien que nada tiene que ver con la muchacha de la fotografía. Ya has visto cómo envejecen aquí las mujeres: el sol, la arena, la sequedad del clima y el viento les cuartean la piel y las marchita en poco tiempo.

—Será muy triste... —señaló su primo—. Muy triste porque me he hecho a la idea de descubrir que continúa siendo una criatura etérea, dulce y misteriosa, de esas que te susurran palabras ardientes en la oreja.

—Las palabras ardientes no se susurran en la oreja, pedazo de animal —le espetó con brusquedad su primo mayor—. Se susurran al oído.

—¿Y cuál es la diferencia?

Caragato no pudo por menos que dejar escapar un hondo suspiro de resignación, al tiempo que sacudía la cabeza, como si el otro acabase de decir una auténtica herejía.

—Cuando se habla de mujeres, sobre todo si son hermosas, la oreja es una cosa física que sólo les sirve para colgarse los pendientes, mientras que el oído es algo romántico y espiritual —intentó explicarle.

—¿El oído interno o el oído externo? —inquirió el otro con una sonrisa burlona.

—¡Vete al carajo! La próxima vez que me pidas consejo para ligarte a una tía, te lo va a dar tu tía, que por cierto es mi madre... —Alzó la mirada hacia Kaleb Kalem, que regresaba de sus rezos portando la pequeña estera sobre la que recitaba sus oraciones enrollada bajo el brazo—. ¿Tienes una idea de dónde nos encontramos en este momento? —quiso saber.

—A veinticuatro grados, dos minutos, norte, y seis grados doce minutos, oeste —respondió el tuareg sin la menor vacilación.

—¿Estás seguro?

—Completamente.

—¿Y cómo se llama esta región?

—¡Ah! Eso sí que ya no lo sé... —reconoció con naturalidad Kaleb encogiéndose de hombros—. ¡Esto es inmenso!

—¿Y cómo diablos puedes estar tan seguro de dónde nos encontramos si ni siquiera sabes cómo se llama el lugar?

—Porque lo comprobé hace un rato en el GPS.

Los dos primos se miraron boquiabiertos e incapaces de aceptar que la despreocupada respuesta del nómada se ajustara a la realidad. Al cabo de esos instantes de perplejidad, el mayor de ellos no pudo por menos que balbucear estupefacto:

—¿Pretendes hacernos creer que estableces nuestra situación por medio de un aparato que te proporciona las coordenadas vía satélite?

—¿Y qué otro modo existe? —respondió con encomiable sinceridad e inocencia el demandado.

—¿Cómo que qué otro modo existe? —se escandalizó *Ave* César Rodríguez—. Se supone que eres un auténtico tuareg, un hombre azul-hijo del viento; un señor del desierto sobre el que tu pueblo ha reinado durante más de mil años...

—Y lo soy; y de familia noble por si lo has olvidado.

—Y si eso es así, ¿cómo se las arreglaban tus antepasados antes de que se inventaran los satélites artificiales?

—Se guiaban por la experiencia y un sexto sentido desarrollado a lo largo de siglos, pero sobre todo por las estrellas —fue la tranquila respuesta—. Pero son sistemas mucho menos fiables que el GPS, que te da la situación exacta con un margen de error de cien metros.

—¡La puta...! —no pudo por menos que exclamar el otro—. Esto sí que no me lo esperaba; un tuareg robotizado. ¿O sea que sabes en qué punto de la Tierra estamos, pero no tienes ni idea de si pertenece a Mauritania o Vietnam?

—A Vietnam no, desde luego, puesto que queda en Asia —replicó el otro sin inmutarse—. Tiene que ser Mauritania, Argelia o Malí, y para comprobarlo basta con consultar el mapa. He traído uno excelente.

—¡Dios Bendito! —protestó *Ave* César—. ¡Cómo ha cambiado el cuento! Me imagino a Pulgarcito en medio del bosque, explicándole a sus hermanos que no hace falta tirar miguitas de pan para encontrar el camino de regreso a casa porque se ha traído un GPS fabricado en Japón que le proporciona las coordenadas exactas de su posición.

—¿Y qué esperabas? —pareció ofenderse Kaleb Kalem—. ¿Acaso porque seamos tuareg tenemos que continuar en la edad de piedra? Por si no lo sabías, te aclararé que me he licenciado en Historia del Arte y estoy preparando una tesis sobre la influencia de la Alhambra de Granada en la arquitectura del Magreb, pero mientras la termino me gano la vida trabajando como informático para una ONG en Tinduf. ¿Qué tiene eso de malo?

—Nada; no tiene nada de malo, pero no me negarás que le resta romanticismo a nuestra aventura.

—Tenía entendido que os habíais metido en esto para intentar escribir un libro o sacar de la miseria a una mujer y su hija, no por un ridículo romanticismo, absurdo en un lugar donde miles de desgraciados se mueren de hambre y tristeza lejos de sus hogares. Si lo que en verdad buscabais era pura aventura, os habría bastado con ir a cazar jabalíes a una finca de Extremadura.

—En eso puede que tengas razón —intervino Caragato con ánimo apaciguador—. No hace falta venir tan lejos para correr aventuras. Lo que en verdad pretendíamos era encontrar a Shereem y su hija, pero también es cierto que deseábamos enfrentarnos al inmenso y fabuloso desierto del que tanto hablaba nuestro tío, no a un desierto en el que nuestros míticos héroes se guían vía satélite. ¡A ver qué libro escribo yo con semejante panorama!

—El desierto continúa siendo igualmente inmenso y fabuloso, pero lo que no se puede evitar es que su gente cambie al ritmo de los tiempos. Vuestro tío lo recorría bajo un sol de justicia a lomos de un incómodo dromedario y guiándose por las estrellas. Vosotros lo recorréis en un espacioso vehículo con aire acondicionado, pero os decepciona que yo no os guíe por las estrellas. —Mostró las manos con las palmas hacia arriba, y las movió de un lado al otro al preguntar—: ¿En qué quedamos? ¿Nos decantamos por el camello y las caprichosas estrellas que no dejan de cambiar de lugar, o por el Mitsubishi y el infalible GPS?

—«Los tuareg pinchan las estrellas en la punta de sus lanzas para iluminarse con ellas el camino...» —respondió el mayor de los primos con su cita preferida de una novela que le había impresionado en su juventud hasta el punto de haberla leído tres veces—. Ahora los tuareg ya no llevan lanzas, sino un maletín de ejecutivo con un ordenador personal y un GPS.

—Sólo unos pocos, querido amigo —le hizo notar el otro—. Por desgracia, muy pocos lo llevamos, pero si quieres mi opinión, lo que me gustaría es que todos los de mi raza tuvieran un ordenador personal. Lo que es bueno para un español, un francés o un chino también debe serlo para los nuestros, por mucho que a vosotros se os antoje más folklórico que continuemos casi en la prehistoria.

—¡Tampoco es eso!

—¡Naturalmente que no! Recuerdo que cuando guiaba turistas por la Alhambra algunos japoneses se sentían decepcionados por el hecho de que las andaluzas vistieran bata de cola, lucieran claveles en el pelo y tocaran las castañuelas únicamente en los *tablaos*. Para ellos todos los españoles tenían la obligación de ser toreros, al igual que para vosotros todos los tuareg tienen la obligación de ser feroces guerreros de las arenas.

—Probablemente estás en lo cierto... —no pudo por menos que reconocer Juvenal Ojeda—. Admito que la literatura y el cine han conseguido que nos hagamos una idea errónea de cómo es vuestro mundo, pero debes admitir que si hace una semana compramos un esclavo, ese mundo no se diferencia mucho del que habíamos imaginado.

—Y no se diferenciará hasta que la mayor parte de nosotros cambie las lanzas por los ordenadores, aunque se trate de un salto demasiado brusco. Reconozco que no es tarea fácil intentar recorrer en el transcurso de una generación el camino que a otros les ha llevado cuatrocientos años, pero esto es África y nos encontramos tan atrasados que, o damos saltos enormes, o corremos el riesgo de regresar a las cavernas.

A partir de ese día los primos Ojeda Rodríguez se acostumbraron a tratar a su compañero de viaje no como a un experto conocedor del desierto con la obligación de sacarles de todos los apuros, sino como a un igual, especialmente en lo referente a la absoluta igualdad en su total desconocimiento del lugar en que se encontraban.

Kaleb Kalem había nacido en el desierto y en efecto era nieto de un respetado *inmouchar* de la valiente tribu del Kel Talgimus, pero todavía no sabía andar cuando su padre cruzó en patera el estrecho de Gibraltar para desembarcar en Almuñécar, donde encontró trabajo como peón de albañil. A los dos años había conseguido traerse a su mujer y su hijo a Granada, de donde no volvió a salir jamás.

El joven Kaleb había visitado en un par de ocasiones a sus abuelos en Tombuctú, pero siempre había hecho el viaje en avión, por lo que su conocimiento del Sahara podía considerarse más bien «superficial», sobre todo teniendo en cuenta que durante los ocho meses que llevaba trabajando para una ONG nunca se había alejado más de veinte kilómetros de Tinduf.

—Sin embargo, recuerdo punto por punto todo lo que mi padre y mi abuelo me enseñaron sobre cómo desenvolverse en el desierto —puntualizó al fin a modo de justificación.

—De la misma manera que nosotros recordamos punto por punto cuanto el tío Feliciano nos enseñó... —le hizo notar *Ave* César—. Pero resulta evidente que no nos está sirviendo de mucho.

—En eso no estoy en absoluto de acuerdo, enano... —le

contradijo su primo—. Lo que hacemos nos sirve de mucho porque cada error que cometemos es un paso dado en la buena dirección. En cierta ocasión escuché a un escritor decir que tan sólo aprendía de las novelas malas que escribía, porque las buenas no podía repetirlas, ya que en ese caso estaría escribiendo siempre la misma. «Sin embargo», decía, «cada vez que una me sale mal analizo las razones del fracaso para no volver a caer en lo mismo; es decir, aprendo qué es lo que no debo hacer, ya que no existe ninguna fórmula mágica que me indique qué debo hacer para que siempre me salga bien».

—No entiendo a qué viene esa jodida manía de poner siempre como ejemplo a un escritor, por muy empeñado que estés en llegar a ser uno de ellos —le echó en cara *Ave* César—. A mi modo de ver, la diferencia sigue estando en que cuando se escribe una novela común y corriente no se corre peligro, mientras que a nosotros podían habernos cortado el cuello aquellos bandidos, y ayer un escorpión casi me pica los cojones.

—¡Mucha puntería hubiera necesitado para conseguirlo! —fue la jocosa y malintencionada respuesta—. Pero pese a lo que digas, porque me consta que te encanta protestar, también me consta que no te arrepientes de haber venido y estás de acuerdo conmigo en que hemos aprendido más en estos días que en todos los años de escuchar al tío Feliciano... ¿O no?

—Es posible, pero no cabe duda de que se trata de un aprendizaje doloroso. No me queda un centímetro de piel que no me pique. —Se arremangó la camisa para mostrarle el antebrazo—. ¡Mira el pedazo de roncha que me ha salido!

—Eso es sarna... —intervino como sin darle importancia Kaleb Kalem—. Procura no rascarte o se te pondrá el brazo en carne viva.

—¡Sarna! —se horrorizó el afectado—. ¡No me jodas! ¿Y dónde puedo haberla cogido?

—Probablemente en el mismo lugar en que cogiste las pulgas, las chinches y los piojos.

—¡Maldito viejo hijo de puta!

—La culpa no es suya —observó Kaleb—. Los beduinos tenemos la costumbre, casi se podría decir la obligación, de ser hospitalarios. Si el viajero que recorre el desierto no supiera con absoluta seguridad que allá donde vaya será bien acogido, nadie se arriesgaría a cruzarlo.

—¡Lógico! Y me parece una excelente y loable costumbre.

—Sí, muy lógico. Pero ¿cómo podemos saber si aquel a quien hospedamos tiene sarna o piojos? —inquirió el tuareg—. A partir de ahora somos nosotros los apestados pero no por ello los beduinos dejarán de ayudarnos en todo cuanto esté en su mano.

El mero hecho de saberse «apestados» sumió a los dos primos en una leve depresión puesto que el día que abandonaron Cuenca con la ilusión de enfrentarse a los peligros del más hostil de los mundos imaginables ni siquiera les pasó por la cabeza que tales peligros resultaran tan miserables e indignos. ¿Qué mérito tenía una aventura que consistía en pasarse la mayor parte del día rascándose la entrepierna o hurgándose el cuero cabelludo?

Cuando le preguntaron a Kaleb si no le preocupaba la posibilidad de estar igualmente infectado por algo tan vergonzoso como la sarna, se limitó a negar con la cabeza y respondió:

—Si tiene que suceder sucederá, y de momento nada puedo hacer para evitarlo. Ahora lo que más me preocupa es el Beti.

—¿El Beti? —se alarmó *Ave* César—. ¿Y eso qué es?

—¿Y qué va a ser...? El Beti es el Beti.

—¿Otro bicho?

—¡Qué bicho ni qué niños muertos! —pareció indignarse el beduino—. El Beti es el Jodío Beti, que está ya en zona de descenso y me temo que lleva camino de bajar a segunda.

—¿Te refieres al Betis? ¿El club de fútbol de Sevilla?

—¡Naturalmente! ¿Qué otro Beti existe?

—¿O sea que te gusta el fútbol?

—¿Y a quién no? Llegué a jugar con los infantiles del

Granada y si no hubiera sido por una lesión en la rodilla, podría haber llegado al primer equipo; pero desde que tengo memoria siempre he sido forofo del Beti.

—¿Quieres decir que estuviste a punto de ser el primer delantero centro tuareg?

—¡No, eso no! Siempre jugué de lateral derecho.

—¡Ver para creer!

—¿Qué pasa? ¿También te parece mal que un tuareg juegue al fútbol?

—Mal no, pero sí deprimente. Cuesta trabajo imaginar a un feroz guerrero hombre azul-hijo del viento correteando en calzoncillos por el césped.

—Lo que ocurre es que estás lleno de prejuicios; positivos tal vez, pero prejuicios a fin de cuentas. En los equipos españoles juegan chinos, coreanos, nigerianos, tunecinos, australianos y cameruneses sin que a nadie le sorprenda en lo más mínimo, pero tú consideras deprimente que pueda hacerlo un tuareg. ¿Por qué?

—Porque siempre os he considerado una raza de nobles guerreros de leyenda.

—¿Y no constituían de igual modo una raza de nobles guerreros de leyenda los samuráis japoneses, y ahí los tienes corriendo como locos y metiendo goles hasta de cabeza pese a ser tan bajitos? —respondió Kaleb Kalem, y añadió—: Tal como has dicho antes, nuestro pueblo tiene mucho que agradecer al cine y la literatura que nos han mitificado hasta convertir la figura de un hombre con el rostro cubierto por un velo en una especie de reclamo para los soñadores, pero eso no nos da de comer ni nos proporciona escuelas y hospitales.

—Es que a alguien que sólo se le ven los ojos nuestra imaginación lo convierte de inmediato en un ser romántico, amenazante, misterioso o incluso francamente atractivo.

—Todo eso está muy bien hasta que se descubre que le faltan dos dientes, tiene la nariz como una patata, la piel picada de viruelas y cada vez que abre la boca es «pa' cagarla».

—Kaleb Kalem negó una y otra vez, seguro de lo que decía, antes de concluir—: Los tuareg no podemos continuar cubriéndonos con un velo que deforma la indiscutible realidad de que, o nos adaptamos a los nuevos tiempos, o nos convertiremos en una especie en peligro de extinción.

—De todo cuanto Manolo me enseñó sobre el desierto, lo que más útil me resultó fue la forma de sobreponerme a la sed, y sobre todo al hambre, sin más ayuda que una almendra.

—¿Qué pretendes decir con «una almendra»? —había preguntado Caragato—. ¿Cómo puede nadie sobreponerse al hambre y la sed con una simple almendra?

—Chupándola.

—¿Chupando una almendra? —se había asombrado su sobrino mayor—. Una almendra no tiene nada para chupar. Es una semilla dura que no se disuelve por mucho que lo intentes.

—En eso estriba precisamente la gracia.

La singular historia de la almendra había sido, los dos primos lo recordaban muy bien, uno de los escasos motivos de discusión que habían tenido con su tío Feliciano durante los muchos años que dedicó a contarles sus múltiples andanzas por el desierto.

—Cuando patrullábamos por el interior del Territorio en épocas de excesivo calor —aseguraba—, llevábamos siempre a mano un puñado de almendras crudas. Tras el desayuno, que era la única comida fuerte que solíamos hacer durante el día, nos metíamos una almendra en la boca y comenzábamos a darle vueltas con la lengua, rozándola contra el paladar, los dientes o los carrillos, pero sin decidirnos a morderla.

—¿Y qué conseguíais con eso?

—En primer lugar, saliva.

—¿Saliva?

—¡Mucha saliva! Si no estás hablando y pretendes obtener saliva tienes que «aspirar» de las glándulas salivares, que en ese momento te proporcionan muy poca y la tragas casi automáticamente. En el estomago pierde su utilidad porque no contiene nutrientes. Sin embargo, en cuanto le das vueltas a una almendra en la boca se produce una gran cantidad de saliva que la envuelve y le va extrayendo, de forma casi imperceptible, sus muchos nutrientes.

—¿Qué clase de nutrientes?

—Proteínas, sales minerales y todo lo que más tarde conformará la planta. Para acelerar el proceso solíamos roerla un poco cada cinco o diez minutos, obteniendo unas virutas que molíamos con los dientes hasta convertirlas en un polvo muy fino que la saliva absorbía. De ese modo, al cabo de un rato teníamos el estómago lleno de saliva cuyas enzimas iban disolviendo los nutrientes de la almendra, con lo que se reducía notablemente la sensación de hambre al tiempo que nos alimentábamos.

—¿Pretendes hacernos creer que os alimentabais con una sola almendra...? —replicó un escéptico *Ave* César—. ¡Anda ya!

—¿Acaso tienes una ligera idea de cuántas calorías contiene una simple almendra?

—Ni la más remota.

—Tampoco yo, pero si la colocas sobre un algodón con saliva de tal modo que siempre esté húmeda, llegará un momento en que, como en el fondo se trata de una semilla, germinará y echará tallos y raíces. Y si continúas proporcionándole saliva, seguirá creciendo hasta convertirse en un arbusto, e incluso te diría que quizá podría llegar a ser un auténtico almendro de diez metros de altura.

—¡Bobadas!

—¿Bobadas? —repitió su tío, visiblemente molesto—. ¿Acaso no has oído hablar de los cultivos hidropónicos? La mayoría de las plantas no utilizan la tierra más que para asentar sus raíces y mantenerse erguidas. Podrían crecer en serrín o en un pedazo de gomaespuma con tal que se les proporcionara agua con nutrientes.

—Sí... —admitió el otro—. Eso ya lo sé, pero como acabas de decir, necesitan agua y nutrientes.

—La saliva es, en su mayor parte, agua y una gran variedad de electrolitos que incluyen sodio, potasio, magnesio, fosfato, calcio, bicarbonato y proteínas; es decir, todo lo que necesita una semilla para convertirse en planta.

—Pero una semilla tarda días, semanas y en ocasiones incluso meses en convertirse en planta.

—¡Naturalmente! —repuso Feliciano Rodríguez Corcuera sin inmutarse—. Pero lo que nosotros hacíamos al roerlas y triturar las virutas permitiendo que las enzimas las disolvieran, era acelerar ese proceso apoderándonos en poco más de una hora de todos los nutrientes que quizás hubieran acabado por convertirse en un arbusto.

—¡Sigo sin creérmelo! Si eso fuera así, el Caíd Manolo habría descubierto la mejor dieta del mundo y se hubiera hecho muy rico: con media docena de almendras al día te mantienes alimentado, pero desde luego no engordas.

—¡Querido sobrino zangolotino! —le espetó su tío con una amplia sonrisa—. En los años de la posguerra y en mitad del desierto del Sahara a nadie le preocupaba el exceso de peso; en todo caso procurábamos engordar para que no se nos llevara el viento, o para mantener reservas con vistas a los malos tiempos. Las dietas son manías propias de niñas pijas y ejecutivos de países ricos, no de un oficial «meharista» que patrulla entre las dunas. Comer algo sólido y pesado con el bochornoso calor del mediodía sahariano significaba arriesgarte a que te diera un soponcio, o a quedarte dormido expuesto a que te picara un bicho o te sorprendiera un salteador. Sin embargo, una almendra nos proporcionaba toda la energía que necesitábamos sin abotargarnos.

Ahora, sentados a la sombra del vehículo en uno de aquellos bochornosos mediodías saharianos, y sintiéndose abotargados por los excesos de una comida demasiado grasienta, los primos Ojeda Rodríguez no pudieron por menos que recordar las sabias palabras de su tío Feliciano al tiempo que se lamentaban por no haber tenido la precaución de agenciarse una buena provisión de almendras.

Cuando se lo comentaron al tuareg, éste se limitó a responder:

—Muchos beduinos hacen algo parecido con los dátiles, aunque tienen el problema de que son azucarados y eso a la larga produce sed. En cuanto encontremos un poblado compraremos almendras.

—¿Y cuándo crees que encontraremos un poblado?

—En cuanto encontremos una pista que nos lleve hasta él.

—¿Y cuándo encontraremos esa pista?

—Mañana.

—¿Estás seguro?

—¡En absoluto! —replicó Kaleb Kalem con desconcertante desfachatez—. Pero es una de las palabras que más gusta a los españoles. En Granada todo se resolvía con dos frases: «Vuelve mañana» y «Ya te lo advertí».

Contra todo pronóstico y pese al escepticismo del tuareg, a primera hora del día siguiente hallaron el rastro de lo que parecía una pista transitada por vehículos de gran tonelaje que discurría entre campos de dunas, miles de rocas y grupos de matorrales.

Su trazado era tan sinuoso y accidentado que se veían obligados a marchar a paso de tortuga, de tal modo que en ocasiones, cuando alguno se cansaba de dar saltos y bandazos dentro del todoterreno, optaba por «estirar las piernas» marchando delante del vehículo sin el menor esfuerzo.

Continuaron de ese modo hasta que el calor resultó insoportable, y fue a primera hora de la tarde cuando descubrieron un primer cuerpo atravesado en mitad del camino. A unos cincuenta metros de distancia distinguieron otro, y poco más allá los siete restantes.

Dos estaban muertos.

Un tercero, un esqueleto andante que no debía de pesar más de cuarenta kilos, expiró al anochecer, pese a que lo habían colocado a la sombra, le hicieron beber agua muy lentamente e intentaron por todos los medios el difícil milagro de mantenerlo con vida.

El verdadero milagro se concretaba en el hecho de que otros seis seres humanos que llevaban casi una semana perdidos en el más tórrido e inhóspito de los desiertos, continuaran respirando.

Un nigeriano gigantesco, el único que se encontraba en condiciones de hablar, les explicó que tras pasar varios meses intentando inútilmente saltar la alambrada que los separaba de Melilla, la policía marroquí los había encerrado en un autobús, conduciéndolos hasta un punto desconocido del desierto, donde los habían abandonado sin proporcionarles más que un pedazo de pan y una botella de agua por persona.

—A medio día de marcha siempre hacia donde sale el sol llegaréis a Argelia —les habían dicho—. Si volvéis a cruzar la frontera os recibiremos a tiros.

De la veintena que había descendido del autobús tan sólo quedaban ellos. El nigeriano no sabía si los demás habían muerto de sed o habían logrado salvarse llegando a algún campamento beduino. La mayoría había optado por permanecer quieta durante el día y caminar únicamente de noche, por lo que muy pronto se distanciaron los unos de los otros.

Al oscurecer, Kaleb y los dos primos acomodaron a los enfermos en el interior de la tienda de campaña y luego fueron a sentarse alrededor del fuego y tomaron plena conciencia de que aquella hoguera nada tenía que ver con las hogueras en torno a las que, según su tío Feliciano, se reunían los nómadas a contar heroicas hazañas de sus antepasados o hermosas leyendas de amor entre las dunas.

Aquél no era el desierto del Caíd Manolo.

Aquél no era el lugar donde había encontrado a un moribundo que iba en busca de la mítica Smara y que legó a la historia un precioso poema.

Aquello no era el cauce de un río seco en el que se cavó un pozo en torno al cual se fundó la ciudad de El Aaiún.

Aquél no era más que un desolado pedregal en el que unos pobres negros, llegados de muy lejos y expulsados de todas partes, se deshidrataban al sol ante la indiferencia de una sociedad que prefería ignorarlos.

Comprendieron que, sin proponérselo, al fin habían desembarcado en el auténtico Sahara del siglo XXI; un Sahara que poco tenía que ver, salvo en el paisaje, con el de cincuenta años atrás.

—¿Qué podemos hacer?

—Lo primero y en cuanto refresque, enterrar a los muertos antes de que esas malditas hienas, que ya los han olido, se acerquen más —sentenció el tuareg—. Mi padre aseguraba que un grupo de hienas a las que se les ha despertado el hambre pueden ser muy peligrosas.

—Nunca hemos enterrado a nadie.

—Tampoco yo, pero sólo se trata de cavar hondo y cubrir los cuerpos con piedras para que esas hediondas bestias no los desentierren.

—¿De dónde eran?

—¿Los muertos...? Uno del Senegal; los otros dos no tienen documentación, pero supongo que también eran subsaharianos, porque el nigeriano me ha contado que tardaron casi tres meses en llegar a pie hasta Melilla.

—¡Dios Bendito! —no pudo por menos que lamentarse Juvenal Ojeda—. ¡Cuánta miseria debían de estar pasando para lanzarse a semejante aventura e ir a morir tan lejos de sus casas! —Se volvió hacia su primo y añadió—: Me pregunto si no estamos haciendo el imbécil al malgastar nuestros esfuerzos en buscar a alguien que no va a aparecer nunca, en lugar de emplearlos en ayudar a estos desgraciados.

—Una cosa no quita la otra... Y resulta evidente que los ayudaremos más estando aquí que si nos hubiéramos quedado en Cuenca y me hubiera comprado aquel estúpido Ferrari amarillo. La cuestión está en qué diablos vamos a hacer con esos seis. No tenemos medios para atenderles; necesitan que les cuiden en un hospital, pero no caben en el coche.

—Creo que lo mejor será esperar a ver cuántos consiguen sobrevivir; luego ya veremos.

Rió una hiena, y se les heló la sangre cuando al poco otras

dos respondieron entre las dunas que se alzaban a unos doscientos metros de distancia.

La noche era oscura, sin luna, con una ligera brisa que levantaba arena impidiendo que la luz de las estrellas alcanzara la tierra, por lo que se vieron obligados a encender los faros del vehículo para alumbrarse a la hora de cavar una fosa.

Fue una escena que ninguno de los tres olvidaría por años que vivieran, ya que se trataba de la primera situación en que, como adultos, se enfrentaban a la crudeza de un mundo que no estaba ni escrito ni proyectado en una pantalla; una escena en la que los cadáveres no se ocultaban dentro de un bonito ataúd cubierto con una bandera, sino que aparecían a la vista, semidesnudos, malolientes e infestados de moscas.

Cadáveres de pobres.

Cadáveres de pobres inmigrantes.

Cadáveres de pobres inmigrantes que no habían conseguido saltar una alambrada de cuatro metros de altura o cruzar el mar en una frágil patera.

Lloraron.

Los primos no habían llorado durante el entierro de aquel tío al que adoraban, primero porque él así lo había exigido, y segundo porque la suya había sido una muerte «decente»; la muerte de un hombre maduro y excesivamente cansado que ya nada espera de la vida. Pero la muerte de aquellos infelices era a todas luces «indecente» e impropia de una sociedad que se considera a sí misma civilizada, y por tanto los difuntos merecían que alguien demostrara, al menos en el último momento, hasta qué punto era de lamentar la magnitud de sus infinitas desgracias.

Los depositaron en el fondo de la fosa con el mismo cariño con que hubieran depositado a un hermano, y tras acariciar levemente el rostro del más joven, César Rodríguez Ojeda musitó:

—Dondequiera que estés, te tratarán mejor de lo que te han tratado hasta ahora.

El nuevo día trajo una forma muy distinta de ver las cosas.

La noche anterior había sido como la página en blanco que en toda biografía separa el capítulo dedicado a la alegre juventud de aquel en que comienza a describirse una amarga madurez.

Ante sus ojos se alzaba el túmulo de rocas bajo el que se pudrirían tres muchachos, las fosas nasales todavía conservaban el hedor a muerte y, apagados, les llegaban los lamentos de quienes dormitaban hacinados en una minúscula y cada vez más caldeada tienda de campaña.

—¿Qué hacemos?

—Esperar.

—¿Esperar a qué?

—A ver qué ocurre. No podemos moverlos en el estado en que se encuentran.

—Pero se nos acaba el agua —observó Juvenal Ojeda—. Ya no somos solamente tres; somos nueve, y seis se encuentran prácticamente deshidratados. Al ritmo que llevamos, mañana al mediodía no nos quedará una gota de agua.

—Alá es grande. Él proveerá.

—Alá se encuentra demasiado ocupado en «proveer» cuanto se les antoja a los jeques del petróleo, al igual que Nuestro Señor se encuentra demasiado ocupado en «proveer» generosamente a los banqueros occidentales —sentenció Caragato—. A veces creo que Dios, cualquiera que sea, si es que es, aspira más a obtener dividendos que a ser glorificado por su bondad.

—No me gusta que seas irreverente... —le reprochó su primo.

—Precisamente me encuentro en el lugar y el momento justo para mostrarme irreverente, enano —fue la agria respuesta—. Esto es la desolación llevada a sus últimos extremos: arena, viento, calor, sed, muerte y sufrimientos. ¿Por qué querría nadie crear algo tan terrible si no fuera por puro sadismo?

Kaleb Kalem se puso en pie, recogió su estera y se alejó con paso decidido al tiempo que comentaba:

—No quiero continuar escuchando herejías. Voy a pedir perdón y a rogar por ti.

—¡Olvídate de mí! Ruega por ti, por los que enterramos anoche y por los que están a punto de morir ahí dentro. No necesito que tu dios me perdone, porque yo no le perdono.

—No deberías hablarle así —dijo *Ave* César cuando el tuareg se hubo alejado—. Como buen musulmán es creyente, y por lo tanto fatalista. Ten en cuenta que a nosotros nos han enseñado a ver las cosas de tal forma que la idea de un ser supremo no nos resulta imprescindible. A él, sí.

—Alguien que se confiesa partidario acérrimo del Betis tiene que ser necesariamente fatalista —comentó su primo con una leve sonrisa—. Pero tiene algo a su favor que no tenemos nosotros.

—¿Qué?

—Que no se siente culpable porque es hijo de un inmigrante que cruzó el Estrecho en una patera para trabajar toda su vida como albañil. Y por si fuera poco, colabora con una ONG ayudando a los más desgraciados. Sin embargo, nosotros pertenecemos al Primer Mundo, nunca hicimos nada por nadie, y si ahora estamos aquí es porque yo pretendo escribir un libro que me haga famoso.

—¿Y eso te hace sentir culpable?

—¡Naturalmente!

—Escucha, primo, ni aunque hubiéramos nacido en Somalia, donáramos cuanto tenemos a esa ONG, o trabajáramos en ella veinte años sin un día de descanso, habríamos conseguido evitar ni una sola de esas muertes. El problema va más allá de nuestras fuerzas. La culpa de cuanto ocurre es de la sociedad, y tú y yo apenas somos una gota en el océano de esa sociedad. Pero ahora estamos aquí y nos ha caído en las manos un grave problema. Nuestra obligación es resolverlo. Tal vez el día de mañana puedas escribir un libro que denuncie toda esta barbarie, pero ahora lo que tenemos que hacer es intentar salvar seis vidas; con eso tenemos bastante.

No era en verdad empresa fácil intentar salvar aquellas

seis vidas cuando apenas contaban con unos quince litros de agua.

El violento sol del desierto había provocado terribles ampollas en los hombros, las piernas y los brazos de la mayoría de los heridos, al reventar dejaban al aire supurantes llagas a las que acudían nubes de moscas. Aunque la tienda disponía de un mosquitero, de una u otra forma los insistentes insectos se las habían ingeniado para invadirla y convertir la vida de los enfermos en un auténtico infierno.

Su zumbido, un calor que al mediodía se aproximaba a los sesenta grados, el hedor de cuerpos pegados espalda contra espalda, la angustia de los estertores de lo que parecía el último aliento, o incluso el llanto de quienes se sabían a las puertas de la muerte, no hacían más que desmoralizar a los tres pobres muchachos, que se sabían impotentes frente a tal cúmulo de desgracias.

—Quizás hubiera sido mejor dejarles morir... —musitó un abatido Kaleb Kalem—. Lo único que estamos consiguiendo con todo esto es prolongar su agonía.

—¿Tan pronto has cambiado de idea que ya no confías en que Alá provea? —replicó Caragato.

—Sentado sobre aquella duna he tratado de analizar la situación desde el punto de vista de lo que me enseñaron mis padres, y también desde el punto de vista de lo que me enseñaron mis profesores, y he llegado a la conclusión de que ni unos ni otros me prepararon para enfrentarme a una situación tan aberrante. Ni la religión ni la ciencia tienen respuestas para lo que está ocurriendo aquí.

—¿Y...?

—Creo que lo mejor que podemos hacer es que yo me quede cuidando a los enfermos mientras vosotros vais en busca de ayuda.

—¿Ayuda? —repitió un escéptico César Rodríguez—. ¿Quién nos va a prestar ayuda en este rincón del mundo? Si los han abandonado para que mueran, no acudirán a salvarlos.

—Tal vez encontréis a alguien más compasivo.

—No me da la impresión de que la compasión sea una planta que se dé bien por estas latitudes.

—La compasión no es algo que crezca o deje de crecer en un lugar o país determinado —sentenció Kaleb—. Es un sentimiento que anida en algunos corazones y en otros no.

—Eso te ha quedado muy bonito... —admitió Juvenal Ojeda golpeándole afectuosamente el brazo—. Pero aun así no pienso permitir que te quedes aquí, arriesgándome a no volver a encontrarte nunca. Al fin y al cabo eres nuestro guía.

—¡Menudo guía!

Se anunció como una diminuta nube de polvo que en principio achacaron a uno de los incontables tornados de escasa fuerza que se producían a las horas en que la llanura comenzaba a recalentarse, pero cuando se repitió por tercera vez llegaron a la conclusión de que se trataba de un vehículo que se acercaba desde el norte.

Kaleb Kalem lo observó a través de los prismáticos. Se los entregó a sus compañeros y dijo:

—Es un autobús.

—¿Un autobús? —repitió tontamente el menor de los primos—. ¿Qué coño hace un autobús por estos parajes? ¡Ah, carajo! —exclamó de pronto—. Debe de ser uno de los que se dedican a traer a esos desgraciados.

—Probablemente.

—¿Una nueva remesa?

—¿Por qué no? Tengo entendido que son miles los subsaharianos que aguardan en el Magreb la ocasión para cruzar a Europa.

—¿Y ésta es la mejor forma que han encontrado de deshacerse de ellos? —quiso saber el otro—. ¿Abandonarlos como a perros en mitad del desierto sin agua y sin comida?

—Eso parece.

—¡No puedo creerlo! ¡Bueno, sí! Naturalmente que puedo creerlo después de haber enterrado a tres y tener a seis más a punto de morir en esa tienda. —Se volvió hacia Caragato, que continuaba observando a través de los prismáticos, y preguntó—: ¿Qué vamos a hacer?

—¿Y yo qué sé? Lo que está claro es que ese autobús viene cargado. —Miró al tuareg—. ¿Crees que nos han visto?

Kaleb negó con la cabeza.

—Están demasiado lejos y se balancean mucho, por lo que les resultaría imposible localizarnos incluso con prismáticos; nuestro coche es bajo, está inmóvil y, como se encuentra cubierto de polvo, no brilla.

—¿Y qué puede pasar cuando nos descubran?

—¡Cualquiera sabe! Pero seguro que no les agrada la idea de tener testigos de sus crímenes.

—¿Deberíamos marcharnos?

—¿Y qué hacemos con los enfermos? No podemos cargar con ellos, y si los dejamos aquí se los llevarán para volver a abandonarlos Dios sabe dónde.

—¡Eso sí que no pienso consentirlo! —intervino el menor de los primos.

—¡Ni yo! Antes tendrían que pasar por encima de mi cadáver.

Juvenal se volvió hacia Kaleb, que era quien había hecho tan rotunda afirmación.

—¿Y qué se te ocurre para impedirlo? —preguntó.

—Estoy pensando.

—Pues date prisa, porque antes de una media hora los tendremos encima.

—En ese caso no estaría de más que también pensarais un poco... —le hizo notar el forofo del Betis mientras se encaminaba a la tienda de campaña. Al poco regresó para anunciar—: El nigeriano continúa consciente y dice que en esos autobuses únicamente suelen viajar un par de policías armados, ya que a los prisioneros los transportan encadenados a los asientos.

—¿Acaso se te ha ocurrido la idea de atacarlos?

—¿Acaso no lo estás pensando tú?

—¿Acaso estamos locos?

—¿Acaso no es estar loco andar correteando por el desierto con el propósito de escribir un estúpido libro o encontrar una misteriosa mujer y una niña desaparecidas hace treinta años?

—Buscar a una mujer y una niña no es lo mismo que plantarle cara a un par de hijos de puta armados de fusiles.

—Pero que son cobardes...

—¿Cómo lo sabes?

—Tan sólo unos cerdos muy cobardes serían capaces de conducir a un final tan espantoso a unos muertos de hambre que no han cometido ningún delito.

—Nuestro tío aseguraba que un cobarde armado suele ser más peligroso que un valiente armado —intervino *Ave* César.

—Empiezo a creer que vuestro tío decía demasiadas cosas que no nos sirven de nada, y que en esta situación no vienen al caso. ¿Qué habría hecho él de encontrarse aquí en estos momentos?

—Supongo que liarse a tiros.

—Es una opción, pero no la mejor —puntualizó el tuareg—. Corremos el riesgo de matar a inocentes, porque por lo que a mí respecta no he disparado un arma en mi vida. Con suerte sería capaz de atinarle a ese autobús a condición de que no se moviese y se colocase a menos de diez metros de distancia... De ahí no paso.

—¡Pues sí que estamos buenos! —masculló Caragato—. ¡Valiente pandilla de asaltantes estamos hechos! ¿Qué dirían tus antepasados si supieran que uno de los feroces guerreros a los que tanto temían de un confín a otro del Sahara, no se considera capaz de acertarle a un autobús en movimiento?

—Renegarían de mí, pero lo tengo asumido... —Kaleb Kalem hizo un gesto hacia la nube de polvo, que se había perdido de vista en una depresión del terreno, y añadió—: Y más vale que nos dejemos de chorradas y pensemos en algo, porque como decía mi abuelo: «Si las gacelas hablaran no quedaría ni una; se las habrían comido los guepardos mientras discutían por dónde escapar.»

El respeto que impone la figura de un tuareg entre los bereberes, los beduinos, los negros del Sahel, o el resto de seres humanos que habitan en el Sahara y sus alrededores, va más allá del temor que pueda infundir un hombre o una determinada raza por violenta o agresiva que sea; es una especie de terror supersticioso que clava sus raíces en la indiscutible seguridad de que el mal que se le cause a un miembro de su tribu siempre será vengado, por más años que pasen y lejos que huya el culpable.

«Un tuareg son todos los tuareg, y todos los tuareg son un solo tuareg.» Esa máxima es la razón por la que han conseguido sobrevivir más de mil años como pueblo único e indivisible pese a no poseer un gobierno, una bandera, ni un solo metro cuadrado de territorio propio.

El País de los Tuareg se extiende desde el océano Atlántico al mar Rojo y desde el Mediterráneo al golfo de Guinea, y quien ofenda a uno de ellos en Egipto debe cuidarse las espaldas en Mauritania, porque su sentido de la solidaridad, su ira y su sed de venganza no admite fronteras.

Un neumático delantero reventó, el autobús dio un bandazo, se inclinó hacia la derecha y de inmediato se detuvo entre denuestos y maldiciones:

—¡¡No!!
—¡Maldita sea!
—¡Otra vez no, por favor!
—¡Ya van seis!

A los pocos instantes las puertas se abrieron, y mientras el malhumorado conductor, un gordo sudoroso que apestaba a ajo, descendía pesadamente y se encaminaba a la parte trasera en busca de un neumático de repuesto y las herramientas para sustituir al que aparecía rajado y deshinchado, dos hombres que vestían sucios uniformes que lo mismo podían ser de militares que de policía, saltaron al exterior con la evidente intención de estirar las piernas y compartir un cigarrillo. Portaban sendos fusiles al hombro.

En el asfixiante interior del vehículo permanecían una veintena de jóvenes de color suplicando que les permitieran salir a hacer sus necesidades, pero quienes se habían apeado no les prestaban la menor atención.

Al cabo de unos minutos, el hediondo gordo pidió a los vigilantes que le echaran una mano para aflojar las tuercas, éstos apoyaron las armas en el pescante y se inclinaron. Cuando volvieron a incorporarse, no pudieron evitar dar un respingo y cambiar de color.

A sus espaldas, y sin que se supiese de dónde habían surgido, acababan de hacer su aparición tres hombres con los rostros cubiertos por velos azules, empuñando cada uno de ellos un impresionante revólver.

—No se os ocurra tocar las armas... —les advirtió Kaleb Kalem en árabe y sin darles tiempo a reaccionar—. Y entregadme las llaves de los candados...

Instantes después, la veintena de muchachos encadenados había descendido del desvencijado vehículo, y mientras unos se apresuraban a evacuar en las proximidades, otros intentaban inútilmente besar las manos de sus libertadores.

El tuareg pidió a uno de ellos que trajera dos botellas de agua con el fin de entregárselas a los vigilantes, a los que hizo un imperativo gesto señalando un punto a sus espaldas.

—Regresad por donde habéis venido... —dijo alzando el dedo en actitud amenazante—. Y advertid a vuestros compañeros que de ahora en adelante le volaremos la cabeza a todo aquel que se dedique al sucio menester de abandonar inmigrantes en «nuestro desierto»... —Recalcó «nuestro desierto», para añadir con firmeza—: ¡Palabra de tuareg!

—¿Pretendes que hagamos todo ese camino a pie...? —casi sollozó uno de ellos—. ¡Deben de ser casi dos días de marcha!

—Pues cuanto antes salgáis, antes llegaréis.

—¡Es un crimen!

—Me alegra que lo reconozcas porque es el mismo que pensabais cometer con los que transportabais; tenéis dos opciones: o empezar a caminar, o que os vuele aquí mismo la cabeza que es lo que realmente me apetece.

Cuando los dos soldados, policías o lo que quiera que fuesen se hubieron alejado lo suficiente como para no oírles, *Ave* César se despojó del velo, que parecía estar asfixiándolo, y preguntó horrorizado y sorprendido:

—¿Hubieras sido capaz de volarle la cabeza?

—Por supuesto... —respondió el tuareg— que no. Pero creo que la frase me ha quedado de lo más convincente... —Se volvió hacia el gordo y le gritó en tono imperativo—: ¡Y tú date prisa en arreglar esa rueda, o te largas con ellos! En cuanto hayas acabado, ocúpate de apartar los trozos de cristal ocultos bajo la arena si no quieres volver a pinchar en cuanto te pongas en marcha.

Poco después, y tras haberles proporcionado agua y comida tanto a los recién llegados como a los enfermos, los primos Ojeda Rodríguez le devolvieron a Kaleb Kalem los turbantes que éste les había prestado y los tres tomaron asiento a la sombra del todoterreno para observar cómo los vigilantes se perdían de vista en la distancia.

—¿Sobrevivirán? —quiso saber *Ave* César.

—De ellos depende... —replicó Kaleb con indiferencia—. Lo que importa es que han recibido una buena dosis de su propia medicina. Y me juego la cabeza a que ésos no vuelven por aquí; saben que desobedecer la orden de un tuareg que les ha perdonado la vida significa que los *gri-gri* les perseguirán y aniquilarán aunque se escondan en el fondo del pozo más profundo.

—¿Qué son los *gri-gri*?

—Espíritus que sólo obedecen a mi pueblo.
—¡Anda ya!
—Te aseguro que es cierto.
—Si eso es cierto, yo soy Charlize Theron.
—¡Ya me gustaría, ya...! Pero aunque no te lo creas, desde hace cientos de años los *gri-gri* han reinado sobre las arenas del desierto porque el brazo de nuestra venganza es tan largo que nadie ha conseguido eludirlo... —Sonrió levemente y le guiñó un ojo al añadir—: Aunque admito que en parte tienes razón: físicamente los *gri-gri* no existen, pero espiritualmente sí.

—Lo que trata de decirte... —intervino Caragato como si intentara explicarle algo a un niño— es que los tuareg constituyen una especie de «mafia» en la que todos se encuentran al servicio de todos por muy lejos que vivan los unos de los otros. Por eso, cuando un extraño les ofende, les desafía o se desmanda, sacan de la bolsa esa absurda superchería de los *gri-gri*, seguros de que cualquier otro tuareg le ajustará las cuentas allá donde se encuentre... —Miró a los ojos a Kaleb y añadió con marcada intención—: ¿Me equivoco o es así como funciona la cosa?

—Más o menos —replicó sonriente el aludido—. Nuestro origen es tan antiguo que se pierde en la noche de los tiempos, y vivimos tan apartados los unos de los otros que ni siquiera tenemos muy claro cuántos somos. Debido a ello, una ideología común y los famosos *gri-gri* han acabado por convertirse en nuestros únicos vínculos de unión.

—¡De acuerdo! —admitió *Ave* César—. Esos dos hijos de puta se han largado y lo más probable es que no vuelvan por miedo a los supuestos *gri-gri*, sean lo que sean—. ¡Tema zanjado! ¿Qué vamos a hacer con toda esta gente?

—Supongo que conducirlos a un lugar en el que no vuelvan a encerrarlos en un autobús con intención de abandonarlos en el desierto.

—¿Y qué lugar es ése?

—¡Buena pregunta, sí señor! —admitió Kaleb Kalem, afirmando repetidas veces con la cabeza—. ¡Muy buena! Por lo que tengo entendido el mundo es bastante grande, pero por lo que tengo visto nadie parece dispuesto a acoger a un puñado de seres humanos que lo único que pretenden es vivir como auténticos seres humanos.

—Es que últimamente no son un puñado —le hizo notar el menor de los primos—. Son millones.

—¡Te equivocas! No son millones; cada inmigrante no es más que una persona que aspira a lo mínimo a que se puede aspirar en esta vida: un trabajo que le dé para comer por lo menos una vez al día. Y ese inmigrante no tiene la culpa de que existan millones en sus mismas circunstancias; a él le trajeron al mundo solo, no en compañía de millones... ¡Pero dejemos eso! —añadió con un perceptible deje de hastío—. Es un problema al que las mentes más preclaras no encuentran solución, y no vamos a ser nosotros los que la encontremos aquí y ahora. —Señaló con un gesto al sudoroso gordo que se encontraba retirando los trozos de botella que los dos primos habían ocultado bajo la arena y añadió—: Tal vez ese guarro sepa dónde nos encontramos y hacia dónde deberíamos dirigirnos.

—Calculo que estamos a poco más de noventa kilómetros al norte de Taoudenni, en Malí —replicó el agotado chófer, aunque no parecía demasiado seguro—. Por allí pasa una carretera que se dirige a Arauane y continúa hasta Tombuctú, a unos setecientos kilómetros y a orillas del Níger.

—¿Y no hay nada «civilizado» más cerca?

—Ésa es la única salida, civilizada o no, a no ser que se prefiera regresar a Tinduf.

—¿Cuánto tiempo tardaríamos en llegar a Tombuctú.

El maloliente hombretón se encogió de hombros.

—Eso depende de en qué estado se encuentre la carretera; no es más que una pista de tierra a la que con frecuencia el viento cubre de arena y en la que lo normal es perderse.

—Pero si nos perdiéramos, ¿cuánto tardaríamos...? ¿Dos días? ¿Cuatro? ¿Una semana...?

—¡Y yo qué sé! —protestó el otro—. Este trasto va sobrecargado, tiene los neumáticos más lisos que el culo de un niño, le falla el embrague y pierde aceite. Pasamos más tiempo detenidos que avanzando, y por lo tanto lo mismo podemos tardar dos días que dos semanas. ¡Esto es el desierto! —concluyó, haciendo un amplio gesto en derredor como si eso lo explicara todo—. Nada ha cambiado en mil años, ni nada cambiará en otros mil. ¿Qué coño puede importar una semana más o menos?

Tenía razón, eso nadie podía negárselo; cuando lo único que se distinguía durante horas de otear en todas direcciones eran dunas, rocas o matojos, lo que importaba no era cuándo se llegaba a un sitio, sino llegar con vida.

—No existe lugar en el mundo que pueda parecer tan insoportablemente monótono, pero tampoco tan desconcertantemente impredecible —había asegurado el tío Feliciano con seriedad—. En cierta ocasión, cuatro compañeros de La Mía a Camello montaron el campamento bajo una tranquila noche estrellada, compartieron la escasa agua que les quedaba y se acostaron con la esperanza de alcanzar al día siguiente un viejo pozo que con un poco de suerte aún no se hubiera agotado. Al amanecer, tres de ellos habían muerto ahogados y el cuarto tardó semanas en recuperarse de las heridas. Una riada le arrastró durante más de dos kilómetros golpeándole contra todas las rocas que encontró en su camino.

—¿Riadas en el desierto...? —no había podido por menos que asombrarse Juvenal Ojeda—. ¡Nunca me lo hubiera imaginado!

—Las peores del mundo, te lo aseguro —le había confirmado su tío en un tono que no admitía réplica—. El Sahara se encuentra atravesado por miles de cauces secos por los que en ocasiones no ha circulado una gota de agua en cientos de años. A menudo su rastro se ha perdido cubierto por la arena, y debió de ser por ese motivo por lo que mis compañeros ni siquiera sospecharon que estaban montando el campamento en mitad de una *sekia*.

—¿Qué es una *sekia*?

—El cauce de un río seco, cabeza de chorlito: te lo he dicho cien veces.

—Es un nombre que siempre se me olvida.

—Lo que me extraña es que recuerdes el tuyo... —fue la jocosa respuesta—. Como os iba contando, acamparon allí sin saber que a cincuenta kilómetros de ese lugar estaba descargando la «cola» de una violenta tormenta tropical que había atravesado el océano llegando desde las costas de Sudamérica.

—¿Cómo es posible que una tormenta llegue desde tan lejos?

—Las tormentas tropicales tienen la fea costumbre de ir adonde les sale de las narices y nadie puede impedírselo. El único superviviente de aquella tragedia me contó que a media noche escucharon un estruendo, como el golpear de cascos de miles de caballos que se aproximaran al galope, y que no tuvieron noción de lo que sucedía hasta que una gigantesca ola se los llevó por delante. Pero cuando un mes más tarde pasé por allí, me sorprendió descubrir que ni en la *sekia* ni en veinte kilómetros alrededor había crecido una sola brizna de hierba; era como si aquella monstruosa masa de agua se hubiera deslizado sobre la reseca tierra sin calar en ella.

—¿Y dónde había ido a parar? —quiso saber su sobrino menor.

—¡Misterio!

—Pero miles de toneladas de agua capaces de ahogar a tres hombres y arrastrar a un cuarto a lo largo de dos kilómetros no pueden desaparecer así como así... ¡Ni siquiera en el Sahara!

—Eso mismo fue lo que me dije —admitió Feliciano Rodríguez Corcuera—. La curiosidad hizo que dedicara varios días a investigar qué había pasado con tanta agua y al fin llegué a una conclusión que, sin asegurar que sea la correcta, puede que aclare lo que en verdad ocurrió. En tiempos muy remotos, aquel río debía de desembocar en uno de los muchos mares interiores que por entonces se desparramaban por el desierto del Sahara. Pero ese pequeño mar también acabó por secarse y convertirse en una *sebkha*, una salina de las que hoy en día se encuentran allí a menudo, y que suelen ser los lugares más calurosos que existen porque ocupan siempre el fondo de una gran depresión. El agua, en su veloz carrera siguiendo el primitivo cauce, debió de caer sobre la sal, extendiéndose y evaporándose en cuestión de horas sin que ni una gota de tan fabuloso tesoro fuera aprovechada por nadie...

Ahora los dos primos se encontraban allí, al borde de una de aquellas depresiones cubiertas de sal de las que les había hablado años atrás su tío, y lo primero que constataron fue que, en efecto, el calor superaba todo lo imaginable.

La *sebkha* brillaba como un espejo bajo un sol que muy pronto alcanzaría su cenit, y aunque no parecía tener más de cinco o seis kilómetros de ancho, debía de ser muy larga, visto que no conseguían distinguir sus orillas en dirección este ni oeste.

—¿Qué hacemos?

La pregunta, dirigida a todos, no iba en realidad dirigida a nadie en particular, dado que cuantos contemplaban la resplandeciente hondonada parecían estar formulándose idéntica demanda.

—¿Qué hacemos?

—¡Y yo qué sé!

Todos los ojos se volvieron hacia el gordo, que era el único que parecía tener cierta experiencia en viajar por la región que estaban atravesando. Tras secarse el sudor con un trapo manchado de grasa, señaló:

—Si intentamos rodearla perderemos al menos un par de días, y lo más probable es que nos quedemos sin agua. Y tampoco nos quedará gasolina para el autobús, que la chupa como un loco. —Lanzó un sonoro resoplido dando a entender la magnitud de sus temores y, agitando de arriba abajo la mano derecha en un ademán claramente admirativo, exclamó—: ¡Pero cruzarla...!

—Cruzarla... ¿qué? —quiso saber Caragato—. ¿Qué puede pasar si intentamos cruzarla?

—Hacerlo de día es arriesgarse a morir deshidratados, o a que el radiador estalle y nos quedemos ahí para siempre.

—¿Y si lo intentamos de noche?

—¿De noche? —pareció escandalizarse el gordo—. ¡Imposible!

—¿Imposible por qué?

—Por los mosquitos.

—¿Mosquitos? —se asombró *Ave* César Rodríguez—. No me diga que le preocupan los mosquitos...

—Los de una *sebkha* sí...

—Estamos siendo devorados por las moscas, las chinches, las pulgas, los piojos, las garrapatas e incluso el asqueroso «arador de la sarna»... —señaló el otro—. ¿Qué nos pueden hacer unos cuantos mosquitos? ¿Chuparnos la sangre? ¿Qué sangre?

—Es que no serán «unos cuantos mosquitos» —replicó el grasiento individuo sin perder la calma—. Puede que no encontremos ninguno, pero si por casualidad ha llovido durante el último mes, la humedad del rocío ha sido más intensa de lo normal, o un terremoto ocurrido a cientos de kilómetros de distancia ha agitado el fango que se oculta bajo la costra de sal permitiendo que salga a flote por algunos puntos, entonces los mosquitos habrán depositado allí sus huevos y le garantizo que lo que se forman son auténticas nubes.

—¡No puedo creerlo!

—¡Pues será mejor que lo crea! Yo lo viví en una ocasión y aún se me eriza el pelo al recordarlo; pasé cuatro días con la cara como una calabaza y el dolor era tan insoportable que a punto estuve de volarme los sesos.

—Algo me han contado al respecto —intervino un impresionado Kaleb—. Mi abuelo aseguraba que un ataque de mosquitos en una salina es el peor castigo que puede sufrir un hombre en el desierto; peor incluso que la sed.

—¿Y cuál es la buena noticia? —quiso saber Juvenal Ojeda—. Porque quiero suponer que alguna vez habrá alguna buena noticia en alguna parte.

—Que si tenemos suerte la costra de sal será lo suficientemente gruesa como para resistir el paso de los vehículos.
—¿Y si no lo es?
—Mi autobús y su coche irán a parar al fondo de la *sebkha*; simplemente se los tragará la tierra.
—Empiezo a sospechar que lo que pretende es asustarnos para obligarnos a regresar.
—¡Yo no pretendo nada, señor! —fue la agria respuesta—. Su amigo tiene un revólver, me ordena que siga adelante y le obedezco; pero si no fuera, como parece ser, un tuareg de pacotilla, sabría mejor que yo que eso de ahí delante es una diabólica trampa que puede tragarnos a todos. ¡Así que ustedes deciden!

Tosió varias veces, abrió mucho la boca como si le faltara el aire y, dando media vuelta, se alejó caminando con la torpeza y dificultad de un pesado rinoceronte. Se sentó en el pescante de su vehículo, apoyó la cabeza contra la puerta y cerró los ojos. A los pocos minutos roncaba ruidosamente.

Kaleb Kalem, tal vez molesto por haber sido tildado de «tuareg de pacotilla», se aproximó al grupo de subsaharianos, que cuchicheaban entre sí, con la intención de recabar su opinión respecto a la difícil situación en que se encontraban.

Caragato permaneció unos instantes observando como hipnotizado la amenazante superficie de sal de la que comenzaba a elevarse un denso vaho que distorsionaba los contornos de la orilla opuesta, y por último, mientras tomaba asiento sobre una roca, comentó:

—Tengo la impresión de que te he metido en un lío del carajo que por si fuera poco no tiene ningún sentido. Cada día me siento menos capaz de escribir ese maldito libro, y aquí no vamos a encontrar a Shereem, a su hija, ni a bicho viviente alguno. ¿En qué coño estaba pensando cuando se me ocurrió semejante disparate?

Su primo se acomodó a su lado y no era necesario conocerle demasiado para comprender que se sentía angustiado y hasta cierto punto deprimido.

—Supongo que pensabas en el tío Feliciano y en sus fabulosas aventuras africanas, que te darían pie para escribir no una sino cien novelas. Como solía decir, «la vida está ahí para vivirla», pero empiezo a darme cuenta de que no le puso una etiqueta con el precio.

—¿Regresamos?

—¿Con el rabo entre las piernas y admitiendo que lo único que hemos conseguido es coger sarna y piojos? —se escandalizó *Ave* César—. Nos convertiríamos en el hazmerreír de Cuenca.

—Tampoco Cuenca es tan grande... Y más vale ser el hazmerreír de Cuenca que el «hazmellorar» de toda la familia.

—Si renunciara no sería capaz de enfrentarme a nada nunca más. Y ahora soy yo quien desea más que nada que escribas ese libro.

—¡Olvídate del dichoso libro! Lo que tenemos que hacer es salvar a esa cuerda de infelices, llevarlos a lugar seguro, darles dinero para que regresen a sus casas y olvidarnos de lo demás.

—¿Olvidarnos también de Shereem y la niña? —se sorprendió y casi ofendió el otro.

—Ellas ya no son más que fantasías, enano; una quimera que con el paso del tiempo se ha ido diluyendo en el aire. Creo que si el tío Feliciano se encontrara aquí opinaría lo mismo.

—Él la adoraba. A ella y a la niña, pese a que no la conociera.

—Lo sé, pero recuerda lo que solía decir: «Lo que nos diferencia de las plantas es nuestra capacidad de sacrificio; un árbol jamás se expondrá a que lo talen por defender a un arbusto, ni una lechuga se ofrecerá como alimento a una cabra a cambio de que no devore a una rosa por muy hermosa que ésta sea. Un hombre, un verdadero hombre, debe estar dispuesto a arriesgar incluso la vida por defender al más débil o preservar la hermosura.» Estoy convencido de que si le hubieran dado a elegir entre la vida de veinte desconocidos y la de la mujer que amaba, la hubiera sacrificado por mucho que le doliera.

—¿La habrías sacrificado tú?

—Yo no soy el tío Feliciano, cabeza huevo. Ni lo soy ni nunca lo seré, por más que lo intente. Aunque también es cierto que nunca me he tropezado con una mujer como Shereem.

—¿Realmente crees que era como él la describía?

—Supongo que lo que en verdad importa no es «cómo es» la persona amada, sino cómo la ve quien la ama —señaló Juvenal Ojeda—. Probablemente el tío Feliciano estaba describiendo lo que veía, aunque tal vez no se correspondiera con la realidad.

—¿Sabes una cosa? —inquirió su primo al tiempo que se ponía en pie para orinar sobre un lagarto que ni siquiera se movió y más bien pareció agradecer con la boca muy abierta la inesperada ducha—. Aunque regresáramos ahora mismo, cosa que no pienso hacer, creo que no lo haríamos con las manos vacías y sarna en los brazos: llevaríamos muchas más cosas en la maleta.

—¿Qué más, aparte de un millón de piojos?

—Un maravilloso libro.

Quedaron a la espera, con las ventanillas cerradas y hasta el último resquicio cubierto con trapos pese al asfixiante calor, observando atentamente cómo un sol muy rojo comenzaba a ocultarse a su derecha. Sus últimos destellos conseguían que la gigantesca extensión de sal semejara una sábana ensangrentada.

A los dos primos siempre les había impresionado la serenidad y la belleza de los atardeceres del desierto, pero en esta ocasión no se sentían en condiciones de admirar el paisaje puesto que permanecían con la vista clavada en la blanca superficie de la *sebkha*, como si temieran que de un momento a otro hiciera su aparición la más terrible de las fieras.

Pero nada ocurría.

El sol recorría el mismo camino que había recorrido durante millones de años hacia su ocaso, mientras una pálida luna hacía su aparición en el horizonte.

—¡Esto es ridículo! —masculló al fin *Ave* César—. Ese gordo de mierda nos está tomando el pelo.

—Un poco de paciencia, enano; no va a pasar nada por esperar un rato. Cuanto más tardemos en iniciar la marcha, más refrescará ahí abajo.

—¡He aquí a dos valientes aventureros, primos y residentes en Cuenca, haciendo el primo de Cuenca en mitad del Sahara! —ironizó al poco el otro—. ¡Un dos tres, responda otra vez! Por doscientos euros, ¿cuántos mosquitos nos van a atacar esta noche?

—¡Deja de hacer el tonto, cabeza huevo! Ese cerdo huele a demonios pero conoce el desierto. Nosotros al menos podemos conectar a ratos el aire acondicionado, pero dentro del autobús las deben de estar pasando putas, y no creo que al gordo le apetezca deshidratarse por el simple hecho de bajar peso.

—Pero es que yo no veo ni un solo mosquito. ¡Pulgas y moscas a miles, pero de mosquitos ni rastro!

—Pues ruega para que continúes sin verlos.

Esperaron.

Al fin el sol comenzó a perder parte de su intensidad, pero contra toda lógica no se debió a que se ocultara en el horizonte o tras una nube, sino que poco a poco el disco incandescente, que se mantenía a pocos centímetros de altura sobre una lejana duna, se fue cubriendo de un negro manto que a duras penas conseguía atravesar.

—¡Santo Cielo! ¿Qué es eso? Parecen langostas.

—¡De langostas nada, gilipuertas! El jodido gordo tenía razón y se larga echando leches. ¡Son mosquitos!

El autobús se había puesto efectivamente en marcha y se alejaba de la salina a toda la velocidad que era capaz de alcanzar, como si lo persiguiera un ejército de hambrientos y gigantescos dinosaurios.

—¡La madre que los parió! Tienes razón... ¡son mosquitos!

—¡Pues arranca de una puñetera vez y sal de aquí, porque como se nos metan en los filtros de aire nos van a joder vivos!

Fue una huida vergonzosa, dando bandazos y saltos y soltando exclamaciones de asombro ante el tamaño y espesor de la nube de insectos que tenían casi encima. No se detuvieron ni un instante hasta que, casi media hora después, advirtieron que el autobús que les precedía había hecho lo propio.

El gordo saltó a tierra y se aproximó a la ventanilla del conductor del todoterreno. Lanzó un sonoro escupitajo y preguntó:

—¿Me creen ahora o siguen pensando que pretendía engañarles con una estúpida historia de mosquitos?

—¡Como para no creerle...!

—Si nos hubieran alcanzado, esta noche pareceríamos patatas. Los muy cabrones se meten entre la ropa y son capaces de picarte hasta en los huevos. Se dice que hay quien ha muerto de resultas de uno de sus ataques.

—¡No me extraña! —admitió Caragato—. Pero lo que no entiendo es de dónde coño sacan la sangre si por aquí no se ve un solo bicho viviente.

—Supongo que de ratones, zorros, hienas, lagartos, y hasta de serpientes y alacranes si me apura. ¡Cualquiera sabe! Lo único bueno que tienen es que su vuelo es corto y nunca se apartan más de ocho o diez kilómetros de la *sebkha*. De lo contrario nadie conseguiría sobrevivir por estos andurriales.

—¿Quiere decir que aquí estamos seguros?

—Razonablemente seguros.

Estaban, en efecto, «razonablemente seguros», porque algunos mosquitos, más resistentes o más hambrientos que sus congéneres, hicieron su aparición pasada la medianoche. Se trataba en verdad de los insectos más voraces, ruidosos y persistentes a que se hubieran enfrentado nunca.

Al amanecer pudieron comprobar que salvo un camerunés cuya sangre no debía de ser de su agrado, el resto apenas había conseguido pegar ojo.

—¿Y ahora?

—Ahora lo mejor que podemos hacer es intentar atravesar esa maldita salina antes de que el sol comience a recalentarla —sentenció el gordo—. No podemos correr, pero sobre todo no podemos detenernos. Si hay tantos mosquitos debemos suponer que el agua inferior se ha removido y por lo tanto la costra de sal no será demasiado gruesa.

—¿Qué peso cree que puede soportar?

—El de un hombre o incluso un camello sin el menor problema, pero tal vez no soporte el peso de un vehículo. Sólo podremos saberlo cuando lo hayamos intentado.

—¿Y cree que es prudente intentarlo?

—Hay momentos en la vida en los que ni la prudencia ni la imprudencia cuentan —sentenció el otro con un leve encogimiento de hombros—. Las cosas se hacen porque se tienen que hacer y es Alá quien decide.

Tardaron bastante tiempo en encontrar un sitio por donde el inestable autobús pudiera descender a la salina sin volcar, por lo que cuando al fin se enfrentaron cara a cara con la extensión de sal, la temperatura en el interior de la profunda hoya superaba ya los cincuenta grados centígrados.

El conductor, que por alguna razón que sólo él conocía se negaba a dar su nombre, se adentró unos metros en la blanca llanura y escarbó un poco con ayuda de un destornillador. Al regresar el sudor le caía a chorros, más que de costumbre, y se le veía pálido y súbitamente demacrado.

—Las cosas pintan mal —masculló tras toser varias veces—. La costra no es muy espesa, así que será mejor que avancemos por separado. Si advierten que el autobús se detiene no acudan en mi ayuda.

—¿Y eso?

—Nos arriesgaríamos a perder los dos vehículos y en ese caso sí que estaríamos jodidos. Tenemos que procurar que al menos uno consiga llegar al otro lado. ¡Suerte!

A continuación ordenó que todos aquellos que tuviesen fuerzas suficientes se protegieran del sol con ramas o paraguas y cargaran con cuantas botellas de agua pudieran con el fin de iniciar la travesía a pie, ya que de esa manera el autobús iría más ligero de peso y ellos, más seguros.

En el último momento se arrodilló para rezar una corta oración de cara a La Meca, alzó los ojos al cielo como encomendándose a él, y tosió de nuevo como si pretendiera expulsar toda la flema que llevaba dentro. Luego subió al vehículo y puso el motor en marcha.

Juvenal Ojeda se volvió hacia su primo, que se sentaba a su lado, y dijo en tono fingidamente jocoso:

—Me temo que te toca dar un paseo al fresco de la mañana, cabeza huevo. ¡Agarra uno de los paraguas y a la puta calle!

—¡Ni hablar del peluquín! ¡Yo voy contigo! Si te hundes, nos hundiremos juntos.

—Cuanto más peso cargue, más posibilidades tengo de hundirme —le hizo notar su primo mayor—. O sea que hazme el puñetero favor...

—¡He dicho que no!

—¡Recuerda una cosa, enano de mierda! —le espetó el otro sin el menor miramiento—: cuando te permití venir al desierto conmigo decidimos que siempre actuaríamos de común acuerdo, pero que si había diferencias de opinión en un tema importante prevalecería mi criterio, porque para algo soy el autor de la idea, el primo mayor y el más listo. ¿Estás de acuerdo?

—En lo único que estoy de acuerdo es en que eres un año y medio mayor, pero ahora no es momento de ponerse a discutir. El gordo ya se ha puesto en camino. ¡Ten mucho cuidado!

Lo único que Juvenal Ojeda podía hacer para tener cuidado era adentrarse lentamente en la *sebkha* y, en cuanto las cuatro ruedas se asentaran, acelerar muy poco a poco para que no patinaran sobre la costra de sal.

Una vez en marcha, no le quedaba otra opción que elegir la línea más recta posible, desviándose, eso sí, unos doscientos metros de las marcas que iba dejando el autobús, al tiempo que rogaba a todos los santos conocidos para que el suelo no se hundiera de improviso bajo sus pies.

Aquellos a quienes no les quedaba otro remedio que hacer el trayecto a pie iniciaron la marcha protegiéndose del violento sol con paraguas, trozos de tela o ramas de arbusto.

El autobús dejaba tras de sí un rastro de humo negro que destacaba contra la blancura de la sal, mientras Caragato se esforzaba por mantener su misma velocidad al tiempo que intentaba dominar el súbito temblor que se había apoderado de su pierna derecha.

A los dos minutos tuvo la desagradable impresión de que le lanzaban a los ojos el chorro de aire de un secador de pelo, por lo que instintivamente alargó la mano para poner en marcha el climatizador aunque se abstuvo al comprender que de hacerlo se arriesgaba a que el motor no tuviera potencia suficiente para refrigerarse bajo tan increíble calor.

Todavía no habían recorrido la mitad del camino cuando advirtió, alarmado, que del motor del autobús comenzaba a surgir una espesa columna de vapor. Aceleró para colocarse a la altura del conductor, al que le hizo significativos gestos señalándosela. El gordo se limitó a responder encogiéndose de hombros con gesto fatalista mientras le indicaba, agitando la mano, que continuara su camino sin preocuparse por él.

Al poco Caragato le había dejado atrás y pudo observar por el espejo retrovisor cómo disminuía la velocidad del autobús a la par que el vapor se iba transformando en humo.

—¡Ése no llega! —masculló pese a que se encontraba solo—. ¡Maldita sea! ¡No llega!

El temblor de la pierna aumentó hasta el punto de que le costaba un gran esfuerzo mantener el pie sobre el acelerador y al lanzar una ojeada al marcador de temperatura, comprobó que la aguja se encontraba en su punto más álgido.

—¡No me falles ahora, por favor! —suplicó—. ¡No me falles!

Le sudaban las manos de tal forma que apenas lograba mantener firme el volante y el temblor de la pierna se transformó en un brusco calambre que le obligó a inclinarse a un lado, lanzó un alarido de dolor y el aire caliente le escoció los ojos como si se los estuvieran abrasando. Ni siquiera alcanzó a distinguir a través del espejo qué demonios había ocurrido con el autobús. Por un momento temió que nunca llegaría al otro lado de la *sebkha*, pero a muy duras penas llegó.

Dejó que el todoterreno se deslizara unos metros por la arena, fuera ya de la costra de sal, y entonces apagó el motor. A continuación descendió y se puso a dar saltos apoyando el pie contra la ardiente carrocería, intentando librarse del insufrible dolor del inoportuno calambre. Mientras se masajeaba la pantorrilla y soltaba denuestos vio cómo el autobús continuaba su avance, pese a que ahora lo hacía casi completamente envuelto en humo. A lo lejos se distinguían apenas las figuras de los que avanzaban penosamente bajo un inclemente sol que les caía encima casi como plomo derretido.

Se oyó una explosión y al fin el autobús se detuvo a menos de un kilómetro de su punto de destino.

Caragato cogió los prismáticos y pudo distinguir con toda claridad cómo el gordo, más sudoroso que nunca, ayudaba a descender a quienes casi no podían andar y les indicaba con autoritarios gestos que se alejaran del vehículo. A continuación comenzó a arrojar por las ventanillas bidones de agua y gasolina, cajas, sacos con víveres y todo aquello que debió de considerar que podía serles de utilidad más adelante. Por último bajó a tierra, se alejó unos metros, abrió una sombrilla de colores para protegerse del sol y se sentó a esperar tosiendo como un poseso.

—Es un cerdo... —masculló Caragato—. Huele a perros muertos y me cae mal, pero es el único que sabe cómo sacarnos de este infierno.

De pronto, la costra de sal cedió y el autobús se inclinó bruscamente. Una masa de fango amarillento, casi como mantequilla derretida, hizo su aparición entre las placas de sal para apoderarse poco a poco del vehículo que se hundía lenta pero irremisiblemente en aquella especie de pasta de dientes maloliente y burbujeante.

Cuando quienes encabezaban el grupo que había hecho la travesía a pie llegaron a su altura, ya no se distinguía más que la parte superior de las ventanillas. Media hora después sólo quedaba un gran hueco de lodo viscoso rodeado por una inmensa superficie de sal.

Al oscurecer se habían alejado lo suficiente de la *sebkha* como para no temer un nuevo ataque de los feroces mosquitos, y tras una larga caminata se derrumbaron en el suelo como sacos de patatas, vencidos por la fatiga. Aquél había sido sin lugar a dudas uno de los días más agitados, intensos, deprimentes y agotadores en la vida de la mayoría de ellos.

La mayoría de los subsaharianos se habían visto obligados a recorrer kilómetros sobre los hirientes pedregales, siguiendo a un vehículo que avanzaba a trompicones bamboleándose bajo el peso de víveres, agua, gasolina y tres delirantes enfermos a los que resultaba imposible dar un solo paso conscientes de que se encontraban perdidos en el corazón del mayor, más tórrido e inhumano de los desiertos.

Ninguno de ellos deseaba que amaneciera, pero amaneció.

Ninguno de ellos deseaba que el inclemente sol volviera a deslumbrarles, pero el sol hizo su aparición.

Ninguno de ellos deseaba que el calor volviera a golpearles como venía haciéndolo desde hacía semanas, pero el calor derrotó en cuestión de minutos al relente de la noche.

Ninguno de ellos deseaba morir, pero uno había muerto.

Y tal como suele suceder con harta frecuencia cuando las cosas van mal y algún caprichoso duendecillo se empeña en empeorarlas aún más, quien había dejado de toser una hora antes del alba había tenido que ser quien más falta hacía.

El fatigado corazón del pobre chófer, sin duda excesivamente recubierto de grasa, no había sido capaz de soportar la tensión y el esfuerzo a que había estado expuesto a lo largo de un malhadado día, por lo que había tomado la sabia decisión de detenerse antes de permitir que lo continuaran sometiendo a tan insoportables tensiones y torturas.

Tras pasarse tres décadas sentado tras un volante sin haber dado en los cinco últimos años cuatrocientos pasos seguidos sin detenerse a descansar, y tras una interminable caminata a casi cincuenta grados de temperatura seguida de una noche en la que al amanecer esos grados no llegaban a doce, su vapuleado organismo se había quebrado con mucha más facilidad que las rocas de la llanura sometidas a idénticos cambios de temperatura.

Sus compañeros de fatigas contemplaron, con la desolada expresión de quien observa volcarse sobre la arena su último vaso de agua, el fofo cadáver cubierto de moscas. Estaba como desparramado sobre el suelo, produciendo la extraña sensación de que se trataba de una masa gelatinosa sin huesos ni armazón interior.

Cayeron en la cuenta de que se habían quedado huérfanos; huérfanos de guía y maestro, dado que ninguno de los presentes ponía en duda que quien les acababa de abandonar tan brusca y desconsideradamente era el único que tenía una ligera idea de dónde se encontraban o hacia dónde debían dirigirse.

Lo enterraron tal como estaba, en calzoncillos, visto que carecían incluso de un sudario medio decente con el que amortajarle, y cuando *Ave* César comentó que tal vez deberían encomendarle a su Dios, se toparon con el curioso problema de que no sabían ni con qué nombre debían encomendarle, y no se les antojó apropiado rogar por el alma de «un buen chófer, aunque grasiento y maloliente».

Entre unas cosas y otras se les fue toda la mañana en la inusual ceremonia, por lo que Kaleb Kalem opinó, con muy buen juicio, que no parecía prudente ponerse en marcha en los momentos en que el calor más arreciaba. Así pues, propuso levantar un toldo como buenamente pudieran, recuperar fuerzas, e iniciar la fatigosa caminata a la caída de la tarde.

—Lo que nos sobra es tiempo y lo que nos falta es agua —argumentó—. Y como decía mi abuelo: «Gasta siempre de lo que te sobra y ahorra de lo que te falta.»

—¡Ya empezamos! —refunfuñó *Ave* César—. «Más vale pájaro en mano que ciento volando.»

—«Dime con quién andas y te diré quién eres.»

—En este caso ese refrán no sirve porque andamos en compañía de subsaharianos y yo soy de Cuenca.

—¡Pero bueno...! —no pudo por menos que reprenderles Caragato—. Acabamos de enterrar a un pobre hombre al que tal vez le debamos la vida, y no se os ocurre nada mejor que volver con esas gilipolleces. No pido que os echéis a llorar, pero sí un poco de seriedad, dadas las circunstancias.

—Tienes razón —admitió el tuareg—. Pero como no nos tomemos a broma la situación acabaremos por pegarnos un tiro.

—«¡Ni tanto, ni tan calvo!» Ahora lo primero que tenemos que hacer es proporcionarle zapatos a toda esta gente, porque como tengan que continuar descalzos sobre estas rocas cortantes y tan calientes se nos van a ir quedando por el camino.

—¿Y de dónde vamos a sacar zapatos? —preguntó su primo—. Yo no he traído más que un par de botas de repuesto.

—Yo tengo dos pares de sandalias —dijo el tuareg—. Y por lo que veo, necesitaremos al menos diez más.

—Habrá que fabricarlas.

—¿Cómo?

—Con el cuero de las maletas o las esterillas del coche —fue la segura respuesta—. Cualquier cosa que sirva de suela y a lo que se le pueda fijar unas correas.

—¿Y la goma de un neumático?

—Sería perfecta, pero nos arriesgamos a quedarnos únicamente con dos de repuesto.

Se aplicaron a improvisar calzado para tan numerosa partida de desarrapados, y a la caída de la tarde reemprendieron el viaje con el todoterreno abriendo la marcha. El espectáculo hubiera resultado ridículo de no ser en realidad tan trágico.

Se dirigían directamente al sur, guiándose por la brújula del tablero de mandos, pero ninguno de ellos se atrevía a asegurar si ese rumbo les conduciría a alguna parte, o si corrían el riesgo de hacerse viejos por el camino.

El miedo les seguía los pasos.

Existen mil formas de demostrar coraje enfrentándose a un enemigo que ataca abiertamente, pero tomar conciencia de que quien pretende aniquilarte es la inmensidad de un desierto que lo único que hace es esperar con paciencia infinita a que sus presas se derrumben sin necesidad de tocarlas, aterroriza a los más valientes, vencidos de antemano por la sensación de impotencia. Dar un paso tras otro y otro más, sin un punto de referencia que demuestre que cada uno de esos pasos ha servido de algo, desmoraliza al extremo de que en cierto momento lo único que se desea es caer de rodillas y esperar a La Muerte.

Y en el desierto la Muerte cuenta con unos repelentes emisarios que tienen la mala costumbre de reír a carcajadas.

Primero fueron dos, luego cinco, y cuando las primeras sombras de la noche comenzaron a apoderarse de la llanura podía asegurarse que ya eran tres las hienas que les seguían por cada ser humano.

—¡Hijas de la gran puta! Me están poniendo histérico.

Kaleb Kalem les disparó varias veces, pero siendo como era incapaz de acertarle a un autobús parado, pocas esperanzas abrigaba de rozar siquiera a uno de aquellos repelentes carroñeros cojitrancos.

Al caer la noche eligieron un lugar despejado, apilaron matojos en las cuatro esquinas, y le pegaron fuego, agrupándose en el interior con las armas a mano.

—Si deciden atacarnos las vamos a pasar putas —sentenció Juvenal Ojeda—. Son demasiadas.

—Por lo que sabemos, las hienas sólo se atreven a atacar a los moribundos.

—Tú y yo lo sabemos, enano, pero no estoy tan seguro de que ellas lo sepan.

Se encontraban en verdad agotados, pero resultaba imposible conciliar el sueño escuchando las risas y gruñidos, cada vez más cercanos, de las hediondas bestias, por lo que al cabo de una hora *Ave* César se dirigió al vehículo, llenó una botella de gasolina, la cerró bien con un pañuelo, le prendió fuego y la lanzó con todas sus fuerzas hacia el grupo más numeroso.

—¡Ahí va un cóctel Molotov! —exclamó—. ¡A tomar por culo!

Dos animales echaron a correr ardiendo y aullando para, a continuación, comenzar a revolcarse sobre la arena. Eso ahuyentó a los demás, por lo que el resto de la noche transcurrió en calma.

¿Tenía derecho a hacer lo que hice?
Ésa es una pregunta que me ha venido atormentando durante todos estos años y para la que aún no he encontrado respuesta.
¿Me arrepiento...? Tampoco lo sé.
En aquellos momentos consideré que era lo justo, pero ese concepto ha cambiado con el paso del tiempo.
Y los muertos nunca resucitarán.
Si lo hicieran me preguntarían: ¿me matarías ahora?
Yo no tendría respuesta, pero ellos continuarían sin poder abrazar a sus mujeres y sus hijos.
Manolo fue el mejor militar que he conocido y nunca necesitó matar.
Su palabra resonaba con más fuerza que los disparos y me dio una orden que no supe cumplir.
¿Qué le diré cuando me cuadre ante él e intente saludarle con las manos ensangrentadas?

Aquélla era sin duda la página más ininteligible e inquietante de cuantas Feliciano Rodríguez Corcuera escribiera a lo largo de su vida, y por mucho que intentaron descifrar su significado, sus sobrinos nunca habían tenido la menor idea de a qué se refería al mencionar a unos muertos que lógicamente nunca resucitarían.
¿De quién estaba hablando?
¿Qué órdenes había dejado de cumplir?

Por más que buscaban en lo más profundo de su memoria tratando de recordar si en alguna ocasión su tío les había hablado de que se hubiese visto en la obligación de matar, no encontraban respuesta.

Feliciano Rodríguez había admitido que durante el tiempo que pasó en el fuerte de Hagunía, antes de la entrega del Protectorado a Marruecos, se vio obligado a resistir el acoso de los nómadas rebeldes, pero aun en el caso de que hubiese abatido a alguno de ellos, cosa poco probable, tan sólo habría estado cumpliendo con su deber. Así pues, ¿a qué venían las muestras de arrepentimiento y el preguntarse si tenía derecho a hacer lo que hizo? Aquél al que acosan lanzándole bombas de mano tiene derecho a defenderse.

De todo ello sólo cabía deducir que existían puntos oscuros en la vida de su tío de los que nunca habían tenido noticias, al igual que había una mujer de la que únicamente oyeron hablar poco antes de su muerte.

Cuando Feliciano Rodríguez Corcuera hubo fallecido sin que entre sus notas descubriesen ninguna otra mención al tema, sus sobrinos comprendieron que no tenían la más remota posibilidad de averiguar qué clase de pregunta era la que le había atormentado durante tantos años y por qué consideraba que no podría saludar a su antiguo capitán con las manos ensangrentadas.

Tenían los pies ensangrentados.

El improvisado calzado no había soportado la dureza de la pedregosa llanura, por lo que seis subsaharianos apenas conseguían dar un paso sin verse obligados a lanzar un ahogado lamento.

—A este ritmo no llegaremos nunca.

—No llegaremos nunca porque no tenemos adónde llegar.

—Sigo opinando que lo más lógico sería que yo me quedase con ellos para que no se sientan abandonados mientras os adelantáis en busca de ayuda —señaló Kaleb Kalem—.

Como continuemos como hasta ahora, los iremos perdiendo uno tras otro.

—¡Mira hacia delante! —no pudo por menos que espetarle con exasperación Juvenal Ojeda—. ¿Qué ves? Arena y piedras hasta perderse de vista en el horizonte. Aun en el caso de que consiguiéramos encontrar a alguien dispuesto a ayudarnos, ¿cómo seríamos capaces de regresar?

—Por medio del GPS —fue la tranquila y ciertamente lógica respuesta—. Marcando este punto no tendríais más que volver al mismo sitio; el GPS os indicaría la ruta sin el menor error.

—En eso lleva razón —reconoció *Ave* César—. Teniendo las coordenadas incluso podríamos pedir ayuda por radio para que les vinieran a buscar o enviaran ayuda por aire.

—¿Y dónde crees que vamos a encontrar una radio en este maldito desierto? —replicó Caragato, molesto—. Si estáis de acuerdo en que ésa es la mejor opción, la acepto, pero a condición de que sea yo quien se quede.

—¡Pero qué tonterías dices! —protestó el tuareg—. ¡Ésta es mi gente!

—¿Tu gente? ¿Por qué? Es tan tuya como mía, y si por casualidad consiguiéramos llegar a un lugar habitado, un tuareg de pacotilla tiene más posibilidades de convencer a los indígenas que dos cretinos de Cuenca. ¿O no? ¡Imagínate que únicamente hablaran árabe! ¿Cómo coño nos las arreglaríamos para explicarles lo que ocurre?

—En eso eres tú el que ahora tiene razón —intervino de nuevo su primo—. Al césar lo que es del césar, aunque no sea yo.

—¿Te parece un momento apropiado para decir chorradas? —le espetó un desconsiderado Caragato.

—El que más. Soltar una chorrada en una discoteca con cuatro copas encima no tiene mérito; soltarla en estos momentos significa que conservamos el sentido del humor y que algo aprendimos de las enseñanzas del tío Feliciano, que las aprendió a su vez del Caíd Manolo. La pregunta clave es: ¿qué hubiera hecho el Caíd Manolo en estas circunstancias?

—El Caíd Manolo no era tan estúpido como para haberse colocado en estas circunstancias, cabeza huevo. Ahora lo mejor que podemos hacer es detenernos, montar el toldo, fabricar nuevo calzado y esperar a que refresque, porque esos pobres no aguantan más.

—Retrasar la decisión no conduce más que a empeorar las cosas... —discrepó el tuareg.

—Y tal como aseguraba el gordo, precipitarla cuando no se está seguro de qué decisión tomar las empeora todavía más.

—¿Más todavía? ¡Ya me explicarás cómo!

La explicación no tuvo necesidad de dársela Juvenal Ojeda Rodríguez; vino sola.

Llegó cuando el sol golpeaba con más fuerza, dormitaban amodorrados y sudando a mares, apretujados a la sombra del ya raído toldo y abrieron los ojos para encontrarse frente a las bocas de seis metralletas empuñadas por hombres de aspecto hostil e inquietante.

Lo primero que hicieron los recién llegados, sin molestarse tan siquiera en pronunciar palabra, fue despojarles de sus armas y registrar el vehículo, arrojando al suelo su contenido sin la menor consideración. Vestían pantalón y camisa de color claro a juego con los turbantes, no se cubrían el rostro, calzaban altas botas y sus modernos Kalashnikov nada tenían que ver con los viejos Mauser que solían utilizar los beduinos. Su aspecto y forma de comportarse era propio de militares, un cincuentón muy alto y de cuidada barba entrecana los comandaba, el resto le obedecía a un simple gesto de la mano, pero curiosamente no lucían distintivos que indicaran su rango o nacionalidad.

Transcurrió casi media hora durante la que se dedicaron a inspeccionar el todoterreno, desmontando incluso los asientos para comprobar que no escondían nada. Por fin, el de más edad se acomodó sobre el guardabarros e indicó con el dedo a los dos primos y Kaleb Kalem que fueran a sentarse en el suelo, a sus pies, a menos de dos metros de distancia.

—¿Qué hacéis aquí? —inquirió secamente en un castellano casi perfecto.

—Tratamos de llevar a estos inmigrantes a lugar seguro —replicó Juvenal Ojeda, un tanto impresionado por la severidad del personaje—. A unos los habían abandonado ya, y a otros iban a abandonarlos en el desierto.

—Eso ya lo suponía —respondió el otro con aspereza—. Pero lo que quiero saber es qué hacíais por esta zona antes de encontrarlos.

—Reunir material para escribir un libro sobre una mujer y su hija, desaparecidas de Tinduf.

—¿Una mujer y su hija desaparecidas de Tinduf? —pareció extrañarse el hombre—. No tenemos noticias de ninguna desaparición durante estos cinco últimos meses. ¿Cuándo fue eso?

—Hace unos treinta años.

El hombre de la cuidada barba creyó haber oído mal, por lo que miró interrogativamente a dos de sus hombres, que se habían aproximado y se limitaron a encogerse de hombros, sin entender nada.

—¿Hace unos treinta años? —repitió al fin—. ¿Acaso pretendes tomarme el pelo?

—No, señor. ¡Dios me libre!

—Más te vale, porque o me demuestras que no estáis al servicio de Marruecos, o te aseguro que esta noche las hienas van a disfrutar de un buen festín.

—¿Al servicio de Marruecos? —se alarmó *Ave* César—. ¡No, señor! Le juro que...

—No estoy hablando contigo, estúpido, y si vuelves a intervenir te hago cortar la lengua... —Se volvió hacia Caragato e hizo un gesto con los dedos para indicarle que empezara a soltar lo que sabía—. ¡Explícate, que no tengo todo el tiempo del mundo!

—Lo que le he dicho es cierto... —insistió el joven, intentando que la sequedad de la boca no le impidiera expresarse con claridad—. Un tío nuestro murió el mes pasado y sólo entonces supimos que hace treinta años una muchacha saharaui había tenido una hija suya. En aquel tiempo fue a buscarlas a Tinduf con intención de casarse con ella y reconocer a la niña, pero, con todo el lío que había allí por el enfrentamiento entre Marruecos y el Frente Polisario, no consiguió localizarla. Al morir nuestro tío, se nos ocurrió que sería una buena idea escribir un libro con su historia, al tiempo que intentábamos encontrar a la mujer y la niña para entregarles su parte de la herencia.

—¿Herencia? ¿Qué herencia?

—La que dejó nuestro tío.

—Es la historia más estúpida que he oído en mi vida... —espetó el otro—. Y si hay algo que me moleste más que un espía marroquí, es un espía marroquí imbécil, aunque bien mirado viene a ser lo mismo. He fusilado espías que se hacían pasar por prospectores de petróleo, arqueólogos, turistas e incluso buscadores de diamantes, pero es la primera vez que voy a fusilar a alguien que se hace pasar por escritor tonto... —Se interrumpió para escuchar lo que uno de sus hombres le musitó al oído, dudó, frunció el ceño como si le sonara absurdo, e inquirió roncamente—: ¿R'Orab? ¿Te estás refiriendo a nuestro R'Orab, el Cuervo?

El otro asintió varias veces y, con creciente nerviosismo, musitó algo más al oído de su jefe, que acabó por dirigirse de nuevo a Caragato para preguntarle con suspicacia:

—¿Cómo se llamaba ese tío vuestro?

—Feliciano Rodríguez.

Fue como si de pronto el guardabarros se hubiera puesto al rojo vivo abrasándole el trasero, dado que el hombre dio un salto para quedar en pie e inquirir casi balbuceando:

—¿Te refieres al auténtico Feliciano Rodríguez?

—No sé cuántos Felicianos Rodríguez puede haber... —replicó un confundido Caragato—. Nuestro tío se apellidaba Rodríguez Corcuera.

—¡Feliciano Rodríguez Corcuera...! —se asombró su interlocutor, visiblemente alterado—. ¿El Caíd Feliciano?

—¿De qué me está hablando? Él siempre se refería a su capitán, el Caíd Manolo, pero nunca mencionó que también le llamaran caíd... —Se volvió hacia su primo y le dijo—: ¿Tienes ahí la foto?

En cuanto éste se la entregó, se la mostró a su interlocutor, en torno al cual se habían arremolinado sus hombres, e indicó:

—Este que sujeta al guepardo es el Caíd Manolo, el del centro su gran amigo Mohamed Salah, y este otro nuestro tío Feliciano.

Podría haberse creído que al militar, o lo que fuese, se le habían humedecido los ojos, puesto que tomando la vieja fotografía como si se tratara de una delicada reliquia se la mostró a sus hombres con más amor que si les estuviera enseñando una foto de sus propios hijos.

—¡Feliciano...! —musitó roncamente con un nudo en la garganta—. ¡Y el Caíd Manolo! ¡Y Mohamed! Alá es grande. ¡Oh, Señor! ¡Qué grande es Alá! Ninguno de vosotros llegó a conocerle, pero este que veis aquí es el genuino R'Orab.

—¿Se está refiriendo al comandante R'Orab? —se atrevió a intervenir por primera vez Kaleb Kalem—. ¿Al Cuervo? —Y como el otro asintió con un leve ademán de la cabeza, añadió—: ¡No puedo creer que este par de cretinos sean sobrinos del Cuervo!

—Pues por lo visto, lo son.

—Pero tenía entendido que el Cuervo había muerto hace mucho tiempo...

—También yo... —El hombre de la barba se volvió de nuevo hacia Juvenal para inquirir en tono severo, aunque mucho más comedido que antes—: ¿Tienes alguna forma de demostrar que Feliciano Rodríguez murió hace un mes y que era vuestro tío?

—En la maleta tengo algunas fotos de estos últimos años... —respondió el joven, cada vez más confuso—. ¿Puedo ir a buscarlas?

—En efecto, Alí me ha recordado que vuestro tío llegó a Tinduf en busca de una mujer, pero también recuerdo que a pesar de que removió cielo y tierra no consiguió dar con ella... —El hombre de la barba entrecana, que se había presentado como comandante Retza Sulami, sorbió muy despacio su té hirviendo, clavó la vista en la hoguera en torno a la cual se agrupaban tras haber disfrutado de una opípara cena para la que había sacrificado al más viejo de sus camellos, y prosiguió—: Feliciano vivía obsesionado por ella, pero era un hombre justo y de gran corazón. Por ese motivo, el sufrimiento de nuestro pueblo, al que siempre quiso como propio, lo fue envolviendo poco a poco hasta atraparlo de un modo definitivo.

—¿A qué se refiere exactamente?

—A que como militar no soportaba ver a nuestros muchachos, provistos sólo con el viejo armamento dejado por los españoles, enfrentándose a los modernos tanques y cañones marroquíes, por lo que, sin que ni él ni nadie supiera cómo ocurrieron las cosas, acabó por convertirse, primero en el instructor de nuestros beduinos, y más tarde en comandante en jefe de los Grupos Nómadas.

—¿Comandante en jefe de los Grupos Nómadas...? —se sorprendió *Ave* César—. Él nunca nos dijo que hubiera llegado a comandante. Por lo que sabemos, se retiró con el grado de capitán.

—Y así fue —confirmó el otro—. Oficialmente se retiró con el rango de capitán del ejército español, pero entre nosotros llegó a comandante en jefe, aunque eso era algo que no podía reconocer porque le hubiera acarreado graves problemas, tanto con las autoridades españolas como con las marroquíes.

—¿Por qué?

—No podía arriesgarse a que lo acusaran de mercenario pese a que jamás cobró por lo que hacía... —El comandante Retza sonrió levemente al añadir—: Feliciano era un auténtico mercenario de los ideales, no del dinero, pero un ex oficial español al frente de una parte tan importante del ejercito irregular de un país que oficialmente no existía, no era algo fácil de explicar, por lo que se ocultó bajo el seudónimo de R'Orab, que en nuestro dialecto significa «el Cuervo». Y pese a que se convirtió en una leyenda entre los saharauis, casi nadie sabía que no había nacido en el desierto.

—Lo que no entiendo es por qué nos lo ocultó a nosotros... —se lamentó Juvenal Ojeda—. Hubiéramos sabido guardar el secreto.

—El secreto mejor guardado es aquel que no sale de uno mismo —sentenció su interlocutor—. Y aquéllos eran tiempos difíciles, en los que se libraba una guerra sucia que no respondía al carácter de un hombre como Feliciano.

—¿Qué quiere decir?

—Que a veces nos veíamos obligados a hacer cosas de las que no nos sentíamos nada orgullosos, y supongo que por esa razón se fue amargando hasta que las calamidades de la lucha en el desierto, el dolor y quizá la vergüenza provocaron que el corazón le fallara. —Sonrió con tristeza al añadir—: Era un gran militar, pero paradójicamente no estaba hecho para la guerra; sobre todo para una guerra en la que vivíamos en continua tensión, ya que nos constaba que uno de cada cinco de nuestros hombres trabajaba para el enemigo.

—¿Cómo se entiende un número tan alto de traidores?

—Admitiendo que en cierto modo era una guerra civil, porque algunos beduinos estaban convencidos de que nuestro destino era ser marroquíes, no independientes. —Lanzó un hondo suspiro y añadió—: Todavía existen familias divididas por esa idea.

—Ahora comprendo por qué en una ocasión escribió que le atormentaban el dolor y las muertes que había causado.

—¡Lógico! Cuando nosotros actuábamos de una forma que en el fondo nos repugnaba, nos escudábamos en que nuestra lucha era contra quienes nos habían arrebatado nuestra tierra, violado a nuestras mujeres y sometido a nuestros hijos. Actuábamos «en defensa propia», lo cual en cierto modo justificaba nuestros actos.

—Pero él no lo veía así.

—No siempre. Recuerdo que en cierta ocasión me confesó que le obsesionaba la idea de que en el fondo la guerra le gustara, con toda su crueldad y violencia. Yo estaba seguro de que no era así, pero entiendo que no pudiera evitar planteárselo.

—¡Nunca le gustó la guerra! —exclamó *Ave* César, convencido de lo que decía—. Amaba la acción y la aventura, no la crueldad y la violencia.

—Lo sé, pero en aquel tiempo yo era muy joven y él una especie de semidiós al que adoraba, por lo que no supe transmitirle lo que sentía, ni mucho menos entender cuán complejo podía llegar a ser el infierno de remordimientos y dudas con que se enfrentaba a diario. —El comandante Retza hizo un gesto fatalista al tiempo que concluía—: La peor batalla la libró durante años consigo mismo, hasta que un día se cayó del camello, como fulminado por un rayo, y en ese mismo momento perdimos un amigo, un jefe, un padre y una guerra.

—¿Una guerra?

—Sí, una guerra —confirmó el otro—. En cuanto R'Orab desapareció de la escena, los restantes comandantes se empeñaron en plantear una lucha frente a frente en la que nos encontramos en franca desventaja. El Caíd Feliciano siempre había sido de la opinión de que nuestro mejor aliado y «general» era el desierto. Los soldados marroquíes llegados de las ciudades o las cabilas del norte no sabían desenvolverse en ese medio y nosotros les tendíamos una emboscada tras otra, lo que les desmoralizaba y a menudo los obligaba a desertar. —Suspiró de nuevo y concluyó en un tono de profunda tristeza o fatalismo—: Los eternos «infiltrados» presionaron para que nos olvidáramos de las enseñanzas de R'Orab respecto a la lucha de guerrillas y consiguieron que nos lanzáramos a una batalla a campo abierto en la que nos encontrábamos en inferioridad de condiciones. El resultado está a la vista: sus tanques nos derrotaron en todos los frentes y ahora no somos más que un pueblo condenado a un eterno exilio.

Lo primero que hizo Retza Sulami fue ordenar por radio —a su base de operaciones en algún punto perdido de la frontera argelina— que le enviaran urgentemente un camión con agua, víveres, botas y ropa, con el fin de evacuar a los maltrechos inmigrantes subsaharianos, algunos de los cuales se encontraban en un estado francamente lamentable.

—En cuanto se hayan repuesto en nuestros campamentos, los conduciremos a Nuadibú, en Mauritania, que es de donde parten la mayor parte de las embarcaciones que se dirigen a las islas Canarias, desde donde podrán dar el salto a Europa.

—¿Pretende embarcarlos en pateras? —se horrorizó Kaleb Kalem—. Los que no han muerto en el desierto, morirán en el mar.

—No te preocupes —lo tranquilizó el saharaui y con un gesto de la mano desechó tan absurda idea—. En pateras no; las pateras suelen zarpar más al norte: de El Aaiún, Tarfaya o cabo Bojador, porque en pocas horas arriban a Fuerteventura y Lanzarote, que son las islas más próximas. Pero esa ruta ya está demasiado vigilada, y además es muy peligrosa para unas barquichuelas pequeñas e inestables que naufragan con suma facilidad. La ruta de Nuadibú es más segura.

—¿Debido a qué?

—A que allí los embarcan en pesqueros y los trasladan hasta las proximidades de Tenerife, Las Palmas, La Gomera e incluso las costas andaluzas. A la vista de tierra los transbordan a cayucos con los que alcanzan la orilla sin apenas riesgo. Ésa es la ruta que se está utilizando ahora y por la que estamos sacando del desierto a todos aquellos que los marroquíes abandonan en el desierto para que mueran.

—O sea que, por lo que veo, es una práctica que ya han utilizado con anterioridad.

—Y con demasiada frecuencia para nuestro gusto y nuestras posibilidades, hijo —fue la respuesta, marcada por un claro tono fatalista—. Resulta significativo que una nación no reconocida por la mayoría de las potencias del mundo, y la que se encuentra en peor situación económica, tenga que ser la que se preocupe por salvarles la vida e incluso pagarles el pasaje a los más olvidados y desfavorecidos.

—En este caso lo pagaremos nosotros... —intervino Juvenal Ojeda en un tono que no admitía réplica—. Correremos con los gastos que generen, e incluso les daremos mil euros a cada uno para que se arreglen los primeros días, cuando hayan llegado a su destino.

—Muy generoso por vuestra parte, y se agradece, porque lo cierto es que nuestra tesorería anda tan escuálida que dentro de poco tendremos que comprar balas usadas... —Retza Salami sonrió apenas al añadir—: A veces tengo la impresión de que los marroquíes traen aquí a esa pobre gente con el único fin de «descapitalizarnos»; a ellos no les cuesta más que la gasolina del autobús y una botella de agua, mientras que nosotros tenemos que rescatarlos, curarlos, alimentarlos, comprarles ropa y pagar para que se los lleven... ¡Una ruina!

—En Europa la gente no tiene ni idea de lo que está ocurriendo aquí con los inmigrantes... —señaló *Ave* César—. Los periódicos apenas hablan de ello.

—A los medios de comunicación les encanta dedicar un gran espacio a un accidente en el que han muerto veinte personas, pero no suelen prestar atención al constante goteo de «negritos» que van cayendo día tras día, sea en el desierto o al cruzar el mar —señaló el saharaui con la serenidad con que solía hablar siempre que no se refiriese al Caíd Feliciano—. Hace años que los occidentales dejaron de esquilmar África para abandonarla a su suerte, y tan sólo el día en que millones de hambrientos se les lancen encima y les arrollen se echarán las manos a la cabeza preguntándose por qué no se hizo nada al respecto.

—¿Y qué se puede hacer? —quiso saber Juvenal Ojeda.

—Gastar menos en armas y en alambradas de contención, y más en ayudarnos a vivir dignamente. Con lo que cuesta un tanque se puede abrir un pozo, y con lo que cuesta un misil que tal vez nunca llegue a dispararse se puede organizar una red de acequias para el regadío.

—¿Aquí...? —se asombró Caragato—. ¿En pleno desierto?

—Sí, hijo, en pleno desierto —confirmó su interlocutor al tiempo que cogía un puñado de tierra y la dejaba caer en cascada—. Esta tierra que a ti se te antoja estéril es mucho más rica que la de tu país e incluso que la de la Amazonia. Conserva intactas todas sus sales minerales y por tanto no necesita abonos; lo único que necesita es agua, y con este calor produce hasta tres cosechas anuales cuando en la fría Europa sólo se recoge una. Eso quiere decir que si nos proporcionaran los medios adecuados, podríamos convertir el desierto en un vergel que diera trabajo y alimentara a millones de inmigrantes.

—Pero en la arena no puede crecer nada... —señaló con sensatez *Ave* César—. Todo el mundo lo sabe.

—¡Desde luego! Pero lo que no todo el mundo sabe es que la arena ocupa menos del seis por ciento de la superficie del desierto, y otro tanto las rocas y los pedregales. Los expertos han calculado que casi la mitad de este desierto podría cultivarse, y la mitad de la superficie del Sahara es tres veces la superficie de Europa.

—¿Y de dónde se obtendría tanta agua? —intervino Kaleb Kalem, que escuchaba con profunda atención—. Por muchos pozos que se abrieran nunca se conseguiría la suficiente para regar la mitad del Sahara.

—Eso es muy cierto... —admitió el otro—. ¡Muy cierto! Pero como habéis comprobado a costa de perder un autobús, grandes zonas del territorio, sobre todo las *sebkhas*, se encuentran bajo el nivel del mar, y existen estudios que demuestran que podrían abrirse canales desde el océano que inundarían esas depresiones.

—¿Inundarlas de agua de mar? —repitió un confuso Caragato—. ¿Con qué fin?

—Con el de generar un cambio climático en la región; el agua actuaría a modo de termostato, propiciando un clima mediterráneo, la evaporación provocaría humedad y las nuevas técnicas de desalación convertirían el agua de mar en agua dulce con la que se cultivarían las riberas de esos mares interiores.

—Suena a utopía.

—Tal vez, pero es cosa sabida que la mayor parte del caudal del Nilo proviene de la evaporación del mar Rojo, que está encajonado entre dos desiertos. El intenso calor hace que descienda su nivel un metro al año, y si no se seca es porque recibe una aportación constante desde el océano Índico. Las nubes de esa evaporación van a chocar contra las montañas de Etiopía, sobre las que descargan y en las que se encuentran las fuentes del Nilo. Es el ciclo normal de la naturaleza, y lo único que tendríamos que hacer es intentarlo a este otro lado del continente.

—Pero esos canales para llevar agua al corazón del desierto costarían una fortuna.

—La mitad de lo que costó el canal de Suez, o la décima parte que el de Panamá, que se abrieron para que los países ricos pudieran comerciar y fueran aún más ricos. Éstos serían «los Canales de los Pobres» porque no es necesario que sean muy profundos, apenas algo más que simples zanjas, pero darían trabajo y solucionarían la vida a muchos desgraciados que ahora se ven obligados a emigrar contra su voluntad.

—¡Joder! ¡Menudo proyecto! Parece cosa de locos.

—Un gran proyecto, en efecto —admitió Retza Sulami—. Pero si te molestas en recorrer la frontera con Marruecos encontrarás tantos tanques destruidos, tantos cañones oxidados, tantos aviones derribados, y tantas minas antipersonales aún activas, que con lo que costaron se podría haber financiado la mayor parte de esas zanjas. Lo poco que teníamos es ahora pura chatarra, cuando lo que deberíamos haber hecho es trabajar unidos para sacar adelante un proyecto que puede parecer faraónico pero siempre serviría para algo más que para refugio de lagartos, que en eso se ha convertido la mayor parte del ingente arsenal que empleábamos en matarnos los unos a los otros.

—¡Sorprende que un militar opine de ese modo! —observó el tuareg, que había escuchado en silencio tan peculiar argumentación.

—Yo no soy un militar, hijo —fue la serena respuesta impregnada de un deje de amargura—. Soy un simple beduino al que no le quedó más remedio que empuñar un arma para defenderse de los invasores, pero que disfruta mucho más viendo parir a una camella o viendo crecer el mijo tras la lluvia, que pegándole un tiro a un infeliz montañés al que su rey envió a que me matara, o incendiando un campamento enemigo.

—¿Y cuándo cree que dejará las armas para siempre?

—Nunca.

—¿Y eso?

—Si en treinta y un años no hemos conseguido que se nos escuche y se nos haga justicia, no lo conseguiremos hasta que nos lancemos de nuevo a la lucha. Pero esta vez será a sangre y fuego, porque entre nuestra gente, cansada de tanto esperar, ha empezado a germinar el veneno del extremismo islámico, y a ése no seremos capaces de controlarlo.

—¿Quiere decir que puede ocurrir lo mismo que en Palestina con el triunfo del grupo radical Hamas? —quiso saber Kaleb Kalem.

—¡Exactamente! En las personas, la desesperación lleva al suicidio; y en los pueblos, a dejarse arrastrar por los violentos. El día que mi gente comience a atarse bombas a la cintura con el propósito de asesinar inocentes en las calles de

El Aaiún o Rabat nos tacharán de terroristas, sin recordar que algunos hemos dedicado nuestra vida a intentar evitar que eso ocurra, pero nadie nos presta atención.

—Asusta pensarlo.

—Sobre todo cuando has escuchado a algunos imanes predicar en las mezquitas que ha llegado el momento de iniciar una guerra santa. Aquí, al sur de Argelia, existen grupos salafistas que no dudan en aniquilar a quien no piense como ellos, lo cual quiere decir que antes de una década dominarán el Magreb y la costa occidental del continente. Entonces se lanzarán sobre Europa. Los atentados de Madrid o Londres no son más que un aperitivo de lo que llegará algún día, pero nadie parece querer escuchar a los que advertimos que, tal como decía el Gatopardo, «las cosas tienen que cambiar para que todo siga igual».

—¿Ha leído a Lampedusa? —se sorprendió Caragato.

—Tu tío solía leernos libros en voz alta. Aseguraba que los verdaderos problemas llegarían cuando obtuviésemos la independencia y tuviéramos que construir una nación partiendo de la nada. Decía que en «el arte de la guerra» puedes apoyarte en los cañones, pero que en «el arte de la paz» tienes que hacerlo en la cultura. Y se necesitan dos semanas para fabricar un cañón, mientras que se tarda por lo menos veinte años en educar a un hombre.

—Así era exactamente nuestro tío —reconoció Juvenal Ojeda con leve nostalgia—. La semana que no le comentábamos el último libro que habíamos leído casi no nos dirigía la palabra.

—Si no nos hubiera abandonado probablemente las cosas habrían sido muy diferentes... —terció uno de los hombres del comandante, que solían limitarse a escuchar sin intervenir apenas—. Mi padre, que sirvió a sus órdenes, me contaba que era el único que sabía mantener unidas a sus tropas, fueran de la tribu que fueran. El hecho de no pertenecer a ninguna permitía que todos le obedecieran por igual. Sin embargo, cuando se marchó comenzaron las luchas internas porque nadie aceptaba que un miembro de otra tribu le diera órdenes.

—Feliciano no nos abandonó —lo corrigió su superior—. Le fallaron las fuerzas, y de hecho estábamos convencidos de que no había sobrevivido al infarto. Lo único que podemos echarle en cara es que no se mantuviera en contacto con nosotros, para saber que no había muerto, pero entiendo que en su estado optara por buscar la paz que tanto necesitaba. Hay momentos en la vida en que un hombre se ve obligado a romper con su pasado, o éste acaba asfixiándolo. Aquél debió de ser su momento.

—¡Pero lo necesitábamos...!

—Una nación que necesita a un solo hombre nunca será una nación —sentenció Retza Salami con convicción—. Tienen que ser muchos hombres, durante varias generaciones, los que la construyan. Pero por desgracia, en nuestro caso son muchos los hombres que durante dos generaciones la han destruido, y estoy de acuerdo contigo en que gran parte ha sido por culpa de ese estúpido concepto de orgullo de tribu.

—Fueron los marroquíes los que se las ingeniaron a la hora de azuzarnos a los unos contra los otros.

—¿Y acaso podemos echárselo en cara? —replicó el otro—. La primera regla de la guerra ha sido siempre: «divide y vencerás». Los marroquíes la pusieron en práctica pero la culpa fue nuestra por permitírselo. Tantos años más tarde y aún no hemos aprendido la lección. A veces tengo la impresión de que si nadie nos escucha es porque no hablamos con una sola voz. Nos hemos convertido en una especie de coro desafinado en el que cada cual canta lo que quiere sin prestar atención a lo que canta quien se encuentra a su lado...

Quiso añadir algo pero le interrumpió un disparo, por lo que todos volvieron el rostro hacia quien lo había efectuado, que no era otro que el vigía que se sentaba en lo alto de una pequeña duna, y que hizo un gesto con la mano señalando el horizonte.

Como siempre, lo primero que se distinguió fue una nube de polvo, pero al poco uno de los hombres del comandante, que había trepado al techo del todoterreno provisto de unos enormes prismáticos de campaña, anunció:

—¡Son nuestros! Un camión y un *jeep*.

—¿Un *jeep*? —se sorprendió su superior—. Yo sólo pedí un camión.

—Pues también viene un *jeep*. Y no puedo asegurarlo, pero tengo la impresión de que es el del comandante Mubarrak.

—¡Mubarrak! —no pudo por menos que exclamar el otro—. ¡Ahora lo entiendo! Ese hijo de una camella tuerta no ha podido resistir la tentación de venir a conocer personalmente a los sobrinos de su adorado Caíd Feliciano.

El comandante Mubarrak —«hijo de una camella tuerta»— medía casi dos metros y tenía más apariencia de oso de las montañas que de camello, pero lloró como un niño al abrazar a los sobrinos de quien había sido para él «mucho más que un hermano».

Los besó, los apretujó, los alzó en vilo y les acarició el pelo como si en verdad creyera estar acariciando a aquel a quien había seguido durante años a través de la *hamada* o el *erg*, decidido a dar su vida por él sin dudar un instante.

—Vuestro tío me impuso los galones de cabo cuando todavía pertenecíamos al ejército español —dijo—. Y me cedió su estrella de comandante cuando tuvo que abandonarnos porque se moría. Ni un solo día he dejado de pedirle a Alá que le acoja en su seno.

—Espero que Alá le haya escuchado, pese a que mi tío siempre fue católico.

—¡No, hijo, no! No te equivoques. Feliciano, al igual que el Caíd Manolo, pertenecía a todas las religiones de este mundo, porque hombres como ellos son amados por todos los dioses. ¿Cómo fueron sus últimos años?

—Tranquilos. Vivía de los recuerdos, de la nostalgia y con una profunda amargura por no haber podido encontrar a la mujer que amaba.

—¿Shereem? —inquirió sorprendido el hombre-oso—. ¿Aún seguía pensando en la hermosa Shereem?

—La amó hasta el último suspiro —dijo *Ave* César—. ¿Usted la conoció?

—¿A Shereem al Aidieri? ¡Claro que sí! Era la muchacha más famosa del Territorio. En cierto modo, todos estábamos un poco enamorados de «la dulce Shereem».

—¿Ha sabido algo de ella? —preguntó ansiosamente *Ave* César—. La estamos buscando.

—¿Para qué?

—Para hacerle entrega de una parte de la herencia de nuestro tío.

—¿A Shereem?

—Y a su hija.

El comandante Mubarrak dudó, miró al comandante Retza y luego contempló largamente a los dos muchachos, que permanecían atentos a sus palabras como si les fuera la vida en ello. Al fin musitó:

—Hace cinco o seis años alguien me contó que en Almería vivía una mujer llamada Shereem. Al parecer ayudaba a encontrar trabajo a los inmigrantes de origen saharaui... —Dudó de nuevo, pero prosiguió—: Por lo que posteriormente pude averiguar, supuse que podía tratarse de ella, aunque no puedo asegurarlo al cien por cien.

—¿En Almería? —se sorprendió de modo harto desagradable Caragato—. ¿Es posible que Shereem y su hija vivieran en Almería y nadie se lo comunicara a mi tío?

—Para cuando lo supe estaba convencido de que R'Orab había muerto, hijo, aparte de que ni siquiera se me ocurrió que tantos años después continuara suspirando por ella. Sin duda era una mujer de una belleza y un atractivo extraordinarios, pero en mi cabeza no cabe semejante concepto de la fidelidad; eso debe de ser cosa de cristianos.

Uno de los hombres que habían llegado con él se aproximó para cuadrarse militarmente y señalar:

—Nos comunican de la base que han interceptado un mensaje. Se aproxima un helicóptero militar que anda buscando un autobús. Por lo que aseguran, fue secuestrado hace unos días por tres bandidos tuareg.

—¡Vaya por Dios! —comentó jocosamente su superior—. Ahora resulta que nuestros amigos españoles se han convertido en bandidos tuareg. ¿Cuánto calculan que tardará en llegar ese helicóptero?

—No menos de una hora, si es que decide arriesgarse a penetrar en una zona donde las fronteras se encuentran tan mal definidas.

El comandante Mubarrak se volvió hacia su compañero de armas, el comandante Retza Sulami, y le preguntó:

—¿Tú qué opinas?

—Que nos encontramos demasiado lejos de su base de operaciones, pero más vale estar prevenidos... —Sonrió al tiempo que enarcaba pícaramente las cejas—. Y un helicóptero militar es siempre una presa de lo más apetecible.

—Ésta es tu zona... —le hizo notar el otro—. Tú decides.

—¿Qué quieres que te diga? —fue la respuesta, que denotaba entusiasmo—. Si vienen buscando a tres míseros bandidos tuareg mal armados podrían llevarse una desagradable sorpresa.

El comandante Mubarrak trepó con una agilidad impropia de su edad al techo de su *jeep*, observó el paisaje a su alrededor y por último señaló un punto a poco más de doscientos metros de distancia:

—Esa explanada parece un buen lugar.

—¿Pues a qué esperamos?

—¡Quiero nuestros vehículos y camellos fuera de la vista en diez minutos! —ordenó Mubarrak y saltó a tierra—. ¡Y que se borren las huellas de los neumáticos!

Los primos Ojeda Rodríguez e incluso el mismísimo Kaleb Kalem no pudieron por menos que preguntarse cómo diablos podía cumplirse semejante orden en diez minutos. Se les antojaba de todo punto imposible que un camión, un *jeep* y una docena de camellos desaparecieran como por ensalmo en la inmensidad de una llanura que apenas ofrecía accidentes dignos de mención.

No obstante, y como si aquélla fuera una acción rutinaria que hubieran puesto en práctica un centenar de veces, los soldados soltaron unos enganches preparados al efecto, con lo que despojaron en un abrir y cerrar de ojos las cabinas de los dos vehículos. Acto seguido les desmontaron las ruedas con tal rapidez que en la mitad del tiempo ordenado por su comandante habían conseguido que tanto el camión como el *jeep* disminuyeran a la mitad de su altura normal.

A continuación extendieron sobre cada uno de ellos unas grandes lonas, las cubrieron de tierra y las «adornaron» con unos cuantos matojos de los que crecían por los alrededores.

Lo coronaron todo con maleza y media docena de pesadas rocas, por lo que al concluir su tarea, nadie que pasara a menos de veinte metros de distancia sospecharía que aquellos pequeños montículos no eran unos más entre los miles de montículos semejantes desparramados por los alrededores.

A los camellos los obligaron a tumbarse de costado, les ligaron las patas y las afianzaron al suelo por medio de grandes garfios que clavaron en la arena con ayuda de un mazo. A continuación los cubrieron de igual modo con arbustos y maleza.

Mientras tanto, dos hombres se habían alejado borrando con largas ramas las marcas de rodadas de los vehículos.

En tales momentos, más que un grupo de aguerridos soldados aquellos hombres parecían un ejército de bien adiestrados tramoyistas de teatro, capaces de cambiar un escenario de un minuto al siguiente.

—¡Si no lo veo, no lo creo! —exclamó al fin un encantado *Ave* César Rodríguez—. ¡Parece cosa de magia! ¡Ale hop: «Aquí hay un camión, aquí ya no hay un camión»!

—¡Está claro que deben de haber estudiado con David Copperfield! —bromeó su primo—. ¡Qué habilidad!

Poco después, el comandante Mubarrak ordenó que llevaran el todoterreno al punto que había elegido y volvieran a montar a pocos metros el chamizo bajo el que normalmente se protegían los subsaharianos. Por último marcó los puntos exactos donde debían enterrarse sus hombres cuando llegara el momento.

—¿Suelen hacer esto a menudo? —quiso saber un entusiasta Juvenal Ojeda, admirado de la limpia eficiencia con que todo se llevaba a cabo.

—¡Es nuestro oficio! —fue la jocosa respuesta—. Y tuvimos al mejor maestro: vuestro tío Feliciano, que era capaz de camuflarse detrás de una acacia y aún le sobraba espacio. En una ocasión se disfrazó de avestruz con el fin de aproximarse a un campamento enemigo, pero al final tuvo que salir corriendo.

—¿Por qué?

—Porque apareció un auténtico avestruz macho que se lo quería beneficiar... —rió divertido—. ¡Ese día casi me descojono!

—¡Mentira!

—¿Mentira...? Tu tío se ponía una chaqueta cubierta de plumas, se inclinaba, levantaba un palo con una cabeza de avestruz disecada clavada en la punta y le daba el pego incluso a los propios avestruces.

—No me imagino al tío Feliciano «haciendo el ganso» de esa manera —intervino *Ave* César Rodríguez.

—Me temo que existen muchas cosas sobre tu tío que nunca te habrías imaginado, muchacho. ¡Demasiadas!

—¿Como cuáles?

—Si él no quiso hacerlo en su momento, yo no soy quién para contarlas... Cada hombre es dueño de sus secretos y la obligación de sus amigos es guardar esos secretos. Confórmate con saber de él lo que ahora sabes.

Cambió de tema y los dos primos comprendieron que no era el momento de insistir. Así pues, se limitaron a continuar charlando acerca de los indudables encantos de la desaparecida Shereem al Aidieri, hasta que uno de los soldados, que no cesaba de otear el horizonte con ayuda de unos prismáticos, gritó señalando un punto hacia el norte:

—¡Ahí viene!

—¡Todos a sus puestos! —ordenó en el acto Retza Sulami—. Vosotros tres junto al todoterreno y con los rostros cubiertos. Tenéis que parecer auténticos tuareg.

Cuando al fin se percibió con claridad el rumor del motor del helicóptero, ni siquiera sus ocupantes hubieran sido capaces de distinguir más que un vehículo, tres supuestos bandidos tuareg y un tingladillo bajo el que se refugiaban una veintena de desarrapados subsaharianos.

Pese a ello, el aparato permaneció largo rato en el aire, como si el piloto no acabara de fiarse de lo que veía. Luego se alejó trazando un amplio círculo, sin duda para inspeccionar los alrededores, y al final se posó a unos doscientos metros de distancia, casualmente muy cerca de donde se encontraba oculto el camión.

Dos hombres uniformados saltaron a tierra, amartillaron sus fusiles y comenzaron a aproximarse al tiempo que les gritaban algo que Kaleb Kalem tuvo que traducir.

—Piden que levantemos los brazos y avancemos hacia ellos —dijo—. Pero yo no me muevo de detrás del coche ni aunque me aspen.

—¡Pues anda que yo, que me acabo de mear en los pantalones... —musitó bajo el velo que le cubría el rostro *Ave César* Rodríguez.

—¡Consuélate! «Picha española nunca mea sola»... —replicó su primo.

Se repitió la orden, el que marchaba en primer lugar hizo ademán de encañonarlos con su arma, pero en ese justo momento sonaron un sinfín de disparos y los dos uniformados cayeron de espaldas como fulminados por un rayo. A continuación, surgidos de sus escondites bajo la arena, cuatro hombres de los comandantes Retza y Mubarrak rodearon el helicóptero introduciendo los cañones de sus metralletas por las ventanillas.

Todo ocurrió en un abrir y cerrar de ojos, casi con la misma magia y eficiencia con que se habían ocultado los camellos y los vehículos, por lo que no cabía la menor duda de que aquél era un selecto escuadrón de veteranos guerrilleros que sabían perfectamente lo que tenían que hacer en cada momento.

Los pilotos y los otros dos militares que continuaban

dentro del aparato no ofrecieron la menor resistencia, limitándose a colocar casi instintivamente las manos sobre la cabeza, felices de que su destino no fuera el mismo que el de sus compañeros, uno de los cuales había muerto ya y el otro estaba a punto de hacerlo a escasos metros de distancia.

La gigantesca mansión se alzaba al borde de un acantilado, dominando una ensenada de aguas transparentes con una pequeña playa privada a la que únicamente se accedía por un ascensor de paredes de cristal que partía desde el borde de la piscina que se extendía ante la casa.

Aunque espectacular en su concepto, no resultaba ostentosa, por lo que los primos Ojeda Rodríguez, paletos de tierra adentro que nunca habían tenido ocasión de contemplar una obra arquitectónica de semejantes características a la orilla del mar, permanecieron boquiabiertos hasta que la pesada puerta de madera labrada se abrió y un uniformado sirviente de color inquirió en un pésimo castellano:

—¿Qué desean los señores? —Dudó para añadir una coletilla que debía de tener perfectamente aprendida—. Por favor.

—Nos han asegurado que aquí podríamos encontrar a Shereem al Aidieri... —respondió Juvenal Ojeda del modo más pausado posible, para que el otro pudiera entender sus palabras—. ¿Sería posible hablar con ella... por favor?

El en apariencia desconcertado portero necesitó unos momentos para procesar la información, pero al fin hizo un leve gesto de comprensión y les cerró la puerta en las narices.

—Un momento... ¡por favor!

El «momento» fueron casi diez minutos durante los cuales los dos primos pensaron que se había olvidado de ellos, pero al fin la puerta se abrió de nuevo y el mismo estrambótico personaje les franqueó la entrada con un mecánico gesto servicial.

—Pasen los señores. Por favor.

Les precedió por un recibidor y unos salones de un lujo desmesurado pero exquisito buen gusto, hasta desembocar en otro, mucho mayor y más espectacular aún, en cuyo centro aguardaba en pie una hermosa mujer ataviada con un traje de firma.

—¿En qué puedo ayudarles? —les preguntó con una leve sonrisa.

Eran los mismos ojos, la misma boca y el mismo rostro de una perfección inimitable. El paso del tiempo apenas le había dejado una casi imperceptible huella, puesto que si bien Shereem al Aidieri había sido en sus buenos tiempos una muchacha en verdad cautivadora, treinta años más tarde se había convertido en una elegante dama en la plenitud de una portentosa belleza.

—¿Y bien...?

Continuó sin recibir respuesta puesto que los recién llegados parecían incapaces de pronunciar palabra, como si les resultara del todo imposible aceptar que aquella deslumbrante dama, que lucía en el dedo anular de la mano izquierda un diamante del tamaño de un garbanzo, pudiera ser la jovencísima beduina que llevaban tanto tiempo buscando.

—¿Y bien...?

—¿Shereem...? —inquirió al fin tímidamente y casi con un susurro Juvenal Ojeda—. ¿Es usted Shereem al Aidieri, natural de El Aaiún? —Ella se limitó a asentir con un leve ademán de la cabeza, lo que hizo que el muchacho añadiera confuso—: ¡Qué tonterías digo! ¡Naturalmente que lo es! ¡No hay más que verla!

—¿A qué se refiere? ¿Acaso nos conocemos?

El aludido se limitó a hacerle entrega de la vieja y sobada fotografía que con tanto amor guardara su tío, y preguntó:

—¿Es usted?

—¡Desde luego! —admitió ella con una leve sonrisa de

coquetería e innegable satisfacción al descubrirse tan joven y atractiva—. ¿De dónde la ha sacado?

—Nuestro tío Feliciano la guardó durante treinta años como su más preciado tesoro.

—¿Su tío Feliciano...? —repitió la dueña de la casa como si no acabara de entender, al tiempo que tomaba asiento en un amplio sofá y les indicaba con un gesto que se acomodaran en el que se encontraba enfrente—. ¿Y por qué razón la guardaba?

Si se hubiera hecho de noche en un instante, si el aire se hubiera vuelto sólido, o si el mar que resplandecía al otro lado del ventanal hubiera ascendido de improviso hasta la cima del acantilado, ninguno de los primos hubiera demostrado mayor sorpresa, puesto que se diría que aquélla era la última pregunta que hubieron esperado escuchar en su vida.

Se miraron, miraron a la mujer que había encendido parsimoniosamente un cigarrillo y parecía estar esperando una respuesta, volvieron a mirarse, y por unos instantes pudo creerse que estaban a punto de ponerse en pie para marcharse por donde habían venido, pero tras lanzar un sonoro resoplido, *Ave* César replicó roncamente:

—Usted fue la única mujer a la que al parecer amó a lo largo de toda su vida.

—¡Ya! —repuso la sofisticada dama sin inmutarse—. ¡Ahora lo entiendo...! ¿Y cómo dice que se llamaba?

—Feliciano. Feliciano Rodríguez Corcuera.

—¿Feliciano...? —repitió ella, intentando hacer memoria—. Feliciano Rodríguez Corcuera. ¡Hace ya tanto tiempo...! ¿No tendrán una foto suya por casualidad?

Como entre sueños, sin acabar de aceptar que estaba viviendo una dolorosa realidad, César sacó de la cartera la sobada fotografía de su tío, el Caíd Manolo y Mohamed Salah y la depositó sobre la mesilla de cristal que les separaba.

—Es éste, el de la derecha.

—¡Cierto...! —admitió ella, afirmando con la cabeza una y otra vez—. ¡Ahora lo recuerdo! El apuesto y valiente capitán «meharista». ¡Un muchacho realmente encantador! ¿Qué ha sido de él?

—Murió hace dos meses.

—Lo lamento. No recordaba su nombre, pero sí que era muy simpático. Y muy tierno... —Dio una larga calada al cigarrillo y luego añadió con una pícara sonrisa—: Y tremendamente ingenuo; repetía una y otra vez que me había deshonrado y por lo tanto estaba decidido a cumplir como un caballero llevándome al altar. No había muchos como él en El Aaiún.

—La amaba con locura. Y nos consta que continuó amándola hasta el día de su muerte.

—Lástima —respondió ella con tranquilidad—. Fueron muchos los hombres que me amaron en mi juventud, pero nunca imaginé que la pasión durara tanto tiempo. Por un lado me halaga, y por el otro me avergüenza. Yo era una muchacha algo alocada que disfrutaba y procuraba hacer disfrutar a los hombres sin intención de hacer daño a nadie. —Lanzó un hondo suspiro antes de agregar—: ¡Y menos durante treinta años!

—Sin embargo, usted le escribió una carta en la que le aseguraba que era el único hombre de su vida y el padre de su hija —señaló Juvenal *Caragato* con súbita vehemencia—. ¿Por qué?

Tras apagar el cigarrillo en un cenicero de sobremesa, la propietaria de aquella fabulosa mansión meditó unos instantes. Cuando habló de nuevo, lo hizo en voz más baja, como si temiera que alguien pudiera escucharles pese a que las puertas estaban cerradas.

—¡Ah, sí...! La famosa carta... —dijo—. Eso ya no fue un capricho juvenil, sino que se debió a circunstancias muy amargas. Cuando los marroquíes se adueñaron del Territorio, todos los que habíamos confraternizado con los españoles se vieron obligados a huir, y desde luego yo había «confraternizado» demasiado. Mi madre era una auténtica princesa saharaui famosa en todo el Territorio por su increíble belleza, pero mi padre era un rico comerciante libanés que había hecho muy buenos negocios durante el Protectorado, por lo que tras la maldita Marcha Verde lo encarcelaron y le confiscaron todas sus posesiones. Debido a ello me vi obligada a exiliarme, y al poco descubrí que estaba embarazada. ¡Malos tiempos, aquéllos! —murmuró—. ¡Muy malos tiempos!

—¿Y cuando nació la niña se le ocurrió escribirle a nuestro tío haciéndole creer que era el padre de la criatura?

—¡No, hijo, no...! Las cosas no fueron exactamente así.

—¿Cómo que no? —protestó *Ave* César colocando un sobre junto a la fotografía—. Me sé de memoria el contenido de esa carta porque la he leído cien veces: «Querido Feliciano: Tan grande fue nuestro amor, que tuvo que ser, necesariamente, demasiado corto porque de lo contrario hubiéramos muerto de felicidad. Ahora vivo en el exilio, sin patria, sin familia y sin la presencia del único hombre al que he querido, pero me sirve de consuelo nuestra hija, que pido a Alá que algún día llegues a conocer. Tuya para siempre. Shereem.» ¿La escribió usted, o no la escribió usted?

La demandada con tan perentoria pregunta ni siquiera se dignó tocar el sobre; lo observó largo rato y acabó por asentir admitiendo su culpa.

—La escribí yo, en efecto, pero debes tener en cuenta que me encontraba en un país extraño, sola, sin dinero, sin amigos y repudiada por mi familia que por si fuera poco se encontraba en circunstancias casi tan apuradas y dramáticas como las mías. Fue por eso por lo que me agarré al único clavo ardiendo que encontré en aquel momento.

—¿Pero por qué precisamente nuestro tío?

—¡Oh, vamos, muchacho, no seas tan inocente! —replicó ella, agitando su larga cabellera azabache—. ¡No se trataba de vuestro tío! Le envié la misma carta a todos aquellos que consideré que podían echarme una mano en tan difíciles circunstancias.

—¡Todos aquellos! —repitió estupefacto *Ave* César—. ¿Qué quiere decir con «todos aquellos»?

—Lo que he dicho: todos aquellos con los que había mantenido relaciones y que, calculando las fechas, podían creer que efectivamente eran el padre de la niña.

—¡Madre del amor hermoso! ¿Y cuántos eran?

—No lo recuerdo muy bien; tal vez seis o siete.

—¡La puta...!

—No, hijo; eso sí que no, que jamás le cobré un duro a nadie. Era joven, rica, apasionada, caprichosa e inconsciente; lo tenía todo, pero de la noche a la mañana el mundo se hundió a mi alrededor. ¿Qué otra cosa podía hacer?

Se diría que sus jóvenes interlocutores se estaban haciendo idéntica pregunta, y al cabo de unos instantes uno de ellos inquirió:

—¿Alguno contestó a sus cartas?

—Cuatro.

—¿Cuatro...? No cabe duda de que era usted una mujer fuera de serie. Y si un quinto no lo hizo fue porque tardó casi tres años en recibirla.

—¡Ya me extrañaba a mí...!

—Cuando al fin nuestro tío la recibió, la anduvo buscando hasta que enfermó. Toda su vida se sintió culpable por no haber podido ayudarla en su momento.

—Te repito que lo siento, querido; nunca fue mi intención hacerle daño. Y lo cierto es que muy pronto me proporcionaron toda la ayuda que necesitaba.

Juvenal Ojeda hizo un amplio gesto indicando la magnificencia de cuanto le rodeaba.

—¡De eso no cabe la menor duda!

—¡No te pases, muchacho! ¡No te pases! Fue mi marido quien me sacó de allí, y aunque él tenía algunos ahorrillos y tierras baldías aquí en Almería, fui yo quien hizo la fortuna. Debes tener en cuenta que soy medio libanesa, y los fenicios siempre hemos tenido fama de ser los mejores comerciantes del mundo. Todos los invernaderos, edificios y hoteles que se alzan en tres kilómetros a la redonda los he levantado yo.

—¡Y pensar que nos hemos pateado medio desierto con la intención de remediar sus males haciéndole entrega de la tercera parte de una herencia que, visto lo visto, resulta ridícula!

—Explícate.

Juvenal Ojeda no tuvo ocasión de hacerlo, puesto que se escucharon unos discretos golpes en la puerta, que al poco se abrió y un anciano alto, delgado y de rala cabellera muy blanca que se apoyaba en un bastón de puño de oro hizo ademán de entrar, aunque se detuvo respetuosamente en el umbral.

—¡Perdona, querida! —se disculpó—. No sabía que tuvieras visita.

—¡Pasa, cielo, pasa! —le invitó ella con un gesto de la mano—. Son los sobrinos de un viejo amigo de El Aaiún que han venido a conocerme... —Lo señaló con un afectuoso gesto a sus acompañantes—. Mi marido, Agustín Arriaga; perdonad, pero no recuerdo vuestros nombres.

—Juvenal y César... —se apresuró a señalar el primero, y preguntó casi de inmediato—: ¿Por casualidad es usted el coronel Agustín Arriaga que estaba destinado en El Aaiún cuando lo de la Marcha Verde?

—General —fue la orgullosa respuesta—. Retirado, pero general de División. Y no por casualidad; me costó un gran esfuerzo conseguirlo.

—Nuestro tío, el capitán Feliciano Rodríguez Corcuera, sirvió a sus órdenes.

El anciano pareció hacer memoria, dudó unos instantes y por último se dio un pequeño golpe en la frente con el puño del bastón, al tiempo que exclamaba:

—¡Claro que sí...! ¡Feliciano, el Rodri! ¡Buen tipo! De los de la vieja guardia de La Mía a Camello. Recuerdo que siempre se le consideró el heredero espiritual del mítico Caíd Manolo, que le tuvo bajo su mando. ¿Qué ha sido de él?

—Murió.

—Lo lamento. De verdad que lo lamento; se comportó como un valiente en Hagunía, por lo que hubiera tenido un brillante futuro en el ejército si no hubiera decidido dejarlo demasiado pronto... —Le dedicó una encantadora sonrisa a su esposa y preguntó—: ¿Acaso era uno de tus incontables adoradores, querida?

—Es posible... —fue la serena respuesta.

—¡Oh, vamos, cariño, no seas modesta! Sé muy bien que tenías a todos los oficiales y parte de la tropa de El Aaiún a tus pies. Hace años que dejaron de atormentarme tus antiguos amoríos, y a mi edad resultaría ridículo que me atormentaran los nuevos. —Alzó otra vez el puño del bastón en una especie de saludo militar y añadió—: Me voy a echar mi partidita de dominó. ¡Adiós, muchachos! Siento lo de vuestro tío; aunque nunca quiso creerlo, yo lo apreciaba y, sobre todo, le admiraba. Era un militar de cuerpo entero y un magnífico estratega.

Desapareció cerrando tras de sí la puerta y mientras encendía otro cigarrillo, su esposa comentó haciendo un gesto en su dirección:

—Fue uno de los primeros en contestar a mis cartas y el que consideré más apropiado para que me sacara de aquel infierno. Y no me equivoqué; ha sido un esposo cariñoso, complaciente y muy comprensivo... —sonrió de una forma realmente arrebatadora y agregó—: Pero volvamos a lo que importa. ¿Qué es eso que ibas a contarme sobre una supuesta herencia?

—No tiene nada de supuesta; nuestro tío nos dejó todo lo que tenía, aunque en su testamento especificó que una tercera parte debía guardarse en un banco, reservada durante diez años para usted o en su defecto su hija, en caso de que aparecieran. Pero nosotros nos propusimos buscarlas y hacerles entrega de su parte cuanto antes, porque estábamos convencidos de que eso era lo que él deseaba.

—¿Y me habéis estado buscando a sabiendas de que, de no encontrarme, dentro de diez años ese dinero sería vuestro? —Ante el mudo gesto de asentimiento de los muchachos, sacudió la cabeza casi con incredulidad—. ¡Qué tierno...! Conozco pocos que hubieran hecho algo semejante. Muy, muy pocos.

—Muy pocos tuvieron un tío como el nuestro.

—De lo cual me alegro. ¿Y a cuánto asciende esa suma?

—A un millón ochocientos mil euros, poco más o menos.

—Una bonita cifra, no cabe duda; muy bonita y que le vendría muy bien a mucha gente, pero lo cierto es que yo no la necesito y resultaría inmoral por mi parte aceptarla.

—También le pertenece a su hija —le hizo notar César—. Puede que ella esté dispuesta a aceptarla...

Fue como si se hubieran apagado las luces del salón o una negra nube se adueñara del cielo, puesto que el hermoso y altivo rostro de Shereem al Aidieri perdió de improviso su radiante luminosidad e incluso se le marcaron unas pequeñas arrugas en la frente, invisibles hasta aquel momento.

Se quedó muy quieta, con el humeante cigarrillo entre los dedos y la mirada clavada en un jarrón, y cuando habría podido creerse que se había quedado muda para siempre, susurró apenas:

—Ella nunca necesitará ese dinero; todo lo que tengo es suyo porque se trata de mi única hija. —Alzó el rostro y los miró fijamente con aquellos enormes ojos negros que habían enamorado a docenas de hombres, y barboteó de una forma casi incomprensible—: Pero por desgracia, no sé dónde se encuentra.

—¿Cómo ha dicho?

—Que no sé dónde está —repitió en voz alta y con absoluta claridad—. Perdí su pista hace veintinueve años, y por más que lo he intentado y por más dinero que he invertido en buscarla, no he conseguido dar con ella.

—¡No es posible!

—¡Lo es, hijo! Para mi desgracia lo es...

—¿Y cómo pudo ocurrir una cosa así?

Podría creerse que la espléndida mujer segura de sí misma, distante y altiva que había ocupado hasta ese momento la estancia, había desaparecido por una de las puertas laterales para que ocupara su lugar otra muy distinta, mayor, humilde, cansada y amargada. Se puso en pie, escanció lentamente de la botella que extrajo de un lujoso bar una ancha copa de coñac y se la bebió de un solo trago.

Hizo un mudo gesto invitándoles, pero como sus expectantes huéspedes negaron en silencio, se sirvió una nueva ración y regresó con la copa en la mano.

Aún tardó unos instantes en hablar y cuando al fin se decidió a hacerlo resultó evidente que cada palabra que pronunciaba le hacía auténtico daño.

—Fue culpa mía —comenzó—. Tratar de negarlo tantos años sólo ha servido para sentirme más miserable aún. —Hizo un ademán con la mano como desechando una idea—. Lo cierto es que yo lo estaba pasando muy mal debido a que la mayor parte de los refugiados que se encontraban en Tinduf comenzaron a despreciarme y darme la espalda desde el momento en que nació la niña.

—¿Y eso por qué? ¿Qué culpa tenía ella?

—Ninguna, pero yo había asegurado que su padre era un valiente saharaui muerto en combate, cuando lo que vino al mundo fue una criatura de piel muy blanca, cabello castaño y ojos azules.

—Nuestro tío Feliciano tenía el cabello castaño y los ojos azules... —saltó César Rodríguez Ojeda.

—Y también un capitán paracaidista, un joven teniente de la legión, y dos o tres oficiales más cuyos nombres también he olvidado. No te hagas ilusiones, hijo; era el tipo de hombre que me gustaba y, si quiero ser sincera, debo admitir que por aquellos tiempos yo era lo que se suele llamar «un pendón». Aparte de disfrutar en la cama, me vanagloriaba de tener babeantes, suplicantes y totalmente engañados a una docena de oficiales españoles de esos que alardean de jugarse la vida en las trincheras y tratar a patadas a las mujeres.

—Nuestro tío nunca alardeó de haberse jugado la vida en las trincheras, pese a que se la jugó, y jamás trató a patadas a ninguna mujer. ¡Ni a una mujer ni a nadie!

—Lo supongo, porque por lo que me contáis dio muestras de ser un hombre excepcional, pero siempre hay justos que pagan por pecadores. De lo que no cabe duda es de que mi actitud era arbitraria, cruel, estúpida y hasta cierto punto infantil, por lo que a estas alturas resulta absurdo intentar maquillarla. Era una golfa redomada y pretenciosa, y por serlo sufrí el peor de los castigos: perdí al ser que más quería.

—No lo entiendo... —dijo Caragato—. Una niña no se pierde como si fuera un paraguas.

—Claro que no, pero tal como acabo de decir, mi marido había sido de los primeros en responder a mis cartas, pero era el único con el que no me había acostado nunca, no porque no me apeteciera, sino porque sus rígidos principios descartaban las relaciones prematrimoniales.

—¡Manda huevos!

—En aquel tiempo todavía había gente así, sobre todo entre unos militares educados en los rígidos conceptos del fascismo más radical. Agustín ya había contravenido sus principios por el hecho de enamorarse de una mora, pero a ello no podía añadirle el tremendo pecado de intentar acostarse con ella, convencido como estaba de que era una criatura inocente y virginal cuyo único pecado estribaba en permitir que le deslumbrara un apuesto y culto coronel de Estado Mayor. —Bebió unos cortos sorbos y añadió con una leve sonrisa—: En el fondo siempre ha sido un inocentón y un buenazo.

—Que se hubiera sentido profundamente defraudado al descubrir que su «inmaculada novia» había concebido una hija de alguno de los muchos oficiales a sus órdenes mientras él se limitaba a mirarla a los ojos, ¿verdad? —aventuró *Ave César*.

—Veo que lo has entendido, hijo —admitió Shereem al Aidieri sin inmutarse—. La cosa no tenía vuelta de hoja: si quería que Agustín me sacara de aquel infierno por la puerta de la vicaría no me quedaba más remedio que continuar ocultándole la verdad, por lo que confié la niña a una persona que me prometió cuidarla durante unos meses. Más tarde yo la reclamaría como sobrina abandonada o cualquier otra cosa que se me ocurriera.

—¡Joder! Lo cierto es que era usted una especie de bruja coruja de mucho cuidado.

La aludida le dedicó una severa mirada de sus expresivos

ojos a Caragato, que era quien había hecho tan dura aseveración.

—Una cosa es lo que yo diga de mí misma en un momento de sinceridad, y otra muy distinta que permitas que me insultes en mi casa —dijo—. O demuestras un poco más de respeto o te largas.

—Usted perdone.

—Sigamos pues, y si no eres de capaz de entender la situación de una muchacha a la que se le habían pasado de golpe todas las presunciones y estupideces debido a que se estaba muriendo de hambre en un campo de refugiados en mitad del desierto, hasta el punto de que ni siquiera era capaz de generar leche para alimentar a su hija, es que no eres capaz de entender nada.

—Le aseguro que lo entiendo. ¡Claro que lo entiendo!

—Hubiera matado a mi abuela por salir de allí, y sobre todo por sacar de aquel infierno a la niña, pero por desgracia conseguí lo secundario pero no lo primordial. Cuando a los seis meses regresé por mi hija, había desaparecido y jamás he vuelto a saber de ella.

—Eso sí que debe de ser un golpe difícil de encajar.

—El peor que nadie pueda sufrir, te lo aseguro —replicó la infeliz mujer, y apuró lo que le quedaba de coñac antes de añadir—: Exceptuando aquellos horribles años en Tinduf, la vida me lo ha dado todo desde el punto de vista material, a la par que siempre he disfrutado de una salud de hierro. Poseo todo lo que la mujer más ambiciosa pudiera desear, pero nada me compensa por el hecho de no haber vuelto a abrazar a mi hija. A menudo me paso las noches en vela tratando de imaginar qué ha sido de ella. Daría cuanto tengo por una hora a su lado.

—Yo puedo encontrarla.

Shereem al Aidieri y César Rodríguez Ojeda observaron a Juvenal con idéntico estupor, y fue el segundo el que se decidió a preguntar, como si no diese crédito a lo que acababa de escuchar:

—¿Cómo has dicho?

—He dicho que puedo encontrarla.

—¿Es que te has vuelto loco?

—¿Quién mejor? El tío Feliciano fracasó en el intento y los detectives que pagó también... —Señaló a su anfitriona con un ademán de la cabeza—. Ella fracasó de igual modo, así como los detectives que pagó. Sin embargo, nosotros hemos tenido éxito allí donde los demás no obtuvieron el menor resultado. De momento hemos conseguido la mitad de lo que nos propusimos. ¿Por qué no seguir adelante y proporcionarle un final feliz a mi libro?

—Te recuerdo que tuvimos mucha suerte. Fue el comandante Mubarrak quien nos dio la pista.

—La suerte es una parte muy importante de la vida, primo; quizá la más importante, porque sin suerte no se llega a ningún lado. —Sonrió abiertamente—. Y te recuerdo que tenemos algo a nuestro favor que nadie más posee: tenemos *baraka* por el hecho de ser sobrinos del comandante R'Orab.

La dueña de la casa los observó como si los viera por primera vez, a la par que comentó con incredulidad:

—No me habíais dicho que también fuerais sobrinos del Cuervo.

—Nuestro tío Feliciano era el Cuervo.

—¡Imposible! El Cuervo era un saharaui.

—Eso era lo que creían todos, y lo que se pretendía que creyeran, pero aún no hace dos semanas que hemos descubierto que tío Feliciano no sólo había combatido contra los marroquíes, sino que además se había convertido en un héroe para los saharauis.

—¿Pretendes hacerme creer que tal vez mi hija fue engendrada por el mítico R'Orab?

—Según usted misma ha asegurado, existe una posibilidad entre media docena.

—¡En efecto! Una posibilidad entre media docena, pero la sola idea de que mi hija pueda ser hija del mayor héroe de mi pueblo le confiere una dimensión diferente al asunto... ¡Una hija del Cuervo! ¡Seguro que Alá así lo ha querido!

—Siempre he oído decir que los caminos del Señor son

intrincados, pero éste se me antoja de lo más enrevesado que se pueda imaginar, perfecto para una novela de aventuras. De lo que no cabe duda es de que a nuestro tío se le considera una especie de santón; un hombre valiente y bondadoso tocado por la mano de Dios, y usted debe saber, mejor que nadie, cómo reacciona su gente ante ese tipo de estímulos.

—Desde luego que lo sé —dijo ella—. El mío es un pueblo guerrero y en ocasiones tremendamente cruel y vengativo, pero también suele ser muy amistoso, y sobre todo agradecido. Entre nosotros hay un dicho: «El que no paga una deuda a un hombre del desierto, el desierto se encarga de cobrársela.» —Hizo una significativa pausa antes de añadir con un leve asentimiento de la cabeza—: Y nuestra deuda con el Cuervo nunca se ha saldado.

—Pues ya es hora de que se salde. Estoy seguro de que él no hizo lo que hizo esperando que se lo pagaran, pero supongo que, allá donde se encuentre, le alegrará descubrir que alguien hace algo bueno en su memoria. —Se volvió hacia su primo para inquirir con cierta ansiedad—: ¿Tú qué opinas?

—Que no entiendo a qué viene ese empeño en que volvamos a convertirnos en el manjar predilecto de pulgas, garrapatas, chinches y mosquitos —replicó un quejumbroso *Ave* César, al que evidentemente le horrorizaba la idea—. Cuando nos metimos en esto lo hicimos dispuestos a derramar nuestra propia sangre, pero lo cierto es que nos la han chupado sin derramar ni una gota. ¿Aún te queda algo en las venas para alimentar a tanto bicharraco?

—E incluso para derramarla si fuera necesario.

—¿Por encontrar a alguien que tal vez no sea prima nuestra, sino hija de un capitán paracaidista, un teniente de la legión o de Dios sabe quién?

—¡Desde luego!

—¿Por qué?

—En primer lugar, porque ahora más que nunca ése es el libro que quiero escribir, y en segundo lugar, porque es lo que hubiera hecho el Caíd Feliciano.

—Pero ni tú ni yo somos el Caíd Feliciano; seguimos

siendo un par de paletos que han demostrado hasta la saciedad que no tienen ni idea de lo que significa desenvolverse en el desierto.

—Algo hemos aprendido.

El otro le miró con asombro y repuso con desgarradora sinceridad:

—¿Se puede saber qué coño hemos aprendido? A mi modo de ver, lo único que sabemos que no supiéramos con anterioridad, es que en el mundo de las aventuras la teoría no sirve de nada.

—¡Un momento! —decidió intervenir Shereem al Aidieri, adelantando las manos para cortar con la discusión—. No pienso opinar sobre si en verdad estáis o no capacitados para triunfar donde tantos fracasaron, pero hay algo que tengo muy claro: no se pierde nada por intentarlo.

—Usted no, pero nosotros sí.

—También podéis ganar mucho.

—¿Como qué?

—Ese dichoso libro del que tanto habláis y del que no me importará formar parte aunque me corresponda el papel más odioso... —Hizo una corta pausa y añadió enfatizando las palabras—: Y mucho dinero.

—¿A qué dinero se refiere?

—Al de vuestro tío. Y al mío. Estoy dispuesta a firmar un documento renunciando a esa herencia a condición de que dediquéis un mínimo de seis meses a buscar a mi hija. —Los observó para estudiar su reacción y luego añadió—: Y si por casualidad conseguís encontrarla, os daré además un millón de euros.

—¿Cómo ha dicho?

—He dicho un millón de euros... a cada uno.

—¡Virgen Santa!

—De virgen no tengo nada; y de santa muy poco —fue la irónica respuesta—. Pero tengo muchísimo dinero con el que ya no sé qué hacer y un único deseo en esta vida: recuperar a mi hija.

—¿Habla en serio?

—Nunca en mi vida recuerdo haber hablado tan en serio.

—En ese caso lo primero que tendríamos que saber es el nombre de la persona a la que tenemos que buscar —puntualizó Caragato—. ¿A quién le dejó la niña?

—A un enfermero.

—¿Un enfermero? —repitió el otro, sorprendido—. ¿Por qué a un enfermero?

—En aquel entonces era mi único amigo en el campamento.

—Especifiquemos para no llamarnos a engaños. Era su único amigo o «algo más» que amigo.

—Algo más que un amigo.

—Seamos claros; le dejó la niña a su amante... —Ante el mudo gesto de asentimiento, Juvenal Ojeda insistió—: ¿Y le dijo que se iba de Tinduf con la intención de casarse con otro, o se lo calló?

—Me lo callé.

—¡Lo suponía...! —El agobiado muchacho no pudo por menos que resollar sonoramente antes de añadir—: La verdad, señora, que no es mi intención ofenderla, pero usted tiene un par de huevos que no caben en este salón. No me sorprende que las cosas le salieran como le salieron; siempre jugaba con dos o más barajas.

—¿Me vas a decir algo que no sepa? —replicó ella—. Llevo casi treinta años pagando el precio más alto que una madre pueda pagar, y he llorado por ello todo lo que se puede llorar. ¿Qué quieres que haga? ¿Que me corte las venas? Si supiera que con ello conseguiría ver a mi hija antes de desangrarme, lo haría, pero dudo que ésa sea la solución. Os he hecho una propuesta y la mantengo. Si os sentís con el coraje suficiente para seguir adelante, encontrar a mi hija y escribir ese puto libro, bien; en caso contrario, lo mejor que podéis hacer es dejarme en paz, que ya tengo bastante con lo que tengo.

Juvenal Ojeda Rodríguez se volvió hacia su primo y dijo:

—Yo voy a intentarlo... ¿Qué piensas hacer?

—¿Y qué demonios quieres que haga? —Miró a la mujer y preguntó—: ¿Cómo se llamaba ese enfermero?
—Alejandro.
—Alejandro qué más.
—No lo sé. Nunca lo supe.

Nada en la vida me ha costado tanto dolor como escribir esta carta.

Si la recibes significa que has vuelto, pero sinceramente creo que no lo harás.

Te amé desde el momento en que te vi, y creí en ti hasta que los hechos me demostraron que eres el ser humano más cruel, egoísta, promiscuo y desvergonzado que ha existido.

Me obligan a regresar a mi país, y como no sé con quién dejar a la niña he decidido llevármela.

Mi hermana la cuidará y le dará todo el cariño que tú no serías capaz de darle.

Siento haberte conocido.

ALEJANDRO

—¿Un enfermero que pasó unos cuantos meses en Tinduf, del que ni siquiera se conoce el apellido y que desapareció hace unos veintiocho años llevándose una niña que no era suya...? —repitió con absoluta estupefacción Kaleb Kalem—. ¿Cómo se os ocurre que pueda ayudaros a averiguar quién era? ¡Por aquellas fechas yo ni siquiera había nacido!

—Lo sabemos, pero no tenemos a nadie más a quien recurrir —le hizo notar Juvenal Ojeda—. Conoces a todo el mundo aquí, hablas el idioma y estás bien considerado porque trabajas para una prestigiosa ONG. A ti te escucharán y tal vez alguien recuerde algo sobre ese dichoso enfermero.

—Nadie escuchará a un «tuareg de pacotilla» por mucho que hable su idioma y trabaje para quienes les ayudan... —fue la desabrida respuesta, a la que siguió una corta pero significativa pausa; luego agregó—: Sin embargo, estoy seguro de que todo el mundo se desvivirá por hacer algo en favor del difunto R'Orab, el Cuervo.

—¿Qué estás insinuando?

—Que ésa debe ser nuestra mejor baza si sabemos jugarla.

—¿Cómo?

—Afirmando sin la menor vacilación que buscamos a la hija de R'Orab.

—Pero no estamos seguros de que lo sea.

—Por lo visto, eso es algo que ni su madre sabe a ciencia cierta, pero si hacemos correr la voz de que la hija del hombre más querido del Territorio fue raptada de niña por un malvado extranjero y su desconsolada madre la anda buscando, quienes recuerden algo que pueda sernos de utilidad acudirán de inmediato a contárnoslo.

—Yo no creo que el tal Alejandro fuera un malvado... —intervino *Ave* César con convicción—. Más bien me da la impresión de que estaba convencido de que la golfa de Shereem al Aidieri nunca regresaría y que, aun en caso de que lo hiciera, no se comportaría como una buena madre.

—Se puede ser muy golfa y muy buena madre.

—¡No lo dudo! Pero si además de saberse vilmente engañado por la mujer a la que adoraba y que se había casado con otro, se enfrentaba al dilema de abandonar a una criatura indefensa en medio del caos del Tinduf en tiempos de guerra o llevársela para proporcionarle una vida mejor junto a su familia, considero que actuó correctamente. —El menor de los primos hizo una larga pausa antes de concluir—: Yo hubiera hecho lo mismo.

—Y probablemente yo también —reconoció el tuareg—. Pero eso no nos ayudará a encontrarla, mientras que la historia del enfermero ladrón de niños conmoverá a la gente.

—Supongo que tienes razón.

—La tengo, sobre todo si estamos hablando de la hija de un héroe nacional.

Una semana más tarde, toda la ciudad-campamento de Tinduf comentaba la singular historia de la niña desaparecida treinta años atrás. Aunque fueron muchos los que acudieron de buena fe a contar cosas que poco o nada tenían que ver con el caso, a última hora, y cuando comenzaban a perder ya toda esperanza, se presentó una vieja comadrona que parecía saber de lo que hablaba.

—El enfermero al que se refieren formaba parte de un grupo de voluntarios de una ONG, no recuerdo cuál. Le tuve trabajando conmigo varios meses. Era un buen chico, entusiasta, trabajador y sobre todo muy eficiente, ya que iba para médico. Todo fue bien hasta que un mal día se lió con una fulana a la que habíamos asistido en un parto y que le trastornó por completo.

—¿Qué ocurrió de especial?

—Nada importante, pero al cabo de un tiempo vivía *encoñado*, con lo que comenzó a cometer errores que se volvieron inadmisibles desde el mismo día en que aquella desvergonzada desapareció dejándole al cuidado de su hija. Tuve que despedirle, pero permaneció un tiempo pululando por el campamento, siempre con la niña a cuestas, hasta que se convirtió en un verdadero incordio.

—¿Recuerda su apellido?

—Por desgracia no. Por aquel entonces esto era un caos, lo cual no quiere decir que a mi modo de ver no continúe siéndolo, pero especialmente a mediados de los setenta pasaba tanta gente por aquí que la mayoría de las veces ni siquiera conseguíamos aprendernos su nombre de pila.

—¿Nacionalidad?

—Ni idea. Hablaba ingles y francés y se hacía entender en español, pero aquéllos no eran tiempos para relaciones sociales, sino para intentar salvar vidas durante veinte horas diarias y caer en la cama como un tronco.

—¿Aspecto?

—Agradable. Ni muy alto ni muy bajo, fuerte, ojos claros, pelo castaño. Al principio siempre sonreía; luego se le agrió el carácter, dejó de tocar, empezó a beber y era como un manojo de nervios siempre en movimiento. No dejaba en paz a nadie, por lo que al final le ordenaron que se fuera y no se le echó de menos hasta que la madre de la criatura regresó cuando ya se le había perdido la pista.

—Se ajusta a la información que tenemos, pero lo cierto es que no tenemos mucho más... —reconoció *Ave* César con profundo desaliento—. ¿Cómo nos las vamos a arreglar para encontrar a un enfermero del que ni siquiera sabemos el apellido ni la nacionalidad?

—No busquen a un enfermero... —repuso la anciana—. Busquen a un médico.

—¿Por qué está tan segura de que acabó la carrera?

—Porque he pasado la mayor parte de mi vida en hospitales y me consta que aquel muchacho era un auténtico médico, aunque todavía le faltaran dos años para titularse.

—¿Cree que nos bastará con eso?

—Puede que no, pero estoy convencida de que al cabo de un tiempo, superado el mal trago que le hizo pasar aquella perra en celo, intentaría terminar la carrera. Lo que en verdad deseo es que haya sido feliz sacando adelante a una niña a la que evidentemente adoraba aunque no fuese hija suya.

—¡Médico o enfermero! —intervino *Ave* César—. ¿Qué más da?

—Da y mucho —respondió la comadrona—. Ahora sólo tienen que buscar a un médico de nombre Alejandro que debió de terminar la carrera a finales de los años setenta o principios de los ochenta.

—¿En cuántas universidades de cuántos países?

—¿Y a mí qué me pregunta...? —La buena mujer se puso pesadamente en pie para dirigirse hacia la puerta—. Les he dicho todo lo que sé, y encontrarle o no dependerá del empeño que pongan. ¡Buenas tardes!

A los pocos instantes cruzaba ante la ventana y se disponía a cruzar la amplia explanada de arena que se alzaba ante la casucha, cuando Juvenal Ojeda le gritó:

—¡Perdone, señora! Ha dicho que ese Alejandro dejó de tocar. ¿Qué era lo que tocaba?

Ella se volvió para contestar con una leve sonrisa:

—La guitarra. Y lo hacía muy bien.

—¿Cantaba?

—Tenía poca voz, pero agradable.

—¡Gracias!

—Espero que lo encuentren, siempre que sea para su bien.

Se alejó hasta perderse de vista tras el polvo que se levantaba entre los sucios muros de adobe y las raídas tiendas de campaña. Sólo entonces Caragato se volvió hacia los otros y comentó en un tono que pretendía ser optimista:

—¡La cosa está chupada! No tenemos más que buscar a un médico que toca la guitarra.

—Suponiendo que acabara la carrera... —observó su primo—. Y suponiendo que a su edad continúe tocando la guitarra.

—¿Cuántos años puede tener? ¿Cincuenta y muchos...? A esa edad ya no se juega al baloncesto, pero aún se tienen fuerzas para tocar la guitarra.

—Hace veinte años quizá la tarea habría sido imposible, pero hoy en día el tipo que buscamos está aquí dentro —sentenció con convicción al tiempo que golpeaba suavemente la tapa del ordenador portátil que tenía sobre las rodillas—. A través de Internet, con paciencia y experiencia, un buen informático puede averiguar quién marcó el segundo gol en un partido de fútbol de la liga danesa, o quién diseñó las vidrieras de la iglesia de un perdido pueblecito italiano.

—Palabras dignas de un ejecutivo neoyorquino, e incluso de un *yuppie* madrileño, pero a todas luces impropias de un hombre azul-hijo del viento.

—¡Ya empezamos!

—Perdona —se disculpó *Ave* César—. Pero es que cada vez que te oigo hablar así se me cae el alma a los pies. Desde que todo esto empezó vamos de disparate en disparate, empezando por el hecho de descubrir que nuestro tío era un héroe de las tribus beduinas, y terminando por el hecho de averiguar que su adorada Shereem era un putón desorejado. Sigo pensando que hubiera hecho mejor comprándome aquel Ferrari amarillo.

—Tal como conduces ya no tendrías Ferrari, ni amarillo ni verde... —comentó su primo mayor—. Y es posible que Kaleb tenga razón y nuestro amigo Alejandro esté encerrado en ese ordenador. ¿Tienes idea de cómo obligarle a salir de él? —preguntó al tuareg.

—Ni la más mínima, pero me consta que existen empresas de informática que disponen de todos los medios necesarios para ese tipo de búsquedas. Cuentan con aparatos muy sofisticados y memorias de no sé cuántas gigas capaces de conectarse entre sí, cotejar datos y acabar por darte hasta el número de zapato que calza el interfecto que te interesa.

—¿Y dónde podemos encontrarlas?

—No en Tinduf, naturalmente —dijo Kaleb Kalem—. Me temo que aquí ya no tenéis mucho que hacer.

—¿Vendrás con nosotros?

El hombre azul-hijo del viento se volvió un tanto desconcertado al menor de los primos, que era quien le había hecho la pregunta.

—¿Para qué? —replicó sonriendo de oreja a oreja—. Ya no necesitáis un guía que os enseñe a desenvolveros en el desierto.

—¡Menudo guía estás tú hecho! Pero lo cierto es que empezamos esta historia contigo y nos gustaría terminarla juntos. Y como por lo visto no tenemos que volver al desierto, ya no corremos peligro. ¿Qué decides? ¿Vienes o no vienes?

El tuareg tardó en responder mientras observaba por la ventana la polvorienta llanura que se perdía de vista en la distancia y en la que el viento levantaba de tanto en tanto remolinos de arena. Se despojó del turbante, lo alisó y comenzó a ajustárselo de nuevo con el movimiento casi mecánico que solía hacer cuando se encontraba confuso o pensativo. Por último negó con la cabeza.

—Lo cierto es que me encantaría ver cómo acaba esta locura —dijo—. Pero entiendo que ya no me necesitáis, por lo que tendré que conformarme con leer el libro que escriba Juvenal. Y aquí hago falta porque cada día las cosas van peor. Las Naciones Unidas enviaron tres mil personas, entre militares y paisanos, con el «firme propósito» de pacificar la zona y convocar un referéndum, pero ya sólo quedan doscientas y los marroquíes han conseguido que nada se mueva en quince años.

—Lo sé... —admitió el mayor de los primos—. Por lo visto, su única política es la de ralentizarlo todo hasta que el pueblo saharaui desaparezca tragado por la arena.

—Es la actitud propia de quien está cómodamente sentado en un palacio de Rabat y no tiene más que limitarse a esperar a que hombres, mujeres y niños se vayan extinguiendo en silencio. Se trata de un auténtico genocidio, pero como quien mata a estos desgraciados no son las cámaras de gas de Hitler sino el abandono, la enfermedad y el hambre, nadie alza la voz en su defensa. En el fondo, tan nazis son los unos como los otros.

—Resulta paradójico que los israelíes hayan levantado un muro con el fin de aislar a los palestinos y el mundo musulmán proteste airadamente, mientras que no se inmuta por que los marroquíes hayan levantado un muro idéntico para aislar a unos saharauis que también son musulmanes.

—A la política y los negocios no les interesan las creencias, sino que se puede ganar mucho dinero con el petróleo y los fosfatos. El resultado es que en la actualidad contamos con ciento sesenta mil desplazados en la zona a los que no sabemos cómo alimentar. Y por si fuera poco, las últimas lluvias han destruido los campamentos.

—Ya nos hemos dado cuenta. Casi la mitad de las casas de adobe se ha deshecho por el agua, y de las cientos de tiendas de campaña que antes se veían por todas partes apenas quedan cincuenta.

—Necesitaríamos diecisiete mil, además de mantas, ropa, una escuela nueva y sobre todo agua potable, porque el desastre ha afectado a unos cincuenta mil refugiados. Soy el nuevo encargado de recaudar fondos y os garantizo que no es empresa fácil. El mundo rebosa de gente que pide ayuda para causas tan desesperadas como la nuestra, y quienes suelen colaborar empiezan a cansarse de tanto pedigüeño.

—Es que son una plaga.

—La plaga no somos los que pedimos —repuso el otro muy serio—. La plaga son las miles de desgracias que sufre gran parte de la humanidad, y si no nos dedicáramos a llamar a las puertas intentando despertar conciencias, nunca se aliviarían. Ya lo dice el refrán: «El que no llora, no mama», y Tinduf rebosa de gente que llora no sólo por saberse abandonada, sino porque ahora además la naturaleza les ha castigado con saña. En estos momentos mi obligación es conseguir que mamen aunque sea lo justo para sobrevivir, no andar por el mundo a la búsqueda de un tipo al que deberíais dejar en paz.

—¿Por qué?

—Porque por lo poco que hemos averiguado, el tal Alejandro es un buen hombre cuyo único pecado fue haberse enamorado de una furcia que no se preocupó de su hija hasta que tuvo la vida asegurada. Si él ha cuidado de la niña desde que nació, considero que es suya.

—¿Y qué me dices sobre los derechos de la madre biológica?

—Por lo que me habéis contado ella tiene de todo, mientras que es muy posible que él no tenga nada más que a esa cría.

—La «cría» debe de andar cerca de los treinta años... —le recordó Caragato.

—¡Razón de más! ¿Con qué derecho vais a aparecer ahora con la jodida intención de cambiarle los conceptos que tiene sobre su propia vida?

La pregunta era ciertamente delicada, y así parecieron entenderlo los dos primos.

Aun en el caso poco probable de que la «cría» fuera en efecto hija de su adorado tío Feliciano, debían plantearse qué clase de fuerza legal o ética tenían a la hora de presentarse ante una mujer adulta con el propósito de comunicarle que su progenitora había demostrado poseer menos sentido de la moral que una caja de chinchetas. Evidentemente, a nadie le apetece que vengan a decirle que su madre se ha acostado con medio ejército español, ni que le ha abandonado durante meses para poder cazar a uno de los pocos miembros de ese ejército con el que no se había revolcado en una cama.

—¡Joder! —no pudo por menos que exclamar esa misma noche *Ave* César—. ¡Menuda papeleta!

—¿Y si lo dejáramos?

Se encontraban cada uno en su cama, contemplando el techo, compartiendo como siempre las dudas, los miedos y las esperanzas y se sabían tan unidos tras toda una vida juntos que no necesitaban fingir; se conocían demasiado.

—Sería lo más correcto...

—Pero no te convence.

—¡Claro que no!

—¿Por qué?

—Porque sospecho que me pasaría el resto de la vida preguntándome si en realidad había hecho lo correcto.

—Supongo que todo el mundo tiene que enfrentarse a eso en alguna ocasión. No queda más remedio que elegir, aunque horroriza la idea de tener que arrepentirse de la elección. Pero, tal como solía decir el tío Feliciano, «lo malo es que cuando el camino se divide, tú no puedes dividirte».

—¿Sabes lo que más me preocupa de todo esto? —inquirió al cabo de un rato Juvenal.

—Ni idea.

—Que desde que tengo memoria hemos vivido la vida del tío Feliciano, y aún hoy continuamos viviendo vidas que no son las nuestras.

—Tampoco teníamos unas vidas como para tirar cohetes... —le hizo notar su primo en un arranque de sinceridad—. Somos lo que somos, meros satélites que brillábamos gracias a una luz que no era nuestra sino de un hombre tan extraordinario que ni siquiera se molestó en hacer gala de su esplendor. Llevamos en las venas sangre del gran R'Orab, el Cuervo, e incluso, ¡tal vez!, del mismísimo capitán Alonso de Ojeda, pero que yo sepa esa sangre sólo ha servido de alimento a pulgas, chinches y piojos.

—Te olvidas de las garrapatas, las arañas, los mosquitos y el «arador de la sarna»... —Caragato lanzó un hondo suspiro antes de añadir—: ¡De acuerdo! No somos más que un estúpido par de «sobrinos zangolotinos». ¿Qué coño vamos a hacer ahora?

—De momento, dormir. Mañana Dios dirá.

Al día siguiente tomaron la decisión más lógica, dadas las circunstancias; regresar a Cuenca para enfrentarse, aunque con nuevos ojos, a los mil recuerdos que llenaban el amplio dormitorio del tío Feliciano y en el que habían pasado tantas horas felices.

Pero al contemplar de nuevo sus fotos del desierto no veían ya a un simple militar de La Mía a Camello, sino al mítico R'Orab, el Cuervo, comandante en jefe de los Grupos Nómadas y azote de las tropas invasoras del Sahara Occidental, pese a que en esas fotografías luciera el uniforme y las insignias del ejército español.

—¿Cómo es posible que no conservara ni una sola foto, ni un documento, una nota o cualquier tipo de recuerdo, de unos años que debieron de ser los más intensos de su vida? —no pudo por menos que preguntar con perplejidad el mayor de los primos—. Guardó incluso las órdenes de traslado de cuando era un simple teniente, pero nada, ¡nada en absoluto!, de cuando se convirtió en un héroe. Y ése es el material que necesito para escribir mi novela.

—Tal vez le avergonzaba esa época de su vida.

—Si hubiese sido así, la habría abandonado sin esperar a que fuera el corazón el que le obligara a hacerlo —le contradijo Caragato—. El tío Feliciano era un hombre de creencias muy firmes que nunca hubiera actuado en contra de sus convicciones. Fue el Cuervo hasta sus últimas consecuencias, por lo que me cuesta admitir que rompiera con su pasado más interesante sin conservar algo que se lo recordara.

—Pues aparte de aquella nota tan extraña en la que se refería a los muertos que nunca regresarían, no he visto nada que lo relacione, ni siquiera remotamente, con el Cuervo.

—Creo que no hemos buscado en el lugar apropiado.

—¿Qué quieres decir?

—Que como no sabíamos que ocultaba un secreto, ni siquiera nos pasó por la cabeza que lo guardara en alguna parte.

—¿Te estás refiriendo a un escondite?

—¿Por qué no? ¿Qué habrías hecho tú para que no se supiera que durante años habías sido una especie de mercenario al servicio del ejército irregular de un país no reconocido?

—Ocultar las pruebas.

—¿Dónde?

—Donde únicamente yo pudiera verlas cada vez que me apeteciera.

—¿Y qué lugar sería ése para alguien que apenas salía de su casa?

—Su casa.

—Que ahora es nuestra. Y por lo tanto tenemos perfecto derecho a desmontarla piedra por piedra.

—¿Y qué ganaríamos con ello? —respondió su primo con lógica aplastante—. ¿Saber lo que ya sabemos? Si quieres que te sea sincero, me interesa mucho más saber lo que no sabemos: qué demonios ha sido de esa dichosa niña, y si se trata o no de su hija.

—A veces creo que Kaleb tenía razón cuando dijo que no deberíamos inmiscuirnos en su vida.

—Intentar averiguar no significa necesariamente inmiscuirse.

La provocativa y sofisticada mujer que vestía un severo traje chaqueta negro muy de alta ejecutiva, pero que lucía un escote suficientemente amplio para atraer todas las miradas hacia el nacimiento de sus rotundos pechos, colocó la mano sobre el dossier de tapas rojas que descansaba sobre su bien ordenada mesa de despacho.

—Aquí podrán encontrar los datos de todos los médicos de nombre Alejandro que acabaron la carrera en alguna universidad europea entre los años setenta y ocho y ochenta y cinco —dijo en un tono seco de lo más profesional—. No ha resultado difícil, pero sí muy, pero que muy laborioso.

—¿Cuántos son?

—Cuatrocientos treinta y dos.

—¡Santo cielo!

—Si lo desean, mi empresa está en condiciones de localizar a la mayoría de ellos, pero les advierto que llevará algún tiempo y que resultará ciertamente oneroso. Las universidades suelen mostrarse reacias a dar información sobre sus graduados, o sea que nos veríamos obligados a cotejar datos con los colegios médicos, archivos policiales y listines telefónicos de docenas o tal vez cientos de ciudades.

—¿Pueden conseguir todo eso a través de Internet? —se asombró *Ave* César Rodríguez.

La mujer, joven, esbelta y en verdad atractiva pese a su aire de altivez o distanciamiento, aventuró lo que pretendía ser una amable sonrisa pero que más bien fue una mueca de superioridad.

—Lo que no esté en Internet, es que no existe —pontificó con convicción—. Y si la persona a la que buscan ha hecho algo tan sólo ligeramente importante, dispondrá de un apartado especial que a menudo incluye una fotografía. ¿No tendrán por casualidad una fotografía, aunque sea antigua, de la persona que buscan? —Ante la muda negativa, añadió—: ¡Lástima! Una fotografía nos facilitaría mucho las cosas.

—Lo único que sabemos es que se llama Alejandro y tocaba la guitarra.

—Lo de la guitarra no ayuda, salvo que se haya convertido en una especie de Andrés Segovia o Manitas de Plata.

—No creo que sea el caso.

—Tampoco yo, o sea que ustedes deciden. Si quieren seguir adelante, haré que redacten un nuevo contrato y nos pondremos a trabajar de inmediato.

—¿De qué cifra estaríamos hablando? —quiso saber Juvenal Ojeda—. Aproximadamente...

—De una suma en torno a los cien mil euros.

—¿Podríamos pensarlo?

—Faltaría más. El tiempo que quieran. —Empujó el dossier de tapas rojas para entregárselo al Caragato al tiempo que se esforzaba por conseguir una vez más que a sus finos labios asomara aquella especie de remedo de sonrisa—. Ya saben dónde estamos —añadió.

En cuanto abandonaron el sofisticado despacho y se encontraron a solas en el ascensor, *Ave* César comentó con acritud:

—Ésa debe de ser de las que echan un polvo mientras estudian las cotizaciones de la bolsa.

—¡No te fíes, enano, no te fíes! —le advirtió su primo—. Algunas mujeres son como los cangrejos: cuanto más duro y cortante aparenta ser su caparazón, más blanda y jugosa suele ser su carne.

—Esa frase la has sacado del calendario de la cocina, lo que me obliga a pensar una vez más que continuamos siendo aventureros de calendario, de la misma forma que el jodido Kaleb no es más que un tuareg de pacotilla. ¿Crees que vale la pena gastarse ese dinero?

—Te recuerdo que no es nuestro dinero, sino de la bruja coruja —argumentó Caragato—. Renunció a su parte de la herencia a cambio de que dedicáramos al menos seis meses a buscar a la niña, y el tío Feliciano nos enseñó que siempre hay que hacer honor a la palabra empeñada.

—Conozco la frase: «Al Paraíso se puede entrar pobre, viejo, enfermo y bla, bla, bla, pero no sin honor...» —repuso su primo—. Pero lo que no acabo de entender es por qué le has pedido a esa cursi un tiempo para pensarlo si sabías que no nos quedaba más remedio que hacerlo.

—Fue por joder un poco y poner nerviosa a una «pija» que se cree la novia de Bill Gates. Estaba convencida de que aceptaríamos de inmediato y además le besaríamos el culo por lo buena que está y lo lista que es.

—¡Pues que está buena, está muy buena, y te garantizo que a mí no me importaría en absoluto besarle el culo...!

—Cada cosa a su tiempo, que aún no ha llegado tu hora.

—¿Cómo que aún no ha llegado mi hora? —protestó el menor de los Ojeda Rodríguez—. ¿O sea que soy suficientemente mayor para jugarme la vida en el desierto, pero no para besarle el culo a esa tía?

—Los beduinos se juegan la vida en el desierto desde los cinco años y la mayor parte de las veces ni siquiera consiguen verle el culo a una mujer aunque se mueran de viejos. Y ahora dejémonos de fantasías. La señorita Villegas se encuentra fuera de nuestro alcance, pero dentro de un par de días la llamaremos para pedirle que siga buscando al tal Alejandro. ¿Qué hacemos mientras lo localiza?

—Lo que estás deseando: desmontar la casa piedra por piedra y encontrar los documentos que te ayuden a escribir esa novela.

—¡Exacto!

Pero la casa del tío Feliciano no era una casa, sino más bien un antiguo caserón cuyas gruesas piedras no parecían dispuestas a dejarse desmontar sin peligro de que la estructura se viniera abajo. Así pues, tras toda una semana de golpear inútilmente muros, suelos y techos, optaron por dejarse caer sobre la vieja cama, vencidos y agotados.

—¡Aquí no hay nada!

—¡Lo hay!

—¡Ya me explicarás dónde!

—Donde menos lo esperes, enano. El tío Feliciano era muy listo y por lo que hemos averiguado totalmente imprevisible, pero si se enclaustró a pasar el resto de sus días en compañía de sus recuerdos, me niego a aceptar que no se trajera los que sin duda tenían para él mayor importancia. —Olfateó el aire como un perro perdiguero y añadió—: ¡Lo huelo!

—Se me ha escapado sin querer.

—¡Tú siempre tan guarro! Pero no me refiero a eso; me refiero a que presiento que esos documentos están muy cerca, tanto que podía verlos cada día.

—Tal vez le bastaba con conservarlos en la memoria.

—Lo dudo.

Al poco de despegar de Nairobi dejaron atrás, a la derecha, los cinco mil metros del nevado monte Kenia, o Kirinyaga, como prefieren llamarle los nativos, espesas selvas y verdes praderas sobre las que correteaban cientos de animales salvajes.

Le deslumbró poco más tarde el fulgor de Marala («la Ciudad Brillante» en dialecto samburu), que recibía su nombre de los cientos de chozas con techo de latón que reflejaban el sol como si se tratara de un gigantesco espejo, y tras cuatrocientos kilómetros de vuelo en línea recta hizo su aparición ante la hélice una extensa llanura de vegetación cada vez más rala, sucia y grisácea que se alternaba con amarillas extensiones desérticas y rojizas formaciones rocosas de aspecto amenazador.

No se advertía ya rastro alguno de ciudades, poblados o tan siquiera grupos de cabañas; tan sólo una serpenteante pista de tierra que se perdía entre trochas y barrancos —y que al fin desapareció por completo bajo la arena— pretendía demostrar que en alguna ocasión alguien había atravesado aquellos desolados parajes.

Al cabo de un rato, el piloto señaló una gran mancha verde que comenzaba a vislumbrarse en la distancia.

—¡Ahí lo tienen! —gritó para que pudieran oírle incluso sobre el rugido del motor—. ¡El Mar de Jade!

—¿El qué...?

—¡El Mar de Jade! —Hizo una pausa y luego aclaró—: El lago Turkana... ¡Su destino!

Juvenal Ojeda no pudo por menos que abrir la boca mostrando apenas la lengua en lo que constituía una clara muestra de incredulidad o casi estupidez.

—¿Está seguro de que es ahí adonde vamos? —gritó a su vez al cabo de un rato, y como quien se sentaba a su lado asentía con decidido ademán de la cabeza, añadió—: ¡Pero ahí no hay nada!

—¡Sí que lo hay! —sonrió el piloto—. ¡Cocodrilos! La mayor concentración de cocodrilos del mundo; tan sólo en esa isla que se alza en el centro del lago, vivían hasta hace poco unos catorce mil. ¡Vayan con ojo porque les encanta hacerse un bolso de piel de antropólogo!

—No somos antropólogos —señaló *Ave* César, que se sentaba a sus espaldas.

—¿Cazadores?

—Tampoco.

—¿Vienen por lo de la sequía?

—No sabemos nada sobre sequías.

—¿Ah, no? —pareció asombrarse el otro—. ¿Entonces a qué diablos vienen al Turkana? Jamás había traído a nadie que no fuera cazador o antropólogo.

—¿Y eso por qué?

—Porque aquí los leones tienen fama de ser los mayores y más sanguinarios del continente, y porque ésta es la cuna de la especie humana... —Les observó un tanto confundido y preguntó—: ¿Acaso no lo sabían?

—¡Ni la menor idea!

—¡Vaya por Dios!

Durante un rato no dijo nada, concentrado en la tarea de dirigir su aparato hacia una diminuta isla coronada por el cráter de un volcán en cuyas orillas se agolpaban docenas de cocodrilos de más de cinco metros de longitud. Luego comenzó a descender hacia una diminuta pista de tierra que se alzaba a menos de un kilómetro del borde del agua, en la orilla derecha de un lago que en verdad semejaba un mar de color jade.

Dieron incontables saltos sobre piedras y baches hasta ir

a detenerse justo frente a un letrero de madera en el que se leía: AEROPUERTO DE LOYANGALANI. A su lado se alzaba un cobertizo capaz de dar sombra a cuatro personas, a condición de que no fueran ni muy altas ni muy gordas. En esos momentos no había nadie en la pomposamente denominada «Terminal del Aeropuerto», ni parecía que la hubiera por los alrededores.

—No se preocupen... —les tranquilizó el piloto tras apagar el motor—. Nos han visto aterrizar y muy pronto vendrán a buscarnos.

En el momento de saltar a tierra les sorprendió un golpe de calor tan sólo comparable al sufrido en el interior de la salina sahariana en que se hundiera el autobús, por lo que Caragato no pudo por menos que lamentarse:

—¡Santo Cielo! ¿Siempre es así?

—E incluso peor. En la década de los ochenta, el termómetro marcaba con frecuencia los sesenta y cinco grados. Fue una época tan calurosa que el nivel del lago descendió casi diez metros a causa de la evaporación. Había días en que ni siquiera me atrevía a volar hasta aquí.

Descargaron el equipaje y buscaron refugio a la sombra del mísero cobertizo. Los dos primos se sintieron impresionados al contemplar la inmensidad de aquel inmenso espejo verde que parecía devolver los rayos del sol con mayor intensidad que al recibirlos. Todo a su alrededor era desierto, y las orillas del lago aparecían blancas, como si acabara de caer una gran nevada.

—Es sal... —les aclaró el piloto—. El Turkana es el mayor lago alcalino del planeta, y cuanto más se evapora, más se concentra la sal en sus márgenes. Algún día será tan denso como el Mar Muerto... —Observó a los impresionados jóvenes de medio lado y preguntó—: ¿De verdad no sabían que aquí se ha encontrado el cráneo del antepasado más remoto del hombre? Tiene la friolera de tres millones de años.

—Si quiere que le diga la verdad, hasta hace una semana ni siquiera sabía que existía este lago —respondió Caragato con franqueza—. Cuando yo estudiaba se llamaba «lago

Rodolfo», y no sé por qué siempre imaginé que se parecería al famoso lago Victoria, rodeado de selva, con enormes cataratas y todo eso.

—¡Ésa es la gracia de África! —señaló el otro, sonriente—. Está llena de contrastes y a cada paso te ofrece una sorpresa... ¡Ahí vienen!

Una camioneta roja había hecho su aparición por una hondonada y se aproximaba dando tantos tumbos sobre las piedras y los matojos, que por un instante temieron que no llegara hasta ellos sin haberse desintegrado.

La conducía un espigado nativo, semidesnudo y cubierto de cicatrices que formaban extraños dibujos. Se limitó a lanzar al interior del vehículo los equipajes, hacerles un mudo gesto para que treparan a la parte trasera y reemprender la marcha.

Tras dejar a un lado los edificios de una antigua misión alcanzaron un remedo de «hotel» de desconchadas paredes, pero tras el corto viaje bajo el inclemente sol del desierto se agradecía en el alma la sombra de los altos techos de su salón comedor, en los que a ratos, sólo a ratos, giraba perezosamente un enorme ventilador que parecía cortar, más que agitar, el denso aire.

Y se agradecía, muy especialmente, el prodigioso milagro dadas las latitudes, de una cerveza fría.

Sus propietarios, un desconcertante matrimonio de mediana edad que constituía al mismo tiempo casi todo el personal de servicio, aseguraba sentirse de lo más feliz por el hecho de vivir en mitad de la nada, sin más vecindad que miles de cocodrilos y algunas familias de leones.

—Lo bueno que tienen los leones... —aseguraron muy seriamente— es que nos ayudan a ahuyentar a los guerrilleros y a los *shiftas*, los bandidos que suelen cruzar la frontera llegando desde Etiopía o Sudán. Hace unos años atacaron la misión y causaron varias muertes, pero ahora si se aproximan de día, nuestros perros los delatan y podemos recibirles a tiros. Y si se aproximan de noche, los leones se los comen.

—¿Y esos leones no llegan hasta aquí?

—A veces, pero sólo hasta la valla exterior; los leopardos son más peligrosos, porque los grandes machos son capaces de salvarlas de un salto, aunque sólo lo han hecho en un par de ocasiones. Y los perros los delatan enseguida.

—Consuela saberlo.

—No se preocupen —les tranquilizó el marido a la hora del almuerzo; en el que el plato principal eran unos sabrosos filetes de perca «pescada esta misma mañana» y que, «sin ser de las mayores», pesaba ciento cincuenta kilos—. Desde el desgraciado accidente del cocodrilo manco no hemos vuelto a perder ningún cliente.

—¿Qué ocurrió con ese cocodrilo manco?

—Que el famoso científico sir Alistair Grahan, que antaño solía pasar largas temporadas entre nosotros, estaba empeñado en demostrar que los cocodrilos del lago Turkana no atacaban a los seres humanos, y uno de sus ayudantes se ofreció a participar en el experimento. —El buen hombre se encogió de hombros con gesto fatalista—. Al parecer, *el Manco* no estaba de acuerdo con las teorías de míster Grahan.

—¿Le atacó?

—A sir Alistair, no; a su ayudante. Se lo merendó de un único bocado.

—¿Tan grande era ese cocodrilo?

—Y sigue siéndolo; mide más de seis metros. Si quieren verlo, siempre toma el sol en aquella ensenada de allí enfrente. Lo reconocerán porque le falta la mano derecha.

—¡Pues va a ser que no! —replicó Juvenal Ojeda, que ni por todo el oro del mundo se aproximaría a un bicho capaz de merendarse a un hombre de una sentada—. La razón por la que estamos aquí no son los cocodrilos, ni pescar en el lago, ni cazar leones, ni la sequía, ni mucho menos los yacimientos arqueológicos.

—Pues en ese caso, ¿para qué demonios han venido? —se sorprendió la dueña del local—. En el Turkana no hay nada más.

—Estamos buscando a una persona: el doctor Alejandro Alexander. ¿Le conocen?

—¡Naturalmente! Todo el mundo conoce al *daktari* Alexander en este rincón del mundo.

—¿Sabe dónde podríamos encontrarle?

—En cualquier punto de los novecientos kilómetros de la frontera norte, lindando con Sudán y Etiopía, o en cualquier punto de los quinientos kilómetros de la frontera este, lindando con Somalia. Aunque supongo, pero no me haga mucho caso, que a causa de la brutal sequía que nos está afectando, se encontrará por el norte, que es donde la están padeciendo con mayor rigor.

—¿Existe algún modo de ponerse en contacto con él?

—Tiene una radio, pero muy pronto se le agotan las baterías, por lo que suele quedarse completamente aislado. Sin embargo, podemos ponernos al habla con campamentos, hospitales o puestos fronterizos que tal vez tengan noticias de él, si es que se encuentra en la zona... —Le observó con una mezcla de curiosidad y recelo al inquirir: ¿Por qué tienen tanto interés en verle?

—Nuestro tío, que murió hace unos meses, dejó estipulado en su testamento que teníamos que hacerle entrega de cierta suma de dinero —mintió descaradamente *Ave* César sin pestañear siquiera.

—¿Acaso eran parientes?

—En absoluto.

—¿Amigos?

—No, que sepamos.

—Y si no eran parientes ni amigos, ¿por que le ha dejado ese dinero? —quiso saber el piloto, que había asistido en silencio a la conversación.

—Por lo visto le debía un gran favor, aunque por lo poco que sabemos sobre el tema, el doctor ni siquiera es consciente de que se lo había hecho... —puntualizó Caragato, en ayuda de su primo—. Tal vez salvó a alguien que nuestro tío apreciaba mucho.

—Muy raro todo, ¿no les parece?

—Puede que sea raro, en efecto... —repuso el otro—. Pero hasta que no le hagamos entrega al doctor Alejandro

Alexander de su parte, el notario no nos hará entrega del resto de la herencia. ¿Entiende ahora por qué hemos venido a un lugar tan remoto?

—¡Claro como el agua! Aunque confío en que no lleven dinero encima; éste es un país de salteadores que por mil euros despellejarían viva a su hermana pequeña.

—No se preocupe; lo único que llevamos es un cheque bancario que solamente el doctor puede cobrar.

—¡Bendito sea Dios! —no pudo por menos que exclamar la buena mujer—. No quiero ni imaginarme la cara que pondrá Alejandro. La mayoría de las veces no tiene ni para comprar vendas o aspirinas para sus enfermos... —Dio un codazo a su marido al tiempo que le espetaba en tono perentorio—: ¡Mueve el culo y empieza a llamar a todo el mundo con el fin de que le localicen cuanto antes!

—¡Ten paciencia, mujer! —fue la agria respuesta—. Sabes mejor que nadie, porque te pasas la vida pegada a la radio, que con el exceso de trabajo que tienen por culpa de la sequía nunca conseguimos conectar antes de la puesta de sol... —Se volvió hacia Juvenal y le pidió—: Cuénteme algo más sobre su tío.

—¿Qué quiere que le cuente?

—¡Lo que sea! Vivimos aislados y la prensa suele llegar con semanas de retraso. La historia de alguien que le deja parte de su herencia a una persona a quien no conoce por el simple hecho de que una vez le hizo un favor sin saberlo, se me antoja apasionante. ¿A usted no?

—Sí, claro, pero la cosa cambia mucho cuando eres tú quien se ve obligado a volar miles de kilómetros y llegar hasta el último rincón del mundo civilizado con el propósito de hacer entrega de esa herencia. Porque, o mucho me equivoco, éste debe de ser uno de esos últimos rincones del mundo.

—Más al norte es peor.

—¿Peor aún?

—¡Mucho peor! Sobre todo cuando, como ahora, lleva tres años sin llover. Ni una gota de agua y peores caminos, más calor, más salteadores y más leones. La experiencia nos enseña que la mitad de los viajeros que se han dirigido al norte en estos últimos años nunca regresaron.

Caragato se volvió a *Ave* César y comentó en tono jocoso:

—Lo siento, primo, lo tienes crudo... —A continuación se dirigió al dueño del «hotel» para puntualizar—: Lo cierto es que tampoco estamos absolutamente seguros de que el doctor Alexander sea el hombre que buscamos.

—¿Y eso?

—Tan sólo sabíamos su nombre de pila, por lo que contratamos a una empresa de informática con el fin de que localizara a todos los Alejandros posibles, y tras ir eliminando uno tras otro ha quedado éste, que desde luego se ajusta mucho al perfil exigido. No obstante, cabe que nos llevemos una sorpresa.

—La verdad, últimamente vamos de sorpresa en sorpresa... —masculló su primo corroborando sus palabras—. Nada ha salido como esperábamos ni nadie ha sido lo que creíamos que iba a ser. Incluso esto, ¡Kenia!, el país de las verdes praderas y los caudalosos ríos de las novelas de Hemingway y tantas fabulosas películas, ha resultado ser un erial casi tan desolado como el mismísimo desierto.

—Es que aquí nos encontramos a las puertas del desierto... —le hizo notar el piloto—. Y un desierto que cada día gana más terreno ya que en el transcurso de mi vida lo he visto avanzar más de cincuenta kilómetros.

—Lo mismo está ocurriendo en nuestro país. Y en otros muchos de la cuenca mediterránea.

—Con la diferencia de que aquí está alcanzando proporciones catastróficas. De los últimos siete años sólo ha llovido uno, por lo que los pastos se han agotado y casi el setenta por ciento del ganado, que es el único medio de vida que tienen los nativos, ha muerto.

—Como ha dicho mi primo, no era ésa la idea que teníamos de Kenia —admitió Juvenal Ojeda—. Y la primera impresión que nos llevamos en Nairobi y sus alrededores fue muy diferente.

—Es que éste es un país partido por la mitad —fue la curiosa explicación—. La parte sur es la zona turística y romántica cuyas fotografías se exponen en todas las agencias de viajes, mientras que la hambruna que tradicionalmente azota a nuestros vecinos, Somalia, Sudán y Etiopía, nos afecta aquí, en el norte. Casi la mitad de los niños de la región se encuentran desnutridos y uno de cada cuatro morirá antes de cumplir cinco años, pero lógicamente eso no atrae a los turistas; más bien los espanta.

—Pues le aseguro que no teníamos ni idea y nos imaginábamos al doctor Alexander a las puertas de un bucólico hospital cubierto de buganvillas, a orillas de un río, rodeado de elefantes, impalas, jirafas y hasta la mona *Chita*.

—Pues aquí el único «río» que existe no corre hace años, y como las cosas sigan así nos quedaremos hasta sin lago —sentenció muy seria la mujer, y añadió—: ¿Qué harán si Alejandro no es el hombre que buscan?

Juvenal Ojeda Rodríguez golpeó la mesa repetidas veces con los dedos cruzados.

—¡Ni lo mencione, señora! —suplicó—. ¡Ni lo mencione! No tiene idea de la cantidad de llamadas que hemos tenido que hacer y la cantidad de gente que hemos tenido que entrevistar antes de decidirnos a viajar hasta aquí.

—¿Y eso por qué?

—Porque en principio había más de cuatrocientos candidatos, pero a unos no conseguíamos localizarlos, otros se negaban a contestar a nuestras preguntas, y los más espabilados pretendían que les entregáramos el dinero intentando convencernos de que, por el simple hecho de que nos firmaran un documento, ya podríamos reclamarle al notario nuestra parte.

—Y no les faltaba razón —observó la mujer—. ¿Cómo puede saber un notario si el Alejandro que ha firmado es o no el auténtico, si ustedes mismos admiten que nadie le conoce?

—Aunque no lo supiera el notario, lo sabríamos nosotros.

—¿Qué quiere decir?

—Que no podemos actuar de una forma abiertamente ilegal.

—¿O sea que se consideran tan honrados como para renunciar a su dinero por un simple formulismo?

—No se trata de un simple formulismo, señora —repuso visiblemente molesto y en cierto modo ofendido su interlocutor—. Se trata de la voluntad de un difunto.

—Escuche, muchacho —intervino de nuevo el piloto—, los difuntos, la misma palabra lo dice, están «difuntos»; es decir, que ya no opinan. Y ustedes no tienen aspecto de ser de los que creen en el más allá y todas esas zarandajas... ¿O sí?

—Más bien no.

—En ese caso, si han llegado hasta el mismísimo culo del mundo por cumplir la voluntad de su tío, han hecho más de lo que habría hecho el más honrado, por lo que mi consejo es que regresen a Nairobi. Tal como les ha advertido Bob, la situación de la región es la peor que hemos vivido nunca y es cierto eso de que la mitad de los que pasan de aquí nunca regresan. Y lo dice alguien que lleva veintiséis años volando por esta zona.

Caragato observó largamente a su interlocutor, como si sopesara sus palabras. Se sirvió una nueva jarra de cerveza y por último inquirió:

—¿Saquearía usted una tumba?

—Depende de la tumba, muchacho; si se tratara de la de un faraón, por supuesto que sí.

—¿Saquearía la tumba de su padre, su madre, su esposa, o la persona que más ha querido en este mundo?

—Por supuesto que no.

—Pues en el fondo es lo mismo.

—¿Qué tiene que ver una cosa con la otra?

—Que si yo le arrebatara a mi tío lo que le pertenecía sin cumplir su voluntad, es como si estuviera saqueando su tumba.

—¡Amigo mío! —se limitó a replicar el otro al tiempo que se ponía en pie dando por concluida la discusión—. Se trata de su pellejo, no del mío. Y ahora tengo que largarme porque me quedan cuatro horas de vuelo hasta Nairobi y no me gusta aterrizar allí de noche. Regresaré dentro de dos semanas y me encantaría encontrarles con vida, aunque no confío en ello... ¡Suerte!

Quince minutos después, su pequeña avioneta sobrevoló por dos veces sobre sus cabezas para alejarse en dirección a la isla y tomar desde allí rumbo al sureste.

A la caída de la tarde, hora en que el calor resultaba hasta cierto punto soportable, descendieron hasta la orilla del lago, dejaron al alcance de la mano el pesado fusil que los dueños del «hotel» les habían prestado «por si las moscas», y decidieron bañarse en una especie de piscina natural en la que el agua apenas les llegaba a la cintura. Dos docenas de enormes cocodrilos dormitaban al sol a menos de cincuenta metros, pero no les dedicaron ni siquiera una despectiva mirada.

Tomaron asiento sobre el fondo de arena, inmersos en un agua que más bien parecía caldo demasiado salado, pero al cabo de unos minutos se sintieron a gusto puesto que, a medida que el sol comenzaba a declinar en el horizonte, el cielo fue adquiriendo una tonalidad rojiza y aparecía surcado por millares de aves de todos los tamaños y colores.

El Mar de Jade, de doscientos cincuenta kilómetros de largo por treinta de ancho, aplastado por un sol inclemente durante las más calientes horas del día hasta parecer muerto, estallaba cada atardecer en un derroche de vida, belleza y movimiento.

Una estilizada piragua en la que los tres negros más negros que los primos hubieran visto nunca remaban acompasadamente al tiempo que entonaban una monótona canción, surgió de la llamada «bahía del Molo», ancló a corta distancia de la orilla, y sus ocupantes se afanaron en lanzar redes circulares, ofreciendo un fascinante espectáculo.

—No me extraña que esa curiosa pareja se sienta a gusto aquí... —comentó Juvenal Ojeda al cabo de un rato—. Si no fuera por el calor, este lugar sería el paraíso.

—Un paraíso que tan sólo dura una hora al día... —le hizo notar su primo—. Las restantes no hay quien las aguante.

—Por lo visto, los amaneceres son igualmente magníficos.

—De acuerdo: dos horas al día. ¿Y el resto?

—En la mayoría de las ciudades no se consigue ni una hora maravillosa en todo un año.

—Si tanto te gusta, puedes quedarte aquí a escribir tu novela, pero no cuentes conmigo.

—Tampoco es eso, pero se diría que así debió de ser el mundo cuando los primeros seres humanos vivían de cazar y pescar tal como hacen esos de ahí enfrente.

—¿De verdad crees que esos infelices apenas han evolucionado en tres millones de años? El paisaje tiene que haber cambiado y tal vez en aquella época toda esta región era una espesa selva.

—¡Es posible! Pero prefiero imaginar que todo sigue igual y que hemos retrocedido a los tiempos en que unos homínidos que ni siquiera sabían hablar convivían con leones, cocodrilos e incluso dinosaurios.

—A mí lo que me gustaría es ver a Raquel Welch saliendo del lago cubierta con una piel y con una lanza en la mano, como en aquella película, *Hace un millón de años*.

—Tú siempre pensando en lo mismo... —Caragato le lanzó un chorro de agua a la cara y comentó—: Por cierto, te quedó muy bien eso de que buscábamos al doctor Alexander para entregarle un dinero que le había dejado el tío Feliciano.

—Me dio la impresión de que si le contábamos la verdad sobre la niña, no se hubieran ofrecido a ayudarnos a encontrar a ese tipo. Al parecer lo aprecian mucho. ¿Crees que se tragaron la historia?

—Yo diría que sí. No tenemos pinta de policías ni de asesinos, ni de alguien que pretenda hacer daño a nadie, y ni al más fantasioso le pasaría por la cabeza que buscamos a alguien que robó una niña antes de que naciéramos.

—No la robó —protestó *Ave* César—. Creía que estábamos de acuerdo en eso; se limitó a hacer lo que en aquellos momentos debió de considerar más oportuno.

—Si te llevas a una criatura que su madre te ha confiado, lo menos que debes hacer es dejar una dirección para que pueda recuperarla. No nos engañemos; si no dejó ni nombre ni proporcionó una dirección, fue porque realmente pretendía quedarse con la niña.

—También yo lo he pensado, pero hay que tener en cuenta las circunstancias.

—La verdadera «circunstancia» es que nuestro amigo Alejandro, sea éste o no, debía de estar muy cabreado con una mujer que le endilgó una difícil papeleta mientras se largaba a ponerle los cuernos casándose con otro. A mi modo de ver decidió vengarse —sentenció Caragato—. Y si quieres que te sea sincero, todavía no tengo muy claro si se trata de un tipo cojonudo o un cabrón rencoroso.

—¿Por qué coño siempre tienes la jodida costumbre de enredarlo todo? —protestó una vez más su primo—. ¿Acaso hace falta comportarse de ese modo para ser escritor? Yo prefiero pensar que andamos buscando a un buen hombre que salvó a una niña en peligro, no a un cornudo vengativo.

—También yo, pero por desgracia llevamos meses con todo esto y no he podido evitar hacerme ese tipo de preguntas... —Se puso en pie para encaminarse a la orilla y añadió—: Y más vale que nos larguemos. Por lo visto, aquí oscurece en un plisplás y no me apetece regresar de noche temiendo que detrás de cualquier matojo pueda esconderse uno de esos leones de los que tanto hablan.

—Para mí que ese tal Bob exagera y lo que pretende es impresionarnos con sus historias de cocodrilos, bandidos y leones.

Pero «ese tal Bob» no exageraba en absoluto, pues a partir de la medianoche comenzaron a rugir los leones.

Lejos, pero rugían.

Ave César despertó a su primo para susurrarle:

—¡Escucha!

—¡La madre que los parió! ¿Seguro que son leones?

—Tarzán no es.

Salieron a la terraza a observar cómo una redonda luna, que parecía estar más cerca allí que en ningún otro lugar del mundo, se reflejaba en el inmenso espejo del lago, y les impresionó el doloroso silencio roto sólo por las intermitentes llamadas de las fieras.

La temperatura había descendido de forma sorprendente, y más allá de la alta valla cruzó lo que podía ser un perro, una hiena o un chacal. Un búho inmenso les observaba posado en lo alto de uno de los pilotes que soportaban la alambrada, y al cabo de un rato Caragato no pudo por menos que inquirir:

—¿A que acojona?

—¡Ya lo creo!

—¿Y qué vamos a hacer si tenemos que salir a campo abierto, a buscar a ese tipo?

—Llevarnos una buena provisión de papel higiénico.

—¿Tienes miedo?

—Aún no lo sé —admitió con toda honradez *Ave* César—. Probablemente lo tendré cuando estemos ahí fuera, pero en estos momentos no me arrepiento de haber venido.

—¿Seguro que no? ¡Anda ya!

—¡Seguro! Como tú mismo has dicho, no creo que mucha gente haya tenido la oportunidad de ver cómo era el mundo cuando el primer mono se puso en pie y comenzó a caminar sobre dos patas justo ahí, a orillas del Mar de Jade.

—¡El Mar de Jade! —repitió Juvenal Ojeda, llenándose la boca con las sonoras palabras—. ¡Hasta el nombre es precioso!

—Si algún día tengo una hija la llamaré Jade.

—¿Sabes una cosa, enano? —musitó Caragato—. Me encanta que seas mi primo, me encanta que el tío Feliciano nos preparara para saber apreciar estas cosas, y me encanta estar aquí contigo...

—Y a mí. Pero tampoco me importaría que quien estuviera aquí fuera la remilgada señorita Villegas. ¿Te imaginas lo que debe de ser hacer el amor en esta terraza, frente a la luna y el lago?

—Esa cretina lo echaría a perder y armaría un escándalo por no poder conectarse a Internet.

—¿Preferirías que fuera Marina?

—¡Ni loco!

—Ya... En realidad sé muy bien quién te gustaría que estuviera aquí en estos momentos...

Su primo, que se encontraba apoyado en la baranda, se volvió para dirigirle una corta mirada de soslayo.

—¿Ah sí...? ¿Quién? —preguntó.

—Shereem al Aidieri.

—¡Pero qué gilipolleces dices, cabeza huevo! —le espetó al tiempo que le golpeaba con el codo—. ¡Si es mayor que mi madre...!

—¡Y que la mía, no te jode! —fue la socarrona respuesta, seguida de otro cariñoso codazo—. ¡Pero te conozco, primo...! A ti esa «bruja coruja» te mola cantidad.

Juvenal Ojeda Rodríguez contempló largamente el paisaje, oyó un nuevo rugido de león perderse en la distancia, meditó como si estuviera buscando algo en lo más profundo de sí mismo, y al fin acabó por encogerse de hombros.

—¿Para qué vamos a engañarnos? Pese a su edad me gusta, pero tengo muy claro que es como ese lago: fascina y atrae, pero al que se acerque demasiado se lo comerán los cocodrilos. —Sonrió socarronamente al concluir—: ¡Lástima que a ti tengan que comerte los leones!

—Te recuerdo que me ganas nadando, pero siempre te he ganado corriendo.

—¿Qué preferirías: correr delante de un león, o nadar delante de un cocodrilo?

—¡Qué pregunta tan estúpida! Preferiría nadar delante de un león y correr delante de un cocodrilo.

La luna se ocultaba a espaldas de South Island y el frío se les iba metiendo en los huesos, por lo que decidieron volver a la cama, a soñar el resto de la noche con búhos, leones y cocodrilos.

Y tal vez con Shereem al Aidieri.

«El tal Bob» se llamaba en realidad Roberto Ausnitz y había nacido en Rumanía, hijo de una poderosa familia a la que la llegada del comunismo tras la Segunda Guerra Mundial había obligado a exiliarse. Había rodado de un país a otro, aprendiendo idiomas y culturizándose hasta que, animado por su esposa Nuria, había decidido que les bastaba con muchos libros, muchos discos y un lugar tranquilo donde vivir de los intereses que le proporcionaban sus ahorros y de los escasos huéspedes que, de tanto en tanto, acudían al lago Turkana en busca de jóvenes leones, viejos huesos de homínidos, o simplemente la inquietante y casi hipnotizadora belleza del Mar de Jade.

A los primos Ojeda Rodríguez les maravillaba que fuera capaz de hablar, leer y escribir con absoluta naturalidad en siete idiomas, incluido el castellano, y que no hubiera una sola canción, ópera o melodía que no alcanzara a tararear. Y como asimismo sabía todo lo que se puede saber sobre pintura, se sentían apabullados por la magnitud de los conocimientos de aquel hombre calvo, de aspecto rudo y renegrido por el sol del trópico, cuyas callosas manos más parecían de picapedrero que de intelectual.

Resultaba en verdad desconcertante observarle alzar un muro con la habilidad del más experimentado albañil mientras cantaba *La Traviata* o recitaba a García Lorca, y de pronto alargar el brazo para coger la escopeta que siempre tenía al alcance de la mano y derribar de un certero disparo a un pato que había cometido el fatal error de dirigirse al lago pasando sobre su cabeza.

—¡Ya tenemos cena! —gritaba entonces hacia el interior del refugio—. «¡Pato a la pekinesa!»

La noche del tercer día su esposa había conseguido ponerse en contacto por radio con Lokitaung, en la otra orilla del lago y casi en el extremo norte, desde donde le notificaron que el *daktari* Alexander podía encontrarse en algún punto del Parque Nacional de Sibiloi o, más probablemente, en el desierto del Chabli, en la frontera con Etiopía, un perdido lugar donde el sida, la tuberculosis y sobre todo la falta de agua, estaban consiguiendo que los nativos de la zona murieran por docenas.

—¡Mala cosa! —comentó el rumano—. Si se encuentra en el parque no hay problema, pero si se ha internado en el desierto resultará muy difícil dar con él; con esta espantosa sequía se ha convertido en una zona muy, pero que muy peligrosa.

—¿Por qué?

—En primer lugar por el desierto en sí mismo, ya que no existen pistas claramente marcadas y resulta muy sencillo perderse o quedarse atrapado en una trampa de arena. En segundo lugar por las fieras y las serpientes, que abundan más allí que en ningún otro lugar de la región. Y por último, y esto es lo peor, por los salteadores *shiftas* o los guerrilleros que descienden de Sudán y Etiopía; suele ser gente desesperada capaz de matar por una mísera botella de agua.

—¿Y cómo es que ese doctor se arriesga a internarse en un lugar semejante?

—Porque está más loco que siete cabras y tiene la mala costumbre de ir allí donde cree que más le necesitan sin detenerse a pensar que si le matan dejará a los nativos totalmente desprotegidos. Cualquier individuo normal se limitaría a construir un hospital y esperar a que los enfermos acudan a que les cure, pero él no. Él va de aquí para allá con sus tiendas de campaña, atiende a los enfermos donde se encuentran, y al cabo de un par de meses levanta el campamento y se desplaza a Dios sabe dónde.

—¿Y cómo podríamos encontrarlo?

—Con mucha paciencia, hijo, ¡mucha paciencia! Pero mi consejo es que os olvidéis de él hasta que acabe la sequía.

—¿Cuánto puede durar?

—¡Meses...! ¡Tal vez años! Eso nadie lo sabe porque lo cierto es que la climatología está cambiando.

—No podemos quedarnos aquí durante meses... ¡O tal vez años!

—Ya lo sé, pero es todo lo que puedo deciros. Tarde o temprano Alejandro aparecerá y, al saber que le buscáis para darle dinero, se apresurará a ponerse en contacto con vosotros. Lo mejor que podéis hacer es regresar a casa y esperar.

—Ya hemos esperado demasiado —repuso Juvenal Ojeda al tiempo que negaba con la cabeza—. Necesitamos verle y convencernos de que se trata de la persona que buscamos. No es cuestión de volver a Cuenca para luego tener que regresar al cabo de unos meses o unos años. Kenia no está a la vuelta de la esquina.

—A la vuelta de la esquina sólo está la muerte... —señaló Nuria Ausnitz—. Dos muchachos sin experiencia que ni siquiera conocen los distintos dialectos de los nativos no durarían ni tres días en un desierto en el que incluso los camellos se están muriendo de sed.

—Contrataremos un guía; pagaremos lo que nos pida.

—En el Chabli no hay guías que valgan en las actuales circunstancias, muchacho. Es la frontera entre el vacío y la nada, y no conozco a nadie tan loco como para jugarse la vida con tantas garantías de perderla.

—¿Ni por cincuenta mil euros? —quiso saber *Ave* César.

—¿Cómo has dicho?

—He dicho cincuenta mil euros.

—¡Joder...! —exclamó Bob Ausnitz, y lanzó un largo silbido—. Es más dinero del que he visto en los dos últimos años.

—¡Ni lo sueñes! —se apresuró a intervenir su esposa—. Tú mismo has asegurado que, tal como está la situación, la mitad de los que van allí no vuelven, y medio marido no me servirá de nada.

—Pero si consigo volver no pasaremos apuros durante una larga temporada.

—Mientras sigan sobrevolando patos sobre nuestras cabezas y el Turkana tenga peces nos arreglaremos como hasta ahora.

—¡Pero mujer!

—¡Ni mujer ni cabra! La última vez que te perdiste en el norte me juraste que nunca volverías. Y entonces ni siquiera había sequía.

—Pero es que entonces no imaginaba que alguien pudiera ofrecerle tanto dinero a un guía.

—En esta parte del mundo muere más gente por culpa del dinero que por culpa de la pobreza, y tú lo sabes —se obcecó ella—. En condiciones normales los pobres se las arreglan para sobrevivir, mientras que a quienes van tras el dinero se los cargan.

La acalorada discusión continuó hasta que el marido elevó las manos mostrando las palmas pidiendo una tregua.

—¡Te propongo un trato! —dijo—. Por veinte mil euros los llevo hasta Sibiloi para ver si Alejandro está allí. Si no está, nos limitaremos a rodear el desierto por la pista principal pero sin adentrarnos en él. Llevaremos agua más que suficiente para una semana. Por mal que esté la pista, serán tres o cuatro días hasta North Horr, que como sabes sólo está a ochenta kilómetros de aquí.

—Lo malo no son los kilómetros, y tú lo sabes... —puntualizó la mujer—. Lo malo es que en cada uno de ellos los *shiftas* o los guerrilleros pueden tenderte una emboscada y lo primero que harán será quitarte el agua; y lo segundo, cortarte el cuello. Sin agua ya no lo necesitarás.

—Me llevaré a *Rusty* y *Wamba* —replicó él como si ésa fuera una solución indiscutible—. Avanzaré muy despacio, con los perros siempre delante; sabes bien que son capaces de olfatear el peligro cuando ni siquiera está a la vista.

—*Rusty* es posible, pero *Wamba* ya está demasiado viejo y no aguantaría el viaje.

—En ese caso me llevaré a *Mama Daktari*.

—Si le ocurriera algo a *Mama Daktari* te echaría a los cocodrilos en cuanto estuvieras borracho.

—*Mama Daktari*... —repitió *Ave* César—. ¡Qué nombre tan extraño para un perro!

—No tiene nada de extraño. Mama Daktari fue la fundadora de los Médicos Voladores que recorren el país en sus avionetas atendiendo a los enfermos o transportándolos a Nairobi. Venía mucho por aquí y con más de setenta años pilotaba su Cesna como si tuviera veinte. Era una de las mujeres más queridas de Kenia, pero murió hace tres años y desde entonces los turkana y los samburu de la región se quejan porque nadie les cuida. Fueron ellos los que la bautizaron como Mama Daktari, que quiere decir «Señora Doctor». Era una mujer extraordinaria, una aventurera empedernida. En la guerra participó en la Resistencia francesa y fue deportada a un campo de concentración nazi. Algún día alguien escribirá un libro sobre ella.

—Mi primo quiere ser escritor.

—Pues ahí tiene un buen tema... —señaló Bob Ausnitz, y preguntó a su esposa—: ¿Estás de acuerdo con lo que te propongo? Cinco días como máximo y mi promesa de que no abandonaremos la pista.

—¿Pista? —refunfuñó ella—. ¿Qué pista? Hace más de un año que te vienes quejando de que la arena y el viento han ocultado las pistas. ¡Pero no pienso seguir discutiendo! Es tu pellejo. Si no vuelves, cerraré todo esto, cobraré tu seguro de vida y me iré a vivir a Escocia aunque sólo sea para ver llover todos los días.

Roberto Ausnitz era un hombre extraordinariamente culto, pero también inusualmente hábil con las manos. Y por si fuera poco, conocía como nadie los pros y los contras del lugar en que vivía desde hacía más de veinte años.

—Si pretendes sobrevivir a orillas del Mar de Jade no puedes permitirte el lujo de dejar nada a la improvisación, porque el peligro te acecha a cada minuto de cada hora de cada día —argumentaba con muy buen criterio—. Al levantarte te encuentras a un lado el lago alcalino más extenso del mundo, y al otro el más seco de los desiertos, y al acostarte lo haces entre los más feroces leones y los mayores cocodrilos. No existe mejor universidad para aprender a ser prudente. Aquí las palabras «prudente» y «vivo» vienen a significar lo mismo.

Tal vez por ello su vehículo, *Lucky Lake*, blanco, enorme, dotado de aire acondicionado y un potente radiotransmisor, tenía los neumáticos de treinta centímetros de anchura recubiertos con una fina malla de alambre de acero que los protegía de las afiladas rocas de los inexistentes caminos. Por eso acusaba en exceso el paso sobre cualquier piedra o bache, sin que la dura y resistente suspensión amortiguara el golpe, y eran los asientos los encargados de hacer ligeramente más cómodo el viaje por medio de un ingenioso sistema de suspensión a base de muelles y gomaespuma.

Remolcaba un pequeño carro repleto de bidones de plástico rebosantes de agua o gasolina en su parte baja, mientras que en su parte alta los perros podían acomodarse bajo un techo de gruesa madera que los protegía del violento sol del desierto.

El rumano contaba además con un notable arsenal de armas y una casi inagotable provisión de municiones con las que parecía capaz de saltarle un ojo a un gorrión a cien pasos de distancia.

—Aquí, o aprendes a vivir, o aprendes a morir —dijo al tiempo que les guiñaba un ojo—. Aprender a morir resulta más sencillo, pero a la larga cuesta más caro.

La primera etapa del viaje se les antojó un paseo hasta la cercana bahía del Molo, donde se encontraron con casi un centenar de nativos de un negro azabache y aspecto tan sucio y miserable que incluso sus paupérrimos vecinos, los rendille, samburu y turkana, les denominaban «las Pobres Gentes», porque únicamente sobrevivían a base de pescado salado y de la repugnante *changaa*, una especie de cerveza de frutos silvestres que más invitaba a vomitar que a bebérsela.

Habitaban en diminutas chozas circulares construidas con paja y ramas de arbusto espinoso que supuestamente impedían el paso a las fieras, y las mujeres, semidesnudas en su mayoría, no portaban más adorno que anchos collares de cuentas de colores entre los que predominaba el rojo intenso.

Bob les hizo entrega de un saco de mijo, otro de sorgo, algo de azúcar, té, ropa para los niños y algunos medicamentos, y a partir de ese momento su mayor preocupación se centró en impedir por todos los medios que le besaran las manos y le mesaran la barba.

—Por desgracia, no podemos ofrecerles mucho más... —reconoció—. Pero para ellos cualquier cosa es un tesoro.

Juvenal y *Ave* César repartieron entre las mujeres unos cuantos billetes, y aunque en chelines keniatas significaban menos de quinientos euros, resultó evidente, por los gritos de alegría y las expresiones de estupor y asombro, que aquello era más dinero del que había visto la comunidad en pleno a lo largo de toda su historia.

—Esta noche soñarán que son ricos... —comentó el

rumano mientras se alejaban perseguidos por una turba de escandalosos chicuelos que no paraban de agitar las manos y lanzarles besos—. Por eso, cuando viajo al extranjero y oigo a la gente quejarse por la clase de vida que lleva, me gustaría cogerlos de la oreja y traerlos aquí para que pasen un mes en el Molo. Sólo uno de cada cuatro niños alcanza la edad adulta, y me temo que al ritmo que avanza el sida en la región, dentro de unos años no quedará nadie en esta maldita bahía.

—¿Las autoridades sanitarias no hacen nada por impedirlo?

—En Kenia apenas existe eso que llamamos «autoridades sanitarias», muchacho, y las pocas que hay no pierden su tiempo viniendo hasta aquí. A veces tengo la impresión de que lo único que el gobierno desea es que las tribus del norte desaparezcan, porque ni producen riqueza, ni constituyen un potencial de mano de obra, ni por su extrema pobreza resultan atractivas a los turistas. Y no debemos olvidar que el turismo constituye hoy por hoy la principal fuente de ingresos del país.

—El tío Feliciano siempre decía que el mundo estaba ahí y teníamos que verlo —comentó en tono quejumbroso *Ave César* Rodríguez—. Pero lo cierto es que cuanto más lo veo, menos me gusta y más jodido me siento.

—La realidad siempre jode, muchacho. Mientras no aprendas eso, no aprenderás a vivir.

—¡Pues vaya una gracia!

A media tarde alcanzaron el borde del pomposamente denominado «Parque Natural de Sibiloi», que no era más que una estrecha franja de unos cincuenta kilómetros de largo por veinte de ancho que se extendía a orillas del lago. Según el rumano, en épocas «normales» era en realidad bastante llamativo pero en aquellos momentos aparecía agostado y requemado por un sol inclemente, sin arroyos, lagunas o pozos, y sin apenas residuos de la rica vegetación que normalmente permitía vivir a familias de cebras, leones, órix, topis y guepardos.

Justo a la entrada, en la bahía de Alia y extendiéndose por

las laderas del monte Sibiloi, coronado por un farallón de piedra negra cortado a pico, se detuvieron a admirar lo que quedaba de un bosque de árboles de más de quince metros de altura, recuerdo de los antiquísimos tiempos en que la región disfrutaba de un generoso régimen de lluvias. Ahora aquellos altivos árboles, que siete millones de años atrás tal vez habían dado sombra a los dinosaurios, se encontraban petrificados y convertidos en oscuras columnas que recordaban las ruinas de un templo romano.

—De estos árboles descendieron un día los simios que con el paso del tiempo se transformarían en lo que ahora somos —comentó Bob Ausnitz—. Si los tocáis, estaréis tocando la cuna de la humanidad.

—*Demasié* para un chico de Cuenca que únicamente aspira a ser escritor... —dijo Juvenal Ojeda, y se encaramó a uno de ellos con el fin de alzar los brazos al cielo y recitar dramáticamente—: Desde lo alto de este pedazo de madera petrificada, siete millones de años nos contemplan. Recuérdalo, primo, porque nunca volverás a estar tan cerca de tus orígenes como ahora.

—Haré una foto para la «posterioridad» y la titularé «El último mono que bajó del primer árbol».

—¡Y tú pretendías cambiar todo esto por un Ferrari de segunda mano!

—Es que era amarillo.

El otro hizo el gesto de cruzarle la cara de un bofetón.

—¡Te daba así...!

Pasaron la noche en el refugio, un blanco edificio rectangular del que sobresalía un ala reservada a los dormitorios de los guardianes, y que se alzaba a poco más de dos kilómetros de la orilla del lago, sobre una colina desde cuya cima se dominaba casi todo el parque.

En ese momento se encontraba ocupado únicamente por dos nativos de raídos uniformes que no cesaron ni un minuto de lamentarse de que, desde el tercer año de sequía, nadie se acordaba de ellos.

—Las bestias se mueren... —decían—. Y como esto siga

así, Sibiloi se convertirá en un parque de fieras cebadas, porque los guepardos, chacales, hienas y leones ni siquiera necesitan moverse para cazar: las cebras se derrumban agotadas por el calor ante sus propias narices.

—¿Habéis pedido ayuda a Nairobi?

—Sí, pero nos han respondido que no pueden hacer nada porque los seres humanos también sufren la sequía y están antes que las bestias.

—Y razón tienen... —¿Habéis sabido algo sobre el paradero del *daktari* Alexander?

Negaron con la cabeza.

—Nunca salimos de los límites de la reserva; bastante tenemos con ir a buscar agua al único pozo que todavía no se ha secado, aunque cada día esta más salado, y hace casi un mes que no sabemos nada de nadie. A veces incluso nos vemos obligados a cazar para poder comer. ¿Se imaginan? ¡Guardianes de un parque natural cazando! O llueve pronto, o sintiéndolo mucho tendremos que abandonarlo todo.

—La verdad es que la situación se está volviendo insoportable y no se os puede exigir más de lo que habéis hecho —reconoció el rumano—. Las temperaturas aumentan, las nieves del Kilimanjaro se derriten, los ríos se secan y el gobierno reconoce que tres millones de personas, en su mayoría niños, pueden morir por culpa de la hambruna que trae consigo la sequía. ¡Dios bendito! ¿Qué está pasando?

—Que nos estamos cargando el planeta, pese a que Bush se niega a aceptarlo y se dedica a inventar pruebas falsas, contar mentiras e invadir Irak —repuso Caragato—. Mientras esa clase de gente gobierne el mundo, esta clase de gente estará condenada a la desaparición; han sido capaces de sobrevivir tres millones de años, pero dudo que sean capaces de hacerlo a los diez de Administración Bush.

—Te advierto que soy ciudadano americano... —le hizo notar Bob Ausnitz—. Pero de igual modo te advierto que estoy de acuerdo en que ese enano analfabeto pasará a la historia como el presidente más nefasto que jamás haya existido, y tan convencido estoy, que me he prometido no volver a poner los pies en Estados Unidos hasta que le sustituyan.

—Lo cierto es que ha confirmado la vieja frase: «La mejor prueba de que cualquiera puede llegar a presidente de Estados Unidos está en sus propios presidentes.»

—Lo tenemos claro; por una parte, un retrasado mental que sólo se preocupa de hacer más ricos a quienes idearon todas las trampas imaginables con el fin de encaramarle al poder; por la otra, una pandilla de fanáticos que se dedican a quemar embajadas porque a un imbécil se le ocurrió la estúpida idea de dibujar una caricatura de Mahoma. Y por encima de ambas partes, una naturaleza desmelenada que alterna las sequías en un lugar con lluvias catastróficas en otro, y huracanes en Nueva Orleans con tsunamis en Indonesia... ¡Hermoso panorama, vive Dios!

Tras una triste y frugal cena, los guardianes se retiraron a sus habitaciones, como acostumbraban en cuanto oscurecía, para estar en pie y listos para la marcha antes del alba, pese a que poco pudieran hacer dadas las circunstancias en cumplimiento de su trabajo.

Por su parte, el rumano comentó que tenía que ocuparse de los perros y revisar el vehículo a conciencia. A la vista de ello, los primos optaron por acomodarse en los sillones de mimbre del amplio porche que se abría al jardín para disfrutar de la primera brisa fresca en el transcurso de tan larga y agitada jornada.

El paisaje, con la redonda y clara luna iluminando el prodigioso Mar de Jade, volvía a mostrarse tan deslumbrante y embriagador como tres noches atrás, con la única diferencia de que ahora los leones rugían tan cerca que se habría dicho que acampaban en la estancia vecina.

Encendieron dos pequeños habanos, cosa que sólo solían hacer en ocasiones muy especiales. Por alguna razón, el momento se les antojó propicio, tal vez porque anímicamente se sentían «importantes». En el fondo les constaba que seguían siendo dos paletos de Cuenca, pero dos paletos que se estaban demostrando a sí mismos que no en vano corría por sus venas la sangre de R'Orab, el Cuervo, o tal vez incluso la del fabuloso espadachín Alonso de Ojeda.

Las enseñanzas de su tío, aquel lento veneno de amor a la aventura que les había inyectado gota a gota a lo largo de casi veinte años, habían hecho su efecto conduciéndoles hasta uno de los rincones más perdidos, desconocidos e inhóspitos del planeta, cuyo solo nombre bastaba para hacer volar la imaginación de unos muchachos aficionados a Salgari, Borroughs, Verne, London y Stevenson.

Habían llegado hasta allí por propia voluntad y en procura de un misterioso *daktari* que tal vez nada tuviera que ver con la sorprendente historia de su tío Feliciano, pero tal como él mismo dejara escrito:

> *Quien se sienta a esperar tan sólo vivirá una vida; quien comience a andar tendrá la oportunidad de vivir cientos de ellas, puesto que cada paso cambiará su destino.*
>
> *Di tantos pasos, muchas veces en la dirección equivocada, que mi destino ha cambiado de rumbo hasta el punto de que en estos momentos no puedo ni tan siquiera imaginar cuál habría sido ese destino si me hubiera limitado a esperarlo.*
>
> *Probablemente mi vida no hubiera valido la pena, pero muchos muertos no estarían muertos.*

La curiosa cita la habían encontrado en un archivo repleto de fotografías, notas y documentos de sus años al frente de los Grupos Nómadas que combatían a las fuerzas invasoras marroquíes. No se encontraba, tal como durante meses habían supuesto, en algún oculto escondite de su casa ni en un zulo cavado a la sombra de cualquier árbol del jardín, sino tan a la vista que bastaba con alargar la mano y cogerlo.

La primera pista se la había proporcionado un viejo escáner arrinconado en el fondo de un cajón. Les constaba que su tío había adquirido tiempo atrás un ordenador personal que apenas utilizaba y en cuya memoria no habían encontrado nada de interés, pero que ellos recordaran, ninguno de los dos le había visto utilizar nunca el citado escáner. No obstante, y en ese punto ambos coincidían, Feliciano Rodríguez Corcuera jamás había hecho nada carente de sentido, y mucho menos gastarse el dinero en un sofisticado aparato que sólo servía para digitalizar fotografías y documentos a efectos de almacenarlos en la memoria de un ordenador o un disco extraíble.

Pero, tal como habían comprobado una y otra vez, en esa memoria no había nada, por lo que resultaba lógico suponer que lo había almacenado en un disco.

—¡Astuto zorro del desierto! —exclamó Caragato al descubrir el ingenioso truco que al parecer había utilizado su tío—. Digitalizó los documentos, destruyó los originales y mezcló el disco entre tantos que perderíamos años en examinarlos uno por uno.

—Ésa es una de las cosas que siempre me admiró de él... —reconoció su primo menor—. Vivía en el pasado y para el pasado, pero al propio tiempo se adaptaba con naturalidad al presente e incluso se diría que al futuro. Se comportaba como un anticuado romántico, pero demostraba vista de águila a la hora de invertir en bolsa... —Lanzó un sonoro reniego al inquirir—: ¿Qué hubiera sido capaz de hacer un hombre como él si esa dichosa mujer no se hubiera cruzado en su camino?

—Probablemente se habría convertido en un empresario podrido en millones y cargado de hijos, con lo cual nunca nos habría hecho el caso que nos hizo, ni nunca habríamos disfrutado de lo que sin duda han sido los mejores años de nuestra vida. En el fondo tenemos que darle las gracias a Shereem al Aidieri por habérnoslo servido en bandeja.

—Lo que has dicho suena tremendamente egoísta.

—En lo que respecta al tío Feliciano no me importa reconocer que soy tan egoísta que a veces incluso me molesta haberlo compartido contigo.

—En eso estamos de acuerdo.

Estaban de acuerdo, en efecto, pero lo cierto era que

aquel personaje, al que ambos consideraban excepcional e inimitable, los había unido de forma indeleble, había marcado el rumbo de sus vidas, y era el único responsable de que ahora se encontraran en un rincón del mundo del que jamás habían oído hablar, disfrutando de un inquietante coro de gruñidos y rugidos.

A punto ya de concluir el habano, y ante el prolongado silencio de su primo, *Ave* César inquirió:

—¿En qué estás pensando?

—En la cara que pondría mi madre si pudiera vernos.

—Le daría un soponcio.

—¿Tú crees?

—¡Menuda es la tía Carlota! Si supiera que su único hijo se encuentra a menos de trescientos metros de una familia de leones hambrientos a los que puede servir de cena, sus gritos se escucharían en Cáceres.

—Por lo que afirman los nativos, los leones no están hambrientos; lo que les sobra es comida.

—¿Entonces por qué arman tanto escándalo?

—Puede que tengan sed.

—Pues como no les guste la cerveza lo tienen claro.

—De momento los únicos que lo tenemos claro somos nosotros... —repuso Caragato al tiempo que lanzaba lejos la colilla de su habano, que trazó varios círculos en el aire para ir a caer sobre un reseco matorral—. Está claro que el tal Bob sabe lo que hace y es muy distinto del inútil de Kalem, pero me da la impresión de que no las tiene todas consigo. Al parecer, esta sequía va mucho más allá de todo lo imaginable.

—¿Crees que nos arriesgamos demasiado al meternos en ese desierto? —quiso saber su primo—. Por lo poco que hemos visto, con toda esa sal que aflora aquí y allá, no tiene nada que ver con el desierto del tío Feliciano. Los horizontes no son abiertos, y como bien decía Nuria, con tanta roca, tanto matorral y tantos barrancos, nos pueden tender una emboscada en cuanto nos descuidemos.

—Tendremos que confiar en Bob. Y en sus perros.

—No me apetece la idea de que mi vida dependa de ese par de chuchos callejeros. Si al menos fueran rottweilers o mastines me sentiría más tranquilo, pero a ésos se los merienda un leopardo como aperitivo del almuerzo.

—Lo que importa no es su tamaño, sino su olfato.

Sin responder, *Ave* César se puso en pie y se encaminó al matojo en el que había caído la colilla del puro para orinar sobre él, puesto que había comenzado a arder como la yesca. Al poco pidió:

—¡Echa una mano o le prenderemos fuego al edificio!

—En todo caso echaré una meada —bromeó su primo al tiempo que acudía a su lado—. ¡Vaya un país! En cuanto te descuidas, la armas.

El tío Feliciano se sentía lógicamente orgulloso de una cinemateca que contenía casi dos mil títulos, entre los que se encontraban no sólo las mejores películas de guerra, acción y aventuras que se hubieran rodado nunca, sino la mayoría de los clásicos del llamado cine negro, al igual que muchas de las comedias y musicales que en su momento habían marcado un hito en la historia del séptimo arte.

Siempre había aborrecido el llamado cine de arte y ensayo, por lo que nunca había consentido que ninguna cinta de las que despectivamente denominaba «intelectualoides» contaminara la «pureza narrativa» de su amada colección.

—El cine es cine y la literatura, literatura —solía decir—. Admito que a menudo se asocien, pero no que se casen: el verdadero cine debe acabar donde empieza la auténtica literatura, porque cada vez que intenta invadir su territorio la caga.

Se podía estar de acuerdo o no con sus teorías, pero al fin y al cabo se trataba de su vida y sus particulares gustos, y como por el hecho de ver buenas películas no dejaba de leer buenos libros, no valía la pena discutir.

Los primos Ojeda Rodríguez se enfrentaron por tanto a un problema que para alguien que no hubiera conocido a su tío tan a fondo como ellos, habría resultado de difícil solución, pero en cuanto llegaron a la conclusión de que probablemente existía un disco que contenía todos aquellos documentos y fotografías que había tenido la paciencia de digitalizar, no tardaron ni veinticuatro horas en adivinar bajo qué epígrafe o tras qué carátula lo había ocultado.

Beau Geste, dirigida en 1939 por William A. Wellman e interpretada por Gary Cooper, Rey Milland, Robert Preston y una jovencísima y encantadora Susan Hayward, actriz por la que siempre había sentido una especial predilección, tenía, en opinión de sus sobrinos, todas las papeletas a su favor a la hora de guardar tan importante secreto, al igual que el ejemplar de la novela homónima había guardado durante años el secreto de la carta y la fotografía de su amada Shereem al Aidieri.

Y en efecto, debajo del disco original de la película apareció otro que, introducido en el ordenador, sacó a la luz el oculto pasado de aquel a quien los que tanto le habían amado y admirado dieron en llamar el Cuervo. Era un pasado conformado por luces y sombras, por acciones heroicas y hechos sangrientos, por amor, compasión, odio y violencia; una de tantas historias de tantas guerras en las que lo mejor y lo peor de las personas suelen salir a la luz.

Su protagonista la contaba sin vergüenza ni tapujos, y en determinado momento había escrito:

> No existe ser humano más despreciable que aquel que traiciona a su pueblo, a sus hermanos o a sus amigos, y por ello no me tembló el pulso a la hora de descerrajarles un tiro en la nuca pese a que apreciara sinceramente a algunos de ellos.
>
> Sin embargo, ahora me pregunto: si aquél no era mi país ni aquélla mi guerra, ¿quién me concedió el derecho a convertirme en juez y verdugo?
>
> *¿Es posible que en alguna ocasión cometiera un error y le arrebatara la vida a un inocente?*

En un momento determinado apareció en pantalla una borrosa y descolorida fotografía de una de aquellas ejecuciones sumarísimas en pleno desierto, y a los dos primos les resultó muy difícil asimilar la idea de que el hombre de uniforme color arena que empuñaba el revólver con el que se disponía a ajusticiar a un muchacho de expresión aterrada, pudiera ser realmente su pacífico, comprensivo y adorado tío Feliciano.

—Debió de resultarle muy duro pasarse el resto de la vida con la duda de si se había cargado a quien no debía, y sin tener la posibilidad de sincerarse con nadie... —comentó Juvenal Ojeda—. No me extraña que en ocasiones pareciera ausente.

—¿Tú lo habrías hecho? —quiso saber su primo—. ¿Te hubieras cargado a alguien sin estar absolutamente seguro de que era culpable?

—No lo sé —repuso el otro con un encogimiento de hombros—. Supongo que las circunstancias de una guerra tan sucia como aquélla propiciaron que en determinado momento se tuviera que elegir entre ejecutar a un tipo, aun a riesgo de que no fuera un traidor, o dejarlo en libertad poniendo en peligro la vida de otros muchos.

—¿Y por qué no se limitaba a encerrarles?

—¿Dónde...? La guerra de guerrillas en pleno desierto debía de exigirle un continuo movimiento, y supongo que no podía correr el riesgo de cargar con prisioneros ni debilitarse dejando atrás parte de sus fuerzas para que los vigilaran. Como él mismo comenta, «los muertos que llevas sobre la conciencia tienen la virtud de que ni comen, ni beben ni te cortan el cuello mientras duermes... pero pesan».

Ave César se tomó un tiempo mientras hacía pasar fotografías, documentos y manuscritos por la pantalla del ordenador, y luego preguntó sin siquiera volverse hacia su primo, que se sentaba a su lado:

—Antes de que viéramos todo esto y supiéramos que en realidad se trataba del famoso comandante R'Orab, estábamos convencidos de que al tío Feliciano no le gustaba la guerra. ¿Sigues pensando lo mismo?

—Últimamente le he dado muchas vueltas al asunto

—reconoció Juvenal Ojeda—. Y he llegado a la conclusión de que no amaba la guerra; lo que en verdad amaba era el desierto y los beduinos, los camellos, la lucha por sobrevivir en un ambiente hostil, las noches con los compañeros de armas a la luz de la hoguera, la relajante soledad cuando se retiraba a dormir bajo las estrellas. Amaba lo que su idolatrado Caíd Manolo le había enseñado a amar, por lo que cuando se le planteó el dilema de abandonarlo todo o quedarse pese a que había una guerra, eligió quedarse porque al fin y al cabo el desierto era su verdadera patria. Son pocos los que abandonan su patria cuando estalla una guerra.

—Pero a mi modo de ver se implicó demasiado... —repuso su primo en un leve tono quejumbroso—. No tenía por qué haberse convertido en uno de los principales protagonistas del conflicto.

—Hay ciertas cosas que se hacen o no se hacen, enano —le hizo notar con extraña seriedad su primo—. La guerra es una de ellas, y cuando te decides a participar estás obligado a hacerlo bien porque lo que está en juego son vidas ajenas. Aquí no se trata de fallar un penalti y perder un partido; se trata de cometer un error de cálculo y que aniquilen a una docena de tus mejores hombres. ¿Estás de acuerdo?

—Estoy de acuerdo.

—En ese caso, creo que lo mejor que podemos hacer es dejar de juzgar al tío Feliciano por lo que hizo o dejó de hacer en unas circunstancias que no estamos en condiciones de calibrar. Prefiero juzgarle por lo que fue y significó para nosotros... —Hizo una breve pausa antes de añadir—: Era un hombre extraordinario, cuyo único error fue amar demasiado. Amó al desierto, amó a sus habitantes, amó a sus amigos y amó a su familia, pero sobre todo adoró hasta la desesperación a una mujer que tal vez fuera la más golfa, egoísta y desconsiderada del mundo, pero que sin duda tenía el don de hacerse adorar por cuantos la conocían.

—¿Qué dirás sobre ella en tu libro?

—Aún no lo sé, enano. Aún no lo sé.

Con la primera claridad del día y a los diez minutos de haber abandonado los límites del Parque Natural de Sibiloi, Bob Ausnitz detuvo el vehículo, extrajo de la parte posterior varias armas y se aplicó a la tarea de enseñar a los primos Ojeda Rodríguez cómo utilizarlas.

Luego les indicó que dispararan contra una roca que se alzaba sobre un montículo cercano, y tras dos docenas de intentos comentó sonriente:

—No habéis acertado ni una, por lo que queda claro que Dios no os ha llamado por este camino. En caso de peligro, lo mejor que podéis hacer es disparar lo más aprisa posible y al buen tuntún. Vuestra misión será hacer ruido y asustar a la gente, no matarla; de eso me ocuparé yo si es necesario.

Permitió luego que los perros se adelantaran unos doscientos metros y comenzó a seguirlos en una lenta y desesperante marcha que duró hasta que a media mañana el calor comenzó a hacerse insoportable, razón por la que los animales se tambaleaban y andaban con la lengua fuera. Los llamó por sus nombres, esperó a que descansaran un rato a la sombra y tan sólo entonces les permitió beber.

—El agua salva, pero también mata cuando las diferencias de temperatura son tan acusadas como en estos momentos.

«En estos momentos» el termómetro se aproximaba a los sesenta grados y amenazaba con continuar subiendo.

El paisaje circundante no podía mostrarse más desolador de lo que era, con llanuras pedregosas, arbustos y acacias que no presentaban ni una sola hoja verde, y allá a lo lejos, macizos rocosos a los que un sol inclemente parecía castigar de forma inmisericorde. La única expresión de vida la constituían millones de ruidosos insectos, chacales, hienas, y alguna que otra serpiente que se deslizaba perezosamente entre las piedras. Infinidad de buitres girando en el cielo.

La única actividad posible: sudar.

El único deseo: sumirse en un sopor que les permitiera olvidar dónde se encontraban.

A media tarde reemprendieron la marcha y al cabo de una hora se detuvieron junto a una mujer extraordinariamente alta, de sereno y hermoso rostro y desafiantes pechos, que cuidaba de dos docenas de esqueléticas cabras y tres niños famélicos.

Por toda vestimenta lucía un collar de cuentas rojas, un diminuto taparrabos, un afilado machete a la cintura y un pesado fusil de asalto al hombro.

Le ofrecieron agua y comida para ella y los niños, lo que aceptó de buen grado agradeciéndolo efusivamente, pero el rumano se negó en redondo cuando le suplicó que le proporcionara agua para sus animales.

—Nuestro viaje será muy largo... —replicó—. Y encontraremos a muchas madres tan necesitadas de agua como tú. Lo que puede salvar a un niño no debe desperdiciarse en salvar a una cabra.

La infeliz mujer aceptó la explicación sin rechistar y a continuación rechazó, como si la hubieran ofendido, el dinero que Juvenal le ofrecía.

—No somos pordioseros... —le comentó en su sonoro dialecto a Bob Ausnitz—. Y el dinero no sirve para comprar lluvia; la lluvia la enviará Alá cuando tenga a bien hacerlo. Pero si puedes proporcionarme algo de munición te quedaría muy agradecida; cada día son más los *shiftas* que cruzan la frontera.

El otro le entregó un puñado de balas al tiempo que inquiría:

—¿Has visto *shiftas* últimamente?

—Los he visto... —replicó con naturalidad—. El problema vendrá el día que no los vea llegar.

—Y al *daktari* Alexander, ¿lo has visto?

—Por aquí no ha pasado. Por aquí no pasa ningún blanco desde hace más de dos meses.

Cuando hubo quedado atrás, altiva en la inmensidad de la calcinada llanura, y sin más compañía que sus hijos y sus cabras, *Ave* César, que no la perdía de vista, comentó:

—¿Realmente la crees capaz de defenderse a tiros?

—Y mucho mejor que tú, sin duda —fue la burlona respuesta—. Esta gente aprovecha al máximo cada bala porque sabe que de ellas depende su vida y la de sus hijos. Son capaces de atravesarle la cabeza a un leopardo en pleno salto.

—¡Como para intentar ligar con ella!

—¿Te ha parecido atractiva?

—Mucho.

—Es que pertenece a una hermosa raza; negra retinta pero muy hermosa. A veces tengo que hacer un gran esfuerzo para no caer en la tentación, porque en el tema sexual suelen ser bastante liberales.

—¿Acaso eres racista?

—¿Racista? —se sorprendió el rumano—. ¡En absoluto! Lo que soy es prudente, porque como ya os dije, aquí el prudente es el único que conserva la vida. Si Nuria llegara a enterarse de que me he acostado con otra, sea negra, blanca o amarilla, me capa. Y si hay algo a lo que le tengo verdadero afecto es a mis cojones.

—Pues a mí no me hubiera importado pasar una noche con ella; siempre que los niños no estuvieran cerca, claro está.

—¡Muchacho! —le replicó el rumano, sonriente—. Si pasas la noche con una turkana como ésa no ves el nuevo día, te lo aseguro. Y si consigues sobrevivir, ninguna otra mujer te volverá a interesar nunca. Siempre se ha creído que la famosa Reina de Saba que fascinó a Salomón era etíope, pero viejos manuscritos afirman que nació un poco más al sur, a orillas del Mar de Jade, que por aquel entonces era un vergel.

—¿Y por qué ha cambiado tanto?

—Por la historia de siempre, querido amigo: la sequía, que ha destruido más civilizaciones que las guerras o las enfermedades. Los ríos que alimentaban el lago comenzaron a perder caudal, aumentó el calor y con él la evaporación, por lo que sales antaño apenas perceptibles se fueron concentrando hasta que por último el lago murió de muerte natural.

—¿Y no hay modo de resucitarlo?

—Tan sólo resucitará cuando vuelva el diluvio, pero me temo que se va a hacer esperar. Y ahora no me distraigas, tengo que estar atento a encontrar un buen lugar para pernoctar.

Comenzaba a caer la tarde, amenazando con un rápido ocaso, por lo que había llegado el momento de elegir una hondonada en la que ocultar el vehículo para que no se convirtiera en un punto de referencia en la llanura.

—La luna comienza a estar en cuarto menguante... —señaló el rumano—. Pero aun así, a media noche iluminará lo suficiente como para que un maldito *shifta* ojos de gato sea capaz de distinguir a *Lucky Lake* a tres kilómetros de distancia.

Al poco condujo el vehículo hasta el fondo de un pequeño barranco situado a unos doscientos metros a la derecha de la pista. Luego extrajo de la guantera unos enormes prismáticos con los que regresó a la llanura para escrutar el horizonte en todas direcciones, hasta que las sombras se apoderaron definitivamente del paisaje. De regreso en el interior del vehículo corrió unas cortinillas negras para evitar que la más mínima claridad se filtrara al exterior, y tan sólo entonces encendió la luz.

—Tenemos que darnos prisa si queremos cenar algo porque no podemos gastar batería tontamente. Luego nos turnaremos en guardias de tres horas, y obvio mencionar que el que esté ahí arriba deberá mantener los ojos muy abiertos, pese a que los perros le avisarán a la menor señal de peligro. —Extrajo de su funda otros prismáticos y señaló—: Éstos son de visión nocturna; para utilizarlos basta con apretar este botón. Al menor movimiento sospechoso comenzad a disparar sin el menor temor, porque aunque se trate de un amigo no le acertaréis ni de coña.

—¿Realmente crees que corremos peligro?

—Si creyera que corremos «mucho» peligro no habría venido, hijo, y si creyera que no corremos «ningún» peligro lo dejaría todo a cargo de *Rusty* y *Mama Daktari*, que conocen bien su oficio. —Sonrió de oreja a oreja al concluir—: O sea que la respuesta correcta sería que estamos en un término medio entre mucho y nada.

Le entregó a *Ave* César los prismáticos nocturnos, una cantimplora con agua y un rifle de repetición al tiempo que añadía:

—Come algo y sube ahí arriba, ya que por ser el más joven te corresponde la primera guardia, que suele ser la más tranquila. Dentro de tres horas me despiertas y tu primo hará la última, que tampoco resulta demasiado pesada. ¿Alguna pregunta?

—Sólo una... —dijo el menor de los primos—: ¿Puedo fumar?

—¡Ni loco! Si tiene el viento de cara, un *shifta* huele el tabaco a una distancia increíble. Por no poder, no puedes ni tirarte un pedo.

La luz verdosa confería a las rocas y los arbustos un aspecto irreal, y cuando de tanto en tanto algún animal se movía en la distancia, era como si un fantasmagórico ser etéreo dotado de brillo propio avanzara flotando a ras del suelo.

Caragato, que jamás había contemplado el mundo a través de unos prismáticos de visión nocturna, se sentía fascinado por cuanto descubría, sobre todo teniendo en cuenta que el paisaje que escrutaba con infinita paciencia pertenecía al territorio más hostil para el ser humano que pudiera haber elegido.

Veloces búhos, sinuosas serpientes, silenciosos chacales, escandalosas hienas y ágiles felinos —que lo mismo podían ser peligrosos leopardos que simples gatos monteses— cruzaban de pronto allá a lo lejos con los ojos brillando como focos, sin que la mayor parte de las veces Caragato fuese capaz de determinar qué clase de animal era ni a qué distancia se encontraba.

El verde fosforescente, las sombras y las borrosas siluetas se mezclaban de tal forma en su mente que cada tanto se veía obligado a apartar la vista para recuperar el control sobre sí mismo.

A su lado, los perros permanecían tranquilos, dormitando alternativamente, como si les hubieran enseñado —y conociendo al rumano cabía suponer que así era— que uno de ellos tenía que estar siempre alerta mientras el otro descansaba. Un ligero gruñido o el simple hecho de alzar la cabeza y olfatear el ambiente con mayor atención indicaba que algún felino se había aproximado a menos de doscientos metros, pero de no ser así daban la impresión de encontrarse en el hermoso jardín de una bucólica mansión de la Costa Azul.

Los nervios y, ¿por qué no decirlo?, el miedo de los primeros momentos habían dado paso a una plácida sensación de serenidad, por lo que, arrebujado en su manta, Juvenal Ojeda disfrutaba por el simple hecho de encontrarse perdido en un remoto y peligroso lugar del que nunca había oído hablar, pero al que le había conducido su propia voluntad y el amor a la aventura que su tío Feliciano le había inculcado.

Nada ni nadie le obligaba a estar allí, a merced de las fieras o de unos temidos *shiftas* que le rebanarían el cuello para robarle las botas, empuñando un arma con la que no era capaz de acertarle a un autobús a veinte metros de distancia, y observando verdes sombras a través de unos sofisticados prismáticos que tampoco había visto con anterioridad. Pero no se arrepentía en lo más mínimo: el mundo estaba allí y había que verlo aunque fuera de una forma tan absurda.

Y valía la pena verlo.

Al mundo y a los seres que lo habitaban: un tuareg de

pacotilla, dos docenas de miserables subsaharianos perdidos en el desierto, un curtido beduino al que se le saltaban las lágrimas al recordar a un compañero de armas al que creía muerto hacía más de veinte años, un culto rumano que hablaba siete idiomas y tres dialectos, una pastora que defendía a tiros sus escuálidas cabras y, por encima de todo, una fascinante mujer cuyo solo recuerdo tenía la virtud de inquietarle.

¡Shereem!

Lo sorprendente del caso era que jamás pensaba en la Shereem de una vieja fotografía que mostraba a una preciosa muchacha en la plenitud de su belleza, sino en la madura Shereem que le observaba con gesto altivo sentada en un sofá y con una copa de coñac en la mano.

—¡Joder! Acabará por volverme loco. ¿Cómo puede haberme impresionado tanto alguien que me dobla la edad y aún le sobra?

Mama Daktari gruñó por lo bajo. Al instante *Rusty* se irguió, clavó la vista en un punto y la imitó.

Caragato enfocó los prismáticos en la dirección que los animales parecían indicarle y al cabo de unos instantes distinguió las figuras, verdes en las lentes, de tres hombres que avanzaban por su izquierda, ajenos al parecer a su presencia.

Los observó largo rato; lo mismo podría tratarse de bandidos en busca de una posible víctima, como de inofensivos lugareños que aprovechaban el frescor de la noche para adelantar un viaje que más tarde resultaría agobiante. Consultó su reloj: todavía faltaba casi una hora para el amanecer, por lo que cabía que se tratara de grandes madrugadores. Y como resultó evidente que iban siguiendo las marcas de la pista de tierra y se alejaban a buen paso, decidió que no valía la pena despertar al rumano.

Pero una cosa era lo que opinara él, y otra muy distinta lo que opinaba *Rusty*, que no debía de confiar demasiado en su criterio, razón por la que había desaparecido de su lado. Regresó al poco en compañía de su amo, quien se limitó a susurrar:

—¿Qué ocurre? ¿Por qué me ha despertado el perro?

—Tres hombres... —replicó Caragato y le alargó los prismáticos—. Se alejan.

Bob Ausnitz los estudió unos instantes para comentar con naturalidad:

—No hay peligro. Son nativos.

—¿Cómo puedes estar tan seguro?

—Porque no llevan rifles; únicamente lanzas.

—La pastora de ayer también era una nativa y menuda metralleta gastaba.

—Protegía a sus hijos y al ganado, y por tanto necesitaba defenderse; pero ésos sólo van a alguna parte y les basta con las lanzas. Si llevaran armas de fuego estarían expuestos a que la policía, el ejército o cualquiera que les viera de lejos les pegara un tiro confundiéndolos con *shiftas*. En este país no llevar armas es una forma de protegerse, porque a un tipo descalzo y semidesnudo nadie se va a molestar en robarle.

—¿Y los leones?

—Ningún león es tan estúpido como para atacar a tres hombres con lanzas cuando lo que les sobra es comida, muchacho; una cosa es ser un animal salvaje, y otra ser idiota. No los subestimes.

Dedicó un largo rato a otear el horizonte en todas direcciones, observó el cielo y al fin concluyó:

—No hay peligro a la vista y no tardará en amanecer. Ha llegado el momento de encender un buen fuego, meternos en el cuerpo una taza de café y un par de huevos fritos con jamón, echar una soberana cagada y emprender la marcha antes de que empiece a apretar el calor. ¡Así que aplícate a buscar leña!

Con las primeras luces estaban ya en camino, siempre con los perros abriendo paso. Una hora después les llegó con notable claridad la voz de Nuria anunciando a través de la radio:

—He conseguido contactar con Nairobi y me han comunicado que pasado mañana Tórtola intentará abastecer al *daktari* Alexander, que está despejando una pista de aterrizaje a unos diez kilómetros al sur de Salaga. Corto y cambio.

—Dame las coordenadas —pidió su marido—. Corto y cambio.

—Aproximadamente cuatro grados y veintitrés minutos, este; treinta y siete grados y cincuenta y siete minutos, norte. La zona es muy peligrosa y queda fuera de la pista principal. Recuerda lo que me prometiste. Corto y cambio.

—¿En qué situación se encuentra Alejandro? Corto y cambio.

—Parece que han llegado más refugiados de los que esperaba y tienen problemas con el agua. Corto y cambio.

Bob Ausnitz extrajo un mapa de la guantera, lo estudió con atención, consultó su GPS y al poco dijo a su invisible esposa:

—Con suerte puedo estar allí a la caída de la tarde. Nos queda una reserva de agua bastante aceptable. Tú decides... Corto y cambio.

—¡Eres un cabrón! Corto y cambio.

—Eso únicamente tú puedes saberlo. Corto y cambio.

—Me comunican que en la zona se han detectado grupos de *shiftas* fuertemente armados, pero, como siempre, harás lo que te salga de los huevos. Ni corto ni cambio: me largo a Escocia.

El rumano detuvo el vehículo, saltó al exterior, orinó largamente y dijo a quienes le habían imitado:

—¡Ya lo habéis oído! Mi mujer me amenaza con abandonarme y, como de costumbre, el mendrugo del *daktari* Alexander ha ido a meterse en la zona más seca, rocosa, encabronada y peligrosa de toda esta maldita, encabronada, rocosa y peligrosa región. Y como era de esperar, se ha quedado con el culo al aire... ¿Qué hacemos?

—¡Oh, vamos, Bob! —protestó en tono jocoso Juvenal Ojeda—. Ahora eres tú quien nos subestimas; sabías desde un principio que las cosas iban a desarrollarse así.

—Que lo sospechara no quiere decir que lo supiera... —se defendió el otro fingiendo sentirse molesto—. Las reacciones de ese loco son siempre imprevisibles, aunque admito que tenía que prometerle a Nuria que sería prudente si pretendía que me dejara emprender este jodido viaje.

—¿Estás seguro de que podemos llegar allí antes de que se haga de noche? —quiso saber *Ave* César Rodríguez.

—Corriendo ciertos riesgos supongo que sí.

—¿Qué clase de riesgos?

—Acelerar la marcha, lo cual significa que no podremos depender del olfato de los perros, ni detenernos, lo cual significa a su vez que tendremos que prescindir del aire acondicionado si no queremos que se nos queme el motor.

—O sea, sudando como pollos, tanto de miedo como de calor... —puntualizó *Ave* César.

—Lo has expresado de la forma más grafica y exacta posible, querido muchacho, por lo que resulta absurdo llamarse a engaños. A la vista de lo visto, y conociendo como conozco a mi mujer, mi consejo es dar media vuelta y volver a casa, confiando en que esa pobre gente pueda aguantar sin beber hasta la llegada del avión de Nairobi.

—Ése es tu consejo... —repuso Juvenal Ojeda con los ojos fijos en medio centenar de buitres que trazaban círculos en el aire muy a lo lejos—. Pero lo que importa no es tu consejo, sino lo que harías si nosotros no estuviéramos aquí.

—¿Qué quieres decir?

—¡No te hagas el tonto! —le espetó el otro volviéndose para mirarle a los ojos—. ¿Qué harías si estuvieras solo, con toda esa agua ahí detrás, y sabiendo que a unas cuantas horas de marcha hay gente que se está muriendo de sed?

—Esa pregunta no tiene el menor sentido, querido amigo. Yo soy yo, llevo años en el Turkana, sé cómo desenvolverme en este desierto y conozco perfectamente mis capacidades. Pero de vosotros lo único que sé es que sois un par de capullos de pueblo que se han metido en algo demasiado grande para sus capacidades, aparte de que no acabo de creerme la absurda historia de vuestro tío. Así pues, no me arriesgo a cargar con la responsabilidad de que os ocurra algo.

—Ya somos mayorcitos.

—Nunca se es lo suficientemente «mayorcito» como para internarse en el Chabli en época de sequía, hijo, y ésta es la sequía más cabrona que ha sufrido nunca.

—Sigues sin contestar a la pregunta —insistió Caragato—. ¿Tú qué harías?

—¡Joder! ¡Qué coño iba a hacer! ¡Ir!

Eran seis, separados unos veinte metros uno del otro, por lo que cubrían el espacio entre dos formaciones rocosas de baja altura pero lo suficientemente escarpadas como para que resultase inútil pretender que el vehículo trepase por sus laderas.

Bob Ausnitz apagó el motor en cuanto los distinguió a lo lejos y tras estudiar el terreno a uno y otro lado comprobando que no había ningún otro paso practicable, comentó en tono de inevitable resignación:

—¡Fin de trayecto!

—¿Qué quieres decir? —se alarmó el mayor de los primos.

—Que con esos ahí lo único que podemos hacer es dar media vuelta, meter el rabo entre las piernas y volvernos a casa.

—¿No existe otro camino?

—Sí... —admitió de mala gana—. Desviándonos unos treinta kilómetros hacia el norte, pero correríamos el peligro de adentrarnos en Etiopía, porque lo cierto es que por aquí nadie sabe por dónde pasa exactamente la frontera. Y en el mejor de los casos, aunque no acabáramos en una cárcel etíope, perderíamos un par de días, lo cual significa que llegaríamos sin agua y casi sin gasolina.

—¡Lástima!

—Ya os advertí que la cosa estaba jodida, y suerte hemos tenido con verlos a tiempo —señaló Bob Ausnitz—. Hicimos cuanto estaba en nuestra mano, pero como se suele decir, «cuando no se puede, no se puede, y además es imposible».

Puso de nuevo el motor en marcha e inició lentamente la complicada maniobra de girar en redondo en un terreno tan accidentado. Al advertirlo, uno de los hombres lanzó un desesperado grito al tiempo que alzaba su rifle por encima de la cabeza mostrándolo claramente para que vieran cómo lo depositaba en el suelo. Luego comenzó a avanzar hacia ellos con los brazos en alto.

—¡Espera! —exclamó *Ave* César—. Ése parece que quiere parlamentar.

—¡No me fío! —refunfuñó el dueño del vehículo—. No me fío. En el Turkana hay un dicho: «No confíes en un *shifta* hasta que compruebes que los buitres le han sacado los ojos.»

—Para echar a correr siempre estamos a tiempo.

El rumano dudó y continuó girando hasta colocarse totalmente de espaldas, listo para emprender la huida a la menor señal de peligro. Observó por el espejo retrovisor al hombre que ahora corría agitando los brazos desesperadamente, y al fin abrió la portezuela al tiempo que se dirigía a Caragato.

—¡Ponte al volante! —le ordenó en un tono que no admitía réplica—. Al menor movimiento sospechoso sales a toda pastilla, y atentos sobre todo a los otros, que yo me ocupo de éste.

Abrió la puerta trasera, extrajo su rifle de repetición más potente, lo cargó ostensiblemente y aguardó a que el agitado y sudoroso *shifta* llegara a unos veinte metros de distancia.

—¡Para y desnúdate! —le gritó en suahili.

El aludido obedeció en el acto. Se despojó de cuanto llevaba y se volvió varias veces, siempre con los brazos alzados para que comprobara que no ocultaba nada.

—¡Agua! —suplicó a continuación en el mismo dialecto—. ¡Sólo queremos agua!

—¿Agua?

—¡Sólo agua! —repitió—. ¡Ten compasión, por Alá...! Dos de mis hombres han muerto y los demás lo harán hoy mismo si no nos ayudas.

Roberto Ausnitz observó los labios cuarteados y los ojos

casi alucinados del pobre infeliz, luego extrajo de su funda unos prismáticos para estudiar los rostros de quienes se habían apresurado a depositar también sus armas en el suelo, comprobó que su aspecto era igual de deplorable, y por último inquirió:

—¿Cuánta agua?

—Treinta litros.

—¡Eso es mucho!

—¡Moriremos si nos la niegas!

—Te daré veinte litros si tus hombres dejan las armas donde están y se alejan un kilómetro hacia el norte.

—¡Veinticinco!

—He dicho veinte. Lo tomas o lo dejas.

—Nos condenas a muerte.

—Sois vosotros los que os habéis condenado —replicó su interlocutor—. Con veinte litros bien administrados podréis regresar a casa.

—Allí tampoco hay agua.

—Lo lamento, pero es todo lo que puedo hacer... —Descargó un bidón de plástico del carrito, lo depositó en el suelo, desenroscó el tapón, vertió en su interior un poco de agua y se lo aproximó al hombre desnudo, que bebió ansiosamente—. ¿Qué decides?

—¡De acuerdo!

El *shifta* se volvió hacia sus compañeros, gritó algo en un dialecto incomprensible, y de inmediato los cinco se alejaron dejando las armas donde las habían colocado.

Cuando el rumano regresó no penetró en el vehículo, sino que trepó al motor para tomar asiento en el techo con las piernas colgando ante el cristal del parabrisas y el rifle cruzado sobre los muslos.

—Da media vuelta y avanza lentamente... —pidió al que se encontraba al volante—. No es probable, pero sí posible, que alguno de esos hijos de puta se haya escondido entre aquellas rocas de la derecha. Si es así, que César dispare con la repetidora hasta que se le acaben las municiones. ¿Entendido?

—Entendido.
—¡Pues vamos allá!

Juvenal Ojeda giró de nuevo e inició la marcha a paso de tortuga mientras observaba cómo los cinco hombres comenzaban a correr hacia donde les habían dejado el bidón de agua. Resultaba más que evidente que ninguno de ellos tenía otro afán que llegar cuanto antes a calmar una sed que les estaba matando.

No había nadie entre las rocas, y cuando a los pocos minutos los *shiftas* se perdieron de vista en la distancia y el rumano regresó al interior del vehículo, *Ave* César inquirió:

—¿Crees que conseguirán salvarse?

—De ellos depende. Después de calmar la sed les quedarán unos tres litros por cabeza, que es más de lo que dispone hoy en día un niño de Somalia para toda una semana.

—¿Tres litros para toda una semana? —se asombró el menor de los primos—. ¡No puedo creerlo!

—Pues créetelo porque eso es lo que hay: cuatro pequeños vasos de agua al día con un calor que supera los cincuenta grados. Si los *shiftas* no consiguen sobrevivir con esa agua, es que no merecen sobrevivir y está claro que nunca tendrían que haberse atrevido a internarse en el Chabli.

—¡Joder con la filosofía!

—¡No es filosofía, muchacho! Es la maldita realidad; este desierto es una tierra muy dura para gente muy dura. O te curtes y aprendes a soportar la sed, o te mueres.

Era una tierra extremadamente dura, en efecto, porque a las explanadas de sal y a las rocas sucedían extensiones de arena rojiza salpicada de gruesas y rugosas piedras negras, sin que se distinguieran en el horizonte más que sucios matojos, peladas acacias y cadáveres de infinidad de bestias que no habían soportado los rigores de una sequía que muy bien podía calificarse de apocalíptica.

Al cabo de unas dos horas el paisaje adquirió características diferentes, como si estuvieran internándose poco a poco en la luna, con docenas de apagados cráteres dibujándose en el horizonte y largas extensiones de rugosa lava negra sobre las que los neumáticos corrían riesgo de desgastarse en cuestión de minutos. No tardaron mucho en verse obligados a reponer las mallas de acero que protegían las ruedas, con lo que quedó constancia de que Bob Ausnitz conocía perfectamente las especiales características del lugar al que se dirigían. Aquél no era un terreno para coches; aquél era un terreno para tanques.

El sol comenzó a declinar rápidamente a sus espaldas. Tras consultar por enésima vez el GPS, el rumano no pudo por menos que lanzar una sarta de sonoros reniegos en su idioma materno, para concluir desalentado:

—¡Entre esos malditos *shiftas* y reponer las mallas hemos perdido demasiado tiempo; me temo que no vamos a llegar antes de que oscurezca!

—¿Cuánto crees que falta?

—Unos veinte kilómetros.

—¿Acelero?

—Podríamos recalentar el motor —replicó negando con un gesto de la cabeza—. Me conformo con avanzar diez o doce kilómetros más aprovechando la luz de día.

Tuvieron que conformarse con algo menos, puesto que las tinieblas les sorprendieron en el centro de una especie de gigantesco anfiteatro rodeado de conos volcánicos y macizos rocosos sin la menor presencia de vida humana, animal y casi vegetal, exceptuando resecos hierbajos y algunos líquenes que se arriesgaban a asomar entre la lava.

La radio permanecía tan silenciosa como el paisaje circundante, y sentados a oscuras en mitad de la nada más absoluta los primos Ojeda Rodríguez no pudieron por menos que preguntar qué demonios se le había perdido a nadie allí, y qué absurdas razones podía tener el disparatado *daktari* Alexander para establecer su campamento en un entorno tan desolador.

—Aunque os cueste creerlo aquí vive gente... —fue la sorprendente respuesta—. Especialmente nómadas que subsisten a base del pastoreo, la caza, e incluso algo de agricultura cuando la climatología lo permite.

—¡Pero cómo llegaron a establecerse en un lugar tan remoto y desolado! —se asombró *Ave* César—. ¡Hay que estar loco!

—Loco o desesperado... —le hizo notar su interlocutor—. Estas gentes llegaron hace muchísimo tiempo empujadas por cazadores de esclavos o tribus más poderosas que los fueron acorralando sin dejarles otra salida que las zonas volcánicas, que ya no les interesaban.

—¡Natural! ¿A quién puede interesarle semejante pedregal?

—A quienes no tienen otro lugar adonde ir. La revista del *National Geographic* acaba de publicar un mapa en el que se señalan los puntos del mundo donde la influencia de la presencia humana es menor, y a la cabeza se encuentran el desierto de Namibia, el Chabli y el corazón del Sahara. Pese a ello, casi a diario llegan refugiados que vienen huyendo de las guerras y las hambrunas de Sudán, Etiopía y ahora sobre todo de Somalia, lo cual viene a corroborar que allí están aún peor.

—Sólo así se entiende.

—Casi todo cuanto se relaciona con el comportamiento humano suele tener una explicación basada en tres puntos que siempre se repiten: la carencia de agua, las guerras o la desmesurada codicia de otros seres humanos. A estos desgraciados los han condenado a sobrevivir a las puertas del infierno, y cuando enferman no les quedan fuerzas para recorrer a pie los tres o cuatro días de camino que les separan del hospital o el dispensario más cercano.

—Sobre todo con este calor y con estos terrenos, y supongo que eso es lo que impulsa al tal Alejandro a venir —observó su interlocutor.

—¿Y qué otra solución existe? Lo que hace es montar un campamento itinerante, atender a un determinado grupo de enfermos durante una temporada, aliviarlos en lo posible, y trasladarse luego a otra parte.

—¿Como si fuera un circo que, en lugar de divertir a la gente, intenta curarla, y que no hace reír pero se esfuerza en que no tenga que llorar?

—¡Exactamente! Es un circo que no cobra, sino que tiene que buscar desesperadamente ayuda para mantenerse activo, y que en ocasiones como ahora se encuentra al borde del colapso.

—¿Y qué ha impulsado al tal *daktari* Alexander a embarcarse en una tarea tan ingrata y más propia de misioneros que de seglares? —quiso saber Juvenal Ojeda—. Llevo días dándole vueltas al tema y no acabo de entenderlo.

—Ni creo que lo entiendas nunca, hijo. ¡Nunca! —repuso el rumano—. Yo también llevo años intentando comprenderle y al final he llegado a la conclusión de que esa obsesión por ayudar a los demás es como un vicio o una droga.

—¿Qué quieres decir?

—Que de la misma forma que el avaro no descansa a gusto una noche si no ha conseguido atesorar una nueva moneda, aunque sepa que nunca va a disfrutar de ella, las personas como Alejandro, tanto hombres como mujeres, religiosos o seglares, no consiguen dormir si no han aliviado de algún modo el sufrimiento ajeno, como si en el fondo estuvieran aliviando su propio sufrimiento.

—¡Suerte que todavía exista gente así!

—Naturalmente que existen, pero, que Dios me perdone, he llegado a pensar que no se trata de los seres humanos más nobles y generosos del mundo, sino por el contrario los más egoístas.

—¿Qué tontería estás diciendo?

—Que en ocasiones el placer que les produce sacrificarse por los demás supera incluso el dolor que suele traer consigo semejante sacrificio.

—Eso suena a una especie de masoquismo del alma.

—El alma humana puede llegar a ser a la vez tan simple y tan compleja, tan bondadosa y maligna, tan pura y tan sucia, tan grande y tan mezquina, tan alegre y tan amarga, tan blanca y tan negra, que no dudo que también pudiera llegar a ser masoquista... —Bob Ausnitz hizo una corta pausa para revolver en la trasera del vehículo y comentó con una leve sonrisa—: Y ahora ha llegado el momento de olvidarse de filosofías baratas e ir a lo que en verdad importa.

Había extraído de una pequeña maleta una pesada pistola de señales de las que se suelen utilizar en la marina, y tras cargarla con mucho cuidado alzó el brazo y disparó al aire.

La bengala ascendió con un agudo silbido para estallar a gran altura y acabar convertida en una brillante luz que descendió lentamente sujeta por un pequeño paracaídas, confiriendo al ya de por sí fantasmagórico paisaje un aspecto mucho más irreal, si es que ello era posible.

—¿Y eso...? —quiso saber *Ave* César un tanto inquieto—. ¿No estaremos llamando la atención de los *shiftas*?

—Dudo que por esta zona haya *shiftas*. No les gusta caminar sobre una lava que les destroza el calzado e incluso los pies. Pero si el campamento está lo cerca que, según el GPS, debería estar, acabarán viendo nuestras señales.

Dejó pasar diez minutos antes de lanzar otra bengala, pero no fue hasta después de la tercera cuando una serie de cohetes se elevó al cielo a unos ocho kilómetros hacia el nordeste.

—¡Allí están! —exclamó un alborozado Bob, y se apoderó de dos grandes linternas para entregarle una a cada uno de los primos—. Avanzad delante, marcándome el camino en dirección a aquellas dos estrellas —pidió—. ¡Pero sin prisas! Lo mismo da llegar dentro de una hora que dentro de tres; lo que importa es no quedarse atascados.

Fue una lenta procesión buscando las zonas más accesibles del agreste terreno, de tal modo que tardaron casi tres horas en rodear un cono volcánico y distinguir al fin las hogueras de un campamento que se alzaba al borde de una pequeña explanada.

Era como la sombra de un hombre.

Únicamente el tostado de su piel le distinguía de los cadáveres vivientes que le rodeaban, lo cual obligaba a pensar más en un evadido de un campo de concentración que en una de las tantas víctimas de la hambruna que asolaba la región.

Era como la sombra de un hombre, pero su delgada sombra parecía alargarse hasta el infinito ya que la naturaleza le había dotado de una desmesurada hiperactividad que no le permitía quedarse quieto un minuto, auscultando a un enfermo al tiempo que impartía órdenes respecto al reparto de alimentos mientras cargaba en brazos a un niño escuálido.

Años atrás seguramente había sido muy fuerte e incluso atractivo, pero ahora se hubiese dicho que le habían contagiado el misterioso «mal de los banakas», una pequeña tribu del sur del Chad afectada por un curioso e inexplicable defecto genético que ataca su sistema nervioso, haciendo que no logren quedarse quietos un momento, ni de día ni de noche. Sin embargo, al *daktari* Alexander no le habían contagiado dicho mal, puesto que cuando al fin caía agotado tras una jornada de veinte horas de trabajo, era como si le hubieran propinado un mazazo en la nuca, y durante las cuatro horas siguientes nada ni nadie conseguía despertarle ni tirándole a un río. Pero en cuanto abría de nuevo los ojos atendiendo a un despertador interior que le ordenaba reintegrarse a la vida, se diría que le habían introducido un cohete en el culo, por lo que ya no volvía a quedarse quieto hasta que apoyaba de pronto la frente sobre la mesa, o incluso sobre el pecho de un paciente, para comenzar a roncar ajeno a cuanto le rodeaba.

Entonces solía hacer su aparición una siciliana enorme que más parecía una campeona de lucha libre que una servidora del Señor, con el fin de cargar con él como si fuese un niño y trasladarlo a una diminuta tienda de campaña y depositarlo sobre un incómodo camastro de tijera.

A la hercúlea y relajada sor Lucia podía considerársela el revés de la trama de aquel para quien trabajaba con el fervor y la fidelidad de un perro pastor, dado que nadie recordaba haberla visto alterarse ni siquiera en las múltiples ocasiones en que les habían asaltado los bandidos.

—A lo más que pueden llegar es a matarnos... —solía decir cuando le preguntaban de dónde sacaba las fuerzas suficientes para tomarse las cosas con tan pasmosa serenidad—. Y cuando ves a diario cómo docenas de niños no tienen la menor oportunidad de sobrevivir sin que nadie se ocupe de ellos, entiendes que la vida de la que disfrutas constituye un lujo que cualquier día podría acabar. En determinadas circunstancias, y ésta es una de ellas, ver morir es peor que morir.

Se contaba de ella que en cierta ocasión la habían violado tres *shiftas*, pero que en lugar de rebelarse o traumatizarse se había limitado a aprovechar para limarse las uñas. Más tarde había comentado que en Palermo tenía una prima prostituta que solía pasar por trances semejantes un par de veces al mes.

—Nadie debería preocuparse por el hecho de que violasen su cuerpo, a no ser que al propio tiempo le estuvieran violando el alma —solía decir—. Y lo normal es que el alma resulte mucho más inaccesible que el cuerpo.

Era esa misma irreductible sor Lucia la persona que les estaba aguardando a la entrada del campamento, y pese a haber llegado en plena noche, los primos Ojeda Rodríguez tuvieron la curiosa impresión de que el ambiente que allí se respiraba era de una desconcertante «inmediatez», ya que todo parecía tener que hacerse obligatoriamente en aquel mismo instante, puesto que lo más probable es que no existiera un mañana.

Era como si la hiperactividad del *daktari* Alexander se hubiera contagiado al resto del personal, excepto naturalmente a la siciliana, o como si cuantos allí trabajaban estuvieran convencidos de que en cualquier momento les fueran a ordenar levantar el campo para ir a montar «el circo» a otra parte.

Cuando Juvenal Ojeda le comentó al rumano que a su modo de ver aquella forma de actuar iba en contra de las más elementales normas de la medicina, su respuesta no pudo por menos que sorprenderle.

—Alejandro comprendió hace años que no disponía ni del tiempo ni de los medios necesarios para combatir enfermedades crónicas como el sida, la tuberculosis, el cáncer o todo cuanto aquí mata diariamente a miles de personas, sobre todo niños, y por ello desistió de lo que consideraba un esfuerzo inútil —señaló a modo de justificación de su amigo—. Su trabajo se limita a luchar contra las infecciones y las heridas abiertas, arreglar huesos rotos, sacar muelas o asistir a un parto cuando se presenta el caso. Va a lo práctico, y a veces le critican porque dedica más tiempo a coser un cráneo abierto que al análisis de sangre de un paciente al que su experiencia le dicta, al primer golpe de vista, que no tiene remedio.

—No parece que eso esté muy en consonancia con el famoso juramento hipocrático —le hizo notar *Ave* César Rodríguez.

—A su modo de ver, Hipócrates nunca puso el pie en África, y en cierto modo actúa como un médico de campaña en plena batalla: salva a los salvables y se desentiende del resto.

—Una actitud ciertamente poco ortodoxa.

—Escucha, hijo —refunfuñó el otro—. Te puedes comportar de una forma ortodoxa en Alemania, Suecia, Dinamarca e incluso, si me apuras, en tu país o el mío, pero en cuanto se atraviesa el estrecho de Gibraltar esa ortodoxia se convierte en un insoportable lastre carente de sentido.

—No veo por qué.

—Porque según los últimos estudios, millones de seres humanos tendrán que morir prematuramente, sobre todo de hambre y sed, en este continente antes de que consiga estabilizarse y dejar de ser Tercer Mundo. De hecho están muriendo aquí, ahora, a nuestro alrededor, y nada podemos hacer por evitarlo. Alejandro lo sabe y se limita a actuar en consecuencia. ¡Míralo! En estos momentos lo único que le importa es acondicionar una pista de aterrizaje para que pueda llegar un poco de agua que prolongue la vida de esta gente tres días más. Luego Dios dirá.

Efectivamente, la sombra de hombre no paraba de moverse como un poseso apartando piedras, rellenando huecos, arrancando matojos con sus propias manos o dando órdenes, en un desesperado intento de que un desolado terreno volcánico y abrupto resultase mínimamente seguro para que un vetusto avión cisterna lo encarase en un arriesgado aterrizaje.

—¡Se estrellará! —fue el comentario de *Ave* César al observar el lamentable estado de aquel ridículo remedo de aeródromo—. Sinceramente dudo que nadie sea capaz de aterrizar ahí.

—Una tórtola sí... —le replicó el rumano.

—¿Una tórtola? —repitió el otro—. ¿A qué te refieres?

—Ya lo verás...

Se alejó con una burlona sonrisa en los labios, por lo que *Ave* César se volvió hacia su primo.

—¿Existe algún tipo de avión que se llame «tórtola»?

—¡Y a mí qué me preguntas! En Cuenca no hay aviones y ahora lo único que me interesa es decidir si ese pájaro, que más parece un Correcaminos que un ser humano, es o no el famoso enfermero Alejandro no-sé-su-apellido que se llevó a la hija de Shereem al Aidieri de Tinduf. ¿Tú qué opinas?

—Que lo sea o no lo sea, el jodido va como la moto de Ángel Nieto. ¿Habías visto a alguien más acelerado en tu vida?

—Únicamente en las películas mudas... ¿Crees que está loco?

—¡Mira a tu alrededor! ¡Y mira esa supuesta pista de aterrizaje! Tan sólo a un loco se le ocurriría montar semejante cirio.

—En cuanto se quede quieto un minuto le preguntaré si estuvo alguna vez en Tinduf, o si toca la guitarra.

—¿La guitarra? Ése lo único que puede tocar a la guitarra es *La cucaracha,* y para hacerle esa pregunta tendrás que ir corriendo a su lado.

Así las cosas, los dos primos intentaron por todos los medios entablar una conversación más o menos pausada con la sombra de hombre, pero cabía pensar que éste, una vez que les hubo dado las gracias por el agua que habían traído, no había vuelto a reparar en su presencia. Cada vez que se colocaban ante él reclamando su atención, los apartaba con un leve gesto de la mano tras observarles unos instantes como preguntándose quiénes eran y de dónde demonios habían salido.

A lo largo del día llegaron a la dolorosa conclusión de que no era que el *daktari* Alexander estuviera loco; era que vivía en un mundo propio del que no conseguirían sacarlo por más que lo intentaran.

Con la llegada de la noche, cuando ya no existía forma humana de continuar acondicionando la pista y el campamento pareció sumirse en una relativa calma durante la hora de la cena, los primos Ojeda Rodríguez consideraron que había llegado el momento de abordarlo, por lo que Caragato, que se las había ingeniado para sentarse frente a él, inquirió ensayando la más inocente de sus sonrisas:

—¿Le gusta la música, doctor?

Al no obtener respuesta, insistió:

—Le he preguntado que si le gusta la música, doctor.

En esta ocasión le respondió un leve ronquido: el *daktari* Alexander se había quedado dormido con la cabeza apoyada contra la pared y un tenedor en la mano.

Sor Lucia se puso en pie, lo tomó en brazos como si fuera un niño y lo sacó de la estancia.

Bob Ausnitz se limitó a señalar:

—Ya os lo advertí. Es como uno de esos muñecos que no paran de tocar los platillos hasta que de pronto se les acaba la cuerda.

Desde que comenzó a clarear el día, la hiperactividad del *daktari* Alexander se catapultó hasta unos límites difíciles de concebir para quien no fuera testigo de sus idas y venidas del quirófano a la pista de aterrizaje, o de la «sala de partos» a la tienda de campaña en la que dirigía, con exquisita firmeza, el reparto de agua.

—¡Un día! —mascullaba una y otra vez por lo bajo—. ¡Nos quedan reservas para un día! ¡Que Dios nos ayude!

A partir de media mañana, a sus incontables ocupaciones se unió la de salir de tanto en tanto a otear el horizonte en dirección sureste, confiando que en cualquier momento haría su aparición un salvador aparato proveniente de Nairobi. Pero lo único que se distinguía en un cielo sin nubes eran centenares de buitres girando en círculo.

La «pista», encajonada entre un cono volcánico y una pared rocosa, tan sólo destacaba de cuanto la rodeaba por una docena de banderolas improvisadas a base de cortas estacas y jirones de viejas sábanas. A la vista del resultado, se hubiese dicho que sólo uno de aquellos incontables buitres sería capaz de posarse en su centro sin destrozarse las alas.

—¡Querido primo...! —no pudo por menos que comentar Juvenal Ojeda en tono pesimista—. Si se supone que esto es un «hospital» y aquello un «aeropuerto», no me extraña que Bob asegure que morirán millones de africanos antes de que este continente se estabilice.

—Y si es cierto eso de que aquí nació el primer ser humano, está claro que no ha evolucionado gran cosa. Primero nos hemos visto metidos en el desastre de los refugiados de Tinduf con unas imparables riadas que siguieron a una larga sequía, y ahora estamos aquí, con una interminable sequía a la que tal vez suceda una imparable riada... —fue la resignada respuesta—. Si abandonamos Cuenca con la idea de descubrir cómo funciona el mundo, no cabe duda de que nos hemos metido una «hartá», que diría un castizo. ¡Mira ése! Lo único que le falta es meterse el palo de una escoba en el culo y barrer el suelo mientras ayuda a un niño a nacer. ¿Es que no es capaz de quedarse quieto un instante? ¡Me enerva!

—A ti y a cualquiera, pero por lo que se ve, su gente lo adora. Refunfuñan cuando les exige demasiado, pero resulta evidente que darían la vida por él, de la misma forma que él la da por los demás.

—Lo que está claro es que, sea o no el que se llevó a la niña de Shereem, merece que se le ayude. —Sonrió divertido al añadir—: ¡Al tío Feliciano le encantaría!

—¡Seguro! Y probablemente tienen algo en común —le hizo notar Caragato—. Presiento que, en efecto, los dos estuvieron locamente enamorados de la misma mujer.

—¿Te atreverías a preguntárselo?

Juvenal Ojeda Rodríguez negó con un casi imperceptible ademán de la cabeza.

—¡Ni loco...! —respondió—. Por lo que sabemos, ese incansable Correcaminos lleva más de veinte años desviviéndose por los más desgraciados, así que si en alguna ocasión hizo algo malo... —Alzó de forma expresiva el dedo índice al tiempo que puntualizaba—: Y ahora tampoco estoy seguro de si en aquellas circunstancias hizo bien o mal en llevarse a la niña, no es cuestión de echárselo en cara a estas alturas.

—¿Ni tan siquiera por averiguar qué demonios hizo con ella?

—Ni tan siquiera por eso.

—No me parece justo.

—Estás en tu derecho de creerlo. Y yo en el mío de creer lo contrario, pero en este caso no intentaré que prevalezca mi opinión. Si consideras justo abrir las posibles heridas de un hombre como el *daktari* Alexander, allá tú. A mí déjame al margen, porque incluso si escribo ese puñetero libro para el que cada día reúno más material, pero cada vez veo más complicado, no pienso mencionarlo.

—Hasta ahora todo lo hemos hecho de común acuerdo.

—Estamos en lo de siempre: no somos clones, primo, sólo somos primos. Ese tipo está como una cabra al igual que en cierto modo lo estuvo el tío Feliciano, que se metió en una guerra que no era la suya, pero en mi opinión ya tiene bastantes problemas con los que se ha buscado por sí mismo.

—También yo tengo esa impresión de que en ambos casos la culpa es de Shereem.

—Es muy posible que los dos actuaran influenciados por una mujer que por lo visto contamina todo lo que toca, pero bendita sea su chifladura, porque la mayoría de los locos suele hacer daño, mientras que éste sólo se dedica a hacer el bien... —Caragato señaló un punto en el cielo al añadir—: Pero ahora lo que me interesa es ver cómo se las arregla ese otro loco a la hora de tomar tierra en semejante «pista».

Su primo siguió la dirección de su mirada para distinguir una vetusta avioneta de dos motores que se iba aproximando lenta y ruidosamente. Todos los que no se encontraban imposibilitados abandonaron al instante las tiendas de campaña del «hospital», agitando los brazos en alborozado saludo.

En la cola del cochambroso aparato aparecía pintada una especie de paloma de color arena con una gran inscripción en letras rojas: «Tórtola.»

—A eso debía de referirse Bob —observó Juvenal.

—¡Pues menudo cacharro! —no pudo por menos que exclamar su primo—. Parece el abuelo del avión de Lindbergh.

Tras girar tres veces y cada vez a menor altura en torno al remedo de aeródromo que evidentemente no le merecía ninguna confianza, el piloto decidió alejarse hacia el sureste, de donde había llegado, viró en redondo y encaró a baja altura la entrada del desfiladero y la cabecera de la «pista».

El viento desplazaba la frágil avioneta de un lado a otro,

amenazando con lanzarla contra las faldas del cono volcánico o los farallones del acantilado de rocas y daba la impresión de que introducir tan inestable aeronave entre semejantes obstáculos era tanto como intentar pasar un hilo por el ojo de una aguja a casi cien kilómetros por hora.

Si quien pilotaba reducía en exceso la velocidad corría el riesgo de perder potencia y por lo tanto control, pero si aceleraba más de la cuenta corría el riesgo de pasarse de largo.

Y de hecho se pasó.

Entró a demasiada altura y, al comprender que capotaría al llegar a un final cerrado por arbustos, optó por meter gas y elevarse girando de una forma tan angustiosamente lenta que a punto estuvo de enganchar el tren de aterrizaje en la mayor de las tiendas de campaña.

—¡La leche! ¡Casi se la pega!
—Ese tipo los tiene bien puestos.
—Mil pavos a que se larga.
—Hecho.

Aguardaron expectantes, observando cómo de nuevo el piloto parecía analizar por dos veces el difícil terreno, y al fin se alejaba hacia el sureste.

—Me debes mil pavos.
—Todavía no... ¡Ahí vuelve!
—¡Loco de bola! Se va a estampar contra el monte.

El pesado, lento y ruidoso aparato se aproximaba ahora a ras del suelo, dando cada vez más bandazos por culpa de un viento racheado. Rugiendo y petardeando, acabó por penetrar casi sin fuerzas en el desfiladero y posar las desgastadas ruedas con matemática precisión a un metro escaso de la banderola que marcaba el inicio de la «pista».

El piloto metió de inmediato la reversa en los motores y comenzó a dar botes sobre el accidentado terreno, amenazando con salir despedido a un lado u otro, se fue tragando pista a lo que aún parecía una velocidad de vértigo, y al fin se detuvo a menos de diez metros de los primeros arbustos.

—¡La madre que lo trajo al mundo! —exclamó Juvenal Ojeda—. ¡Si no lo veo, no lo creo!

—Me debes mil pavos.

Se aproximaron a conocer y aplaudir a quien había sido capaz de realizar tan asombrosa proeza, y cuando llegaron lo encontraron fundido en un abrazo con el *daktari* Alexander, quien se apresuró a comentar orgullosamente con la única sonrisa que había exhibido hasta el presente:

—¡Mi sobrina Tórtola...! El mejor piloto de Kenia.

La aparición en el campamento del vivo retrato de Shereem al Aidieri con treinta años menos, tuvo la virtud de cambiar radicalmente la actitud del *daktari* Alexander. Pese a que si bien no cesaba de trabajar un solo instante, ahora se le veía feliz y relajado, como si la presencia de la muchacha fuera el milagroso bálsamo que necesitaban sus alterados nervios.

Evidentemente un profundo cariño, unido a una especie de alegre complicidad, eran mutuos. Más que tío y sobrina, parecían en realidad padre e hija. Continuamente necesitaban mirarse a los ojos o rozarse como para cerciorarse de que la persona amada se encontraba a su lado.

Desde el primer momento se constituyeron en un universo aparte, en el que tan sólo habitaban ellos, por lo que los primos Ojeda Rodríguez llegaron a la conclusión de que ahora resultaba más difícil aproximarse al doctor que cuando se encontraba inmerso en su desquiciado mundo de hiperactividad.

De los retazos de conversaciones que percibieron durante las horas de las comidas pudieron deducir que la tan curiosamente llamada Tórtola vivía en Nairobi con su marido, uno de los más veteranos pilotos de los famosos Médicos Voladores.

Aunque en ocasiones también volaba para dicha ONG, la principal actividad de Tórtola consistía en conseguir ayudas oficiales, así como toda clase de donaciones, con las que abastecer de lo más imprescindible los «hospitales» itinerantes que su incontrolable tío solía montar en los lugares más insospechados e inaccesibles de la frontera norte de Kenia.

Para ello no contaba más que con una extraordinaria capacidad de convencer, una testarudez inasequible al desaliento, y una cochambrosa Piper Cheyenne que ya acumulaba demasiadas horas de vuelo antes de que ella naciera, y que lo mismo se convertía en avión ambulancia que en avión cisterna.

Los nativos solían llamarla Bi Haraka, que significa «Señorita Rápida», porque siempre aparecía en cuanto se requería su presencia. Eran muchos los que empezaban a considerarla la heredera espiritual de la mítica Mama Daktari, pese a que no era médico titulado.

Casi tan hermosa como su madre, carecía no obstante del extraño morbo sexual que caracterizaba a la saharaui, pero a cambio de ello hacía gala de un entusiasmo y una vitalidad heredadas sin duda de su «tío», pese a que a primera vista resultaba evidente que no les unían lazos de sangre.

Hablaba con entusiasmo de su marido, que había sido su primer instructor de vuelo y del que continuaba considerándose una alumna, aunque algunos opinaban que le superaba con creces a la hora de aterrizar o despegar en los lugares menos apropiados.

—No es que sea mejor piloto... —apostilló en un momento dado Bob Ausnitz—. Es que le echa más cojones porque sabe que el campamento depende de ella. Si Tórtola no estuviera siempre ahí a la hora de abastecerle, el «circo» del *daktari* Alexander no conseguiría mantenerse en pie ni una semana.

A decir verdad, aquel «circo» se mantenía en pie de puro milagro, y en cierto modo su existencia podía considerarse más testimonial que efectiva.

Raro era el día en que no se veían obligados a enterrar a un niño, y cada vez que los primos penetraban en una de las raídas y calurosas tiendas de campaña repletas de seres famélicos o agonizantes, se les encogía el alma ante la increíble magnitud de sufrimiento que podía concentrarse en cien metros cuadrados de terreno.

El hambre, la sed, el sida, la disentería, la malaria y la tuberculosis libraban duras contiendas por ser los primeros en arrancar de los brazos de su madre a unas criaturas de enormes ojos negros que parecían inquirir en silencio por qué les habían traído a un mundo en el que iban a permanecer tan escaso tiempo, para obligarles a sufrir tantas penalidades.

—¡Que el Papa me perdone...! —comentó en cierto momento sor Lucia—. Tal vez esto pueda considerarse una herejía, pero para vivir y acabar así es mil veces mejor no haber nacido. La mayoría de estos niños ni siquiera tiene tiempo de tomar conciencia de que son seres humanos.

—Lo que tendría que hacerse es controlar de una manera drástica los índices de natalidad —enfatizó con convicción Bob Ausnitz—. Este continente carece de las infraestructuras imprescindibles para sostener la tremenda carga humana que está soportando, y por tanto lo que necesita es un respiro.

—¿Puedo incluir eso en mi libro sin que me tachen de fascista? —preguntó Juvenal Ojeda.

—Te tacharían de fascista si te refirieses a un determinado grupo étnico; pero no estoy hablando de negros, blancos, amarillos o cobrizos, sino del conjunto de la población sin distinciones. Si tuviese la mitad de habitantes que tiene en la actualidad, África no se vería obligada a gastar las ayudas que recibe en alimentar a unas criaturas que la mayoría de las veces se malogran antes de llegar a la edad adulta. Y el problema es que si llegan, lo hacen sin ninguna capacitación para hacer nada útil; la solución pasa por que sean menos, mejor alimentados y mejor educados.

—Una teoría ciertamente extremista, sin duda.

—Más extremista es morirse de hambre o sed antes de cumplir un año —fue la desabrida respuesta—. En este continente existen suficientes recursos naturales pero, paradójicamente, se encuentran sobreexplotados o infrautilizados. Estoy convencido de que con un riguroso control de la natalidad, menos armas y más tractores, en el transcurso de dos generaciones se alcanzaría un nivel de vida digno. No obstante, por el camino que llevamos todo se reduce a nacer, sufrir y morir.

—¿Y quiénes serían los encargados de llevar a cabo esa difícil tarea?

—Quienes empiezan a cansarse de enviar aviones y barcos cargados de alimentos que casi nunca llegan a su destino. Los organismos internacionales hacen gala de muy buena voluntad pero muy poco sentido común, porque se ha demostrado hasta la saciedad que la fórmula que se viene utilizando hace décadas no sirve de nada; es tirar el dinero a la basura.

—La Iglesia siempre se ha opuesto al control de la natalidad.

—Pues debería ser la primera en reconocer su error, porque quiero suponer que Cristo prefiere que un niño no nazca, a que padezca lo que ha padecido ese infeliz que acaban de enterrar hace una hora.

—Supongo que escribir sobre eso significaría meterse en un terreno terriblemente resbaladizo... —observó Caragato.

—¡Pero bueno, muchacho! —fue la agria respuesta—. Si de verdad pretendes ser escritor y escribir sobre África pero te asusta la idea de adentrarte en terrenos resbaladizos, más vale que te dediques a amaestrar focas. Los tiempos en que Hemingway disfrutaba contando cómo matar búfalos ya han pasado, si es que alguna vez existieron. Con todos mis respetos hacia un excelente escritor, lo que se retrata en *Las verdes colinas de África* no responde en absoluto a la realidad, y menos aún a la realidad actual. Aquello era puro folklore; esto es el infierno.

Era el infierno, en efecto, y más lo hubiera sido si una vetusta y maltrecha avioneta que llevaba tres décadas aterrizando y despegando sobre matojos y pedruscos no hubiera logrado transportar su pesada carga de agua. Se caía a pedazos y se antojaba casi increíble, no ya que volara, sino tan sólo que fuera capaz de mantenerse en pie al final de la «pista».

—¿No te da miedo subirte a semejante cacharro sabiendo que en casa te esperan un marido y dos niños? —inquirió a la hora de la cena *Ave* César Rodríguez.

—Lo que en verdad me da miedo es no llegar adonde me esperan enfermos que no sobrevivirían sin esa agua... —respondió tranquilamente la llamada Tórtola.

—¿Y en esos momentos nunca piensas en tus hijos?

—Mucho, pero sé que si me ocurriera algo Mario cuidaría de ellos, y también me consta que nadie le llevaría agua a los enfermos si no lo hago yo... —Le sonrió de una forma que recordaba más que nunca a su madre—. ¿Te preocuparía tanto lo que hago si en lugar de una mujer fuera un hombre? ¡Sé sincero!

—No lo sé; supongo que no.

—Pues por lo que he leído hace poco, en tu país se han dictado leyes muy estrictas que equiparan ambos sexos. ¿Todavía no te has enterado?

—Sí... —admitió su interlocutor un tanto confuso—. Naturalmente que me he enterado.

—¿Y lo aceptas?

—¡Qué remedio! Aparte de que no me parece mal.

—Por lo que veo no te parece mal allí, pero sí aquí, puesto que consideras que no puedo hacer de vez en cuando un trabajo que mi marido hace a diario.

—Supongo que tu marido volará en aparatos más seguros.

—En eso tienes razón.

—Pero a ti te permite volar en un trasto que se cae a pedazos.

—¿Y qué puede hacer el pobre? No tenemos otro.

—¿Cuánto cuesta un avión nuevo? —intervino el menor de los primos, que asistía en silencio a la conversación.

—¿Un avión nuevo? —se sorprendió ella y lanzó lo que podía tomarse por un suspiro de admiración—. ¡Buff!

—¿Cuánto es «buff»?

—«Buff» son unos trescientos mil euros como mínimo; es decir, lo que se necesita para alimentar a quinientos niños durante todo un año.

Ave César sacó de su pequeño bolso de mano una chequera, escribió una cifra, firmó y se la pasó a su primo.

—Firma aquí —le dijo.

Cuando el otro lo hubo hecho, alargó el cheque por encima de la mesa al tiempo que señalaba:

—Trescientos mil euros para un avión nuevo, siempre que me prometas que no lo emplearás en ninguna otra cosa.

Tórtola permaneció con el cheque en la mano sin dar crédito a sus ojos.

—¿A qué viene esto? —balbuceó al fin—. ¿Se trata de una broma?

—Mal lugar es éste para gastar bromas... —comentó su interlocutor mientras rellenaba otro cheque a nombre de Alejandro Alexander; tras indicar a Juvenal que lo firmara a su vez, añadió—: Hace unos meses se nos murió un tío soltero y algo estrambótico que nos dejó mucho dinero, una tercera parte del cual está destinado a ser empleado en el lugar de África que, a nuestro mejor entender, más falta haga... —Dirigió una significativa mirada a Bob Ausnitz, que asistía impertérrito a la escena y no hizo el menor ademán de abrir la boca—. Y no cabe duda de que aquí hace mucha falta.

—¡Pero ésta es una cantidad exorbitante...! —no pudo por menos que exclamar el *daktari* Alexander al coger el cheque—. ¿Tan rico era su tío?

—Mucho.

—¿Y no tenía más parientes?

—Por suerte para ustedes, no.

—¿Pero por qué nosotros?

—Caprichos del destino.

—El destino es una cosa; dos muchachos de... —dudó—. ¿Cuenca?, que van por el mundo firmando cheques millonarios sin ton ni son, otra muy diferente.

—Es posible, pero le garantizo que el dolor que nos produjo la muerte de nuestro tío sólo se ve aliviado por la alegría que nos produce repartir su dinero —intervino Juvenal Ojeda en ayuda de su primo—. Conociéndolo como le conocíamos nos consta que dará por buena su muerte si con ello consigue salvar una sola vida.

—¿Existe gente así?

—¿Y precisamente usted, que se ha pasado años perdido por propia voluntad en el corazón del desierto del Chabli, es quien lo pregunta? —se sorprendió Caragato—. ¡No me joda!

—Pero es que esto es como un milagro.

—Si en algún lugar del mundo se puede pedir que ocurran milagros, es en un campamento de refugiados de la frontera entre Kenia y Etiopía, donde sobrevivir cada día constituye de por sí un auténtico milagro.

—En eso puede que tenga razón, pero es que Dios está siempre tan lejos de aquí que nos cuesta aceptar que de vez en cuando se acuerde de nosotros.

Una hora más tarde, disfrutando del «fresco» de la noche, sentados junto al *Lucky Lake* y saboreando sus últimos habanos puesto que la ocasión lo ameritaba, Bob Ausnitz no pudo por menos que inquirir:

—¿Me aclararéis de una puta vez de qué va todo este rollo?

—¿A qué rollo te refieres?

—A ése de vuestro tío y su dichosa herencia. Cada día contáis una historia diferente y empiezo a temerme que se trate de una broma demasiado pesada.

—Te garantizo que los cheques son auténticos. En cuanto regrese a Nairobi, Tórtola podrá comprarse un avión nuevo.

—No me basta... —fue la seca respuesta.

—¿Qué quieres decir?

—A que me he jugado la vida al venir hasta aquí y Nuria me va a estar jodiendo la paciencia durante dos semanas, si es que no se ha largado a Escocia, por lo que no me basta con que me aseguréis que ese dinero existe. Necesito saber algo más; por ejemplo, la verdad.

Los dos primos se observaron, acabaron por encogerse de hombros, y al fin el más joven inquirió:

—¿Guardarás el secreto?

—¡Lo juro por mi madre que en paz descanse!

Escuchó en silencio el extraño relato, y tan sólo cuando *Ave* César hubo concluido exclamó:

—¡Pero esto parece un folletín por entregas de los que solía leer mi abuela!

—No lo niego, pero nuestro tío Feliciano siempre aseguraba que la vida puede llegar a ser de dos maneras: o tremendamente vulgar, o sencillamente folletinesca. Y añadía que la mayoría de la gente se conforma con la primera opción, pero aquel al que le toca padecer la segunda debe considerarse afortunado. Al fin y al cabo, sólo se vive una vez.

—Es que vivir dos veces sería demasiado para cualquiera —admitió el rumano con una leve sonrisa—. ¿O sea que la auténtica madre de Tórtola era una golfa?

—La que más.

—¿Y que tal vez vuestro famoso tío Feliciano era su padre?

—Me temo que no.

—¿Y eso?

—Todavía es pronto para asegurarlo, pero de momento no hemos descubierto ni un solo rasgo suyo, quizá porque se parece demasiado a su madre. Y como comprenderás, no pienso pedirle que se someta a una prueba de ADN.

—¿Pero aun así le habéis hecho entrega de vuestro dinero?

—No se trata de «nuestro dinero» —le contradijo Caragato, y tras una corta pausa añadió—: Tenemos la mala costumbre de considerar que el dinero siempre pertenece a alguien, por lo que nos cuesta aceptar que simplemente está ahí para ser utilizado del mejor modo posible. —Señaló con un gesto a su primo y añadió—: Siempre hemos creído que lo que verdaderamente pretendía nuestro tío era pagar sus deudas con el pasado utilizando para ello la tercera parte de su fortuna, y por lo tanto nuestro deber es emplear ese dinero en todo aquello que esté en consonancia con su forma de entender la vida. —Apagó lo poco que quedaba de su habano a la par que añadía—: Y entiendo que una mujer que no duda en subirse a un avión antediluviano con el propósito de acudir en ayuda de los más necesitados está en absoluta consonancia con el modo de ver las cosas de nuestro tío, se trate o no de su hija... —Se encogió de hombros y añadió con indiferencia—: Supongo que la gente que se conforma con una vida vulgar y no piensa más que en el dinero, no entenderá nuestra actitud, pero estoy seguro de que nadie escribirá nunca un libro sobre ellos.

—Si quieres que te diga la verdad, no sé si es bueno o malo que escriban un libro sobre ti —repuso Bob Ausnitz más serio que de costumbre—. Las vidas que valen la pena ser contadas suelen ser vidas difíciles en que sus protagonistas han tenido que pasar infinitas calamidades incluso tras alcanzar el éxito. Por suerte o por desgracia, la verdadera felicidad prefiere ser anónima... —Se interrumpió porque *Rusty* y *Mama Daktari*, que se encontraban a su lado, comenzaron a gruñir roncamente volviéndose a mirar hacia un punto muy determinado.

El rumano se introdujo en el vehículo, regresó al instante con los prismáticos nocturnos y los enfocó hacia el lugar que observaban los animales.

—¡Maldita sea! —masculló.

—¿Qué ocurre?

—¡Guerrilleros!

—¿Cuántos?

—Por lo menos ocho. Supongo que han visto el avión y vienen por el agua.

—¿Y qué vamos a hacer?

—¿Qué pregunta es ésa? —se sorprendió el rumano—. ¡Defenderla! Es preferible morir a tiros que de sed.

Extrajo varias armas de la parte trasera del vehículo y le entregó una a cada uno. A renglón seguido cargó la pistola de señales, apuntó sobre donde se encontraban los intrusos y disparó. En cuanto la bengala brilló en el cielo nocturno, gritó:

—¡Fuego contra todo lo que se mueva!

A la luz de la bengala pudieron ver a varios hombres que se aproximaban descendiendo por la ladera del farallón, y aunque en principio parecieron sorprendidos por la potente luz rojiza que acababa de encenderse sobre sus cabezas, al instante se arrojaron al suelo para comenzar a disparar, aunque de una forma mucho más espaciada que el rumano y los dos primos.

De las tiendas de campaña surgieron otros hombres empuñando armas, al tiempo que se oyó, clara y potente, la voz de Tórtola:

—¿Cuántos son?

—¡Ocho o diez! —le respondió a gritos el rumano entre disparo y disparo—. ¡Allá arriba, en las laderas del farallón!

—¡Pues no permitiré que nos roben el agua, con lo que me ha costado traerla! ¡Duro con ellos!

En el mismo lugar, y a comienzos del siglo XXI, dos grupos de seres humanos se enfrentaban con pólvora y plomo probablemente por la misma razón por la que sus antepasados lo habían hecho con piedras y palos: un poco de agua.

En tres millones de años, lo único que había mejorado sustancialmente era el tipo de armas.

Al amanecer, los agresores, inferiores en número y faltos de munición, se alejaron rumbo a la frontera sudanesa. Tras dar unos saltos de alegría y gritarles una sarta de sus más escogidos improperios, *Ave* César Rodríguez Ojeda se aproximó adonde su primo permanecía recostado contra una roca.

—¿Qué te ha parecido? —inquirió exultante—. ¿A que ha sido emocionante?

Juvenal Ojeda Rodríguez, más conocido por Caragato, sonrió apenas al tiempo que le mostraba las manos empapadas en sangre.

—¡Mucho! —respondió con un hilo de voz—. Pero me temo que esto de ser escritor es más peligroso de lo que había imaginado.

Los ojos se le llenaron de lágrimas y durante unos minutos no acertó a pronunciar palabra, pero al fin depositó con sumo cuidado la media docena de fotografías sobre la pequeña mesa de cristal.

—No cabe duda de que soy yo de joven...—musitó con un nudo en la garganta—. Los ojos y el cabello un poco más claros, pero las facciones son ciertamente inconfundibles.

—Y tiene su misma voz y sus mismos gestos al mover la cabeza o echarse la melena hacia atrás.

Shereem al Aidieri se puso en pie, se sirvió un coñac, hizo un mudo ademán de ofrecimiento y ante la negativa regresó a la mesa. Bebió muy despacio mientras observaba de nuevo las fotografías y al fin exclamó:

—¡Alá es grande! Al fin me ha concedido lo único que de verdad le he pedido en esta vida. ¿Cuándo podré verla?

—Nunca.

—¿Cómo has dicho?

—He dicho que nunca.

—¡Qué estupidez es ésa!

—Ninguna estupidez, señora; es mejor que no la vea.

—¡Pero soy su madre!

—De eso no cabe duda, pero tiene un padre y una madre a los que, aunque no sean biológicos, adora; y un «tío», el enfermero al que usted se la confió, al que considera un héroe, y por el que ha demostrado cien veces que es capaz de arriesgar la vida. Está felizmente casada, tiene dos hijos y vive y trabaja en el país que eligió en algo que le apasiona y de lo que se siente orgullosa. —Hizo una corta pausa antes de añadir con convicción—: Le doy mi palabra de honor de que, a mi modo de ver, su vida es perfecta.

—¿Qué pretendes decir con eso?

—Que nadie puede aparecer de pronto a revelarle que su madre no es la sencilla ama de casa que la cuidó desde que tiene memoria, sino una desconocida que se acostaba con quien le apetecía; o que su padre no es quien se esforzó en darle una vida segura, sino cualquier militar de las colonias que ni siquiera conoce su existencia. Y que su «tío» no es una especie de santo medio loco que se sacrifica hasta lo indecible por los más desgraciados, sino alguien que la «raptó» siendo una niña a la que habían abandonado en un campamento de refugiados. Lo siento, pero creo que ni siquiera su madre biológica tiene derecho a destruir de ese modo la vida de una persona.

Shereem al Aidieri apuró el coñac sin apartar los ojos de la hermosa muchacha, su vivo retrato, que le sonreía desde un rectángulo de papel brillante. Al poco dejó la copa a un lado y encendió un cigarrillo. Dio tres largas caladas antes de replicar:

—No cabe duda de que se trata de mi hija y juro que daría cuanto tengo por demostrarle lo mucho que la quiero, pero reconozco que si en su día no supe ser una buena madre, tal vez haya llegado el momento de demostrar que sí lo soy.

—Me alegra que lo entienda.

—Si no lo entiendo yo, ¿quién coño va a entenderlo? —masculló desviando la mirada, y al poco añadió—: Le di la vida, pero la que le di no es la que ahora tiene, y supongo que no debo destrozársela.

—Es lo que pienso.

—Pero aun sabiéndolo, continuaste buscándola. Dime, ¿por qué?

—Tenía que entregarle su dinero.

—¿La famosa herencia? —se sorprendió la dueña de la inmensa mansión—. Si no recuerdo mal renuncié a ella, y ni siquiera yo puedo asegurar que se trate de la hija del famoso R'Orab.

—Que lo fuera o no, carece de importancia. El testamento de mi tío especifica muy claramente que ese dinero debe entregarse a usted, o en su defecto a su hija. En ninguna parte alude al hecho de que tenga que ser necesariamente hija de Feliciano Rodríguez Corcuera, puesto que en su ignorancia mi tío lo daba por hecho. La amaba a usted hasta el punto de que jamás le pasó por la cabeza dudar de su fidelidad y su palabra.

—¡Que Alá me proteja! Nunca imaginé que pudiera causar tanto daño sin proponérmelo. —Shereem al Aidieri hizo un gesto hacia las fotografías al tiempo que preguntaba—: ¿O sea que todo ese dinero ha ido a parar a manos de una desconocida?

—De una desconocida no, señora. A manos de una persona a la que mi tío quiso siempre, aunque nunca llegara a conocerla. Al fin y al cabo, poco importa que fuera o no su hija, de la misma manera que tampoco importa que usted le fuera fiel o se acostara con toda la escuadra inglesa.

—No entiendo qué pretendes decir.

—Que, para bien o para mal, ustedes dos llenaron sus últimos años con amor, nostalgia, dolor o esperanzas, y le garantizo que si bien usted no se lo merece, su hija merece sobradamente tanto el cariño de nuestro tío como el dinero que le dejó.

—Eso me llena de orgullo como madre, aunque admito que como mujer me ofenda. Sin embargo, hace mucho que acepté que no tengo derecho a lamentarme por algo que nadie me obligó a hacer... —Se puso de nuevo en pie, fue hasta una mesa cercana y regresó con un talonario de cheques y una pluma de oro—. Pero de ningún modo aceptaré que nadie —añadió—, ni siquiera mi hija, reciba algo que a mi modo de ver no le pertenece. Nuestro trato se refería al hecho de encontrarla, lo recuerdo muy bien, no a la obligación de traérmela.

—Es posible, pero...

—¡No admito peros! Si tan puntilloso te muestras respecto a la letra del testamento de tu tío, tienes que serlo de igual modo respecto al trato que hice con tu primo... —Hizo una significativa pausa y preguntó—: Por cierto, ¿cómo es que no ha venido?

—Lo hirieron y aún está convaleciente.

—¿De gravedad?

—No, pero de momento no puede viajar.

—¿Dónde lo hirieron?

—En su amor propio.

—¿En su amor propio? —se sorprendió la saharaui—. ¿Qué quieres decir?

—Que le pegaron un tiro en el culo, por lo que hace más de un mes que no puede sentarse... ¡Pero que no se entere de que se lo he contado!

—¿Un tiro en el culo? ¡También es mala suerte! —La bella mujer reflexionó un momento y rectificó—: Aunque, pensándolo bien, no tanta, ya que supongo que no le habrá afectado las partes digamos... «vitales».

—No, señora, puede estar tranquila; la bala le pasó rozando, pero por ese lado no tiene problemas.

—¡Hubiera sido una lástima en un chico tan guapo! ¿Tiene novia?

—No sabría qué decirle...

—En ese caso, mejor no digas nada. Aunque lo que sí podrías decirme es cómo se llama mi hija.

—Lo siento, pero no es posible.

—Sólo te pido el nombre de pila para poder «hablar» con ella cuando me encuentre a solas.

—Su nombre de pila no importa; todos la llaman Tórtola.

Shereem al Aidieri guardó un largo silencio, centrada en mirar y remirar las fotografías, y cuando alzó el rostro sonreía de un modo extraño.

—¡Tórtola! —repitió—. ¡Lógico! No podrían llamarla de otro modo.

—¿Y eso...? —inquirió un desconcertado *Ave* César Rodríguez Ojeda.

—En Tinduf compartía una minúscula *jaima* con cinco mujeres, por lo que Alejandro y yo solíamos alejarnos del campamento, para dormir entre las dunas. Como no teníamos con quién dejar a la niña, nos la llevábamos en una cestita. Una mañana descubrimos a una tórtola acurrucada junto a ella. A partir de ese día Alejandro la llamó siempre «Tortolita»... —Sonrió de nuevo al tiempo que afirmaba una y otra vez con la cabeza, como evocando hermosos recuerdos—. Fue un momento muy entrañable... y el primer día que desayunamos algo decente en meses.

—¿No pretenderá hacerme creer que se comieron la tórtola?

—¡Naturalmente, hijo! ¡Naturalmente! En un campamento de refugiados puede que haya lugar para el sexo e incluso para el amor, pero nunca habrá lugar para el romanticismo.

ALBERTO VÁZQUEZ-FIGUEROA
Lanzarote-Madrid, marzo de 2006